MARIA DRIES

DER
KOMMISSAR
UND DIE TOTEN
VON DER LOIRE

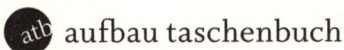

atb aufbau taschenbuch

Philippe Lagarde wird gebeten, eine Kollegin im malerischen Loire-Tal bei einer Mordermittlung zu unterstützen, wovon diese alles andere als begeistert ist. Nach einem Ritterturnier wurde einer der Pferdepfleger tot aufgefunden, jemand hat ihn mit einem Pfeil erschossen. Als kurz darauf eine Frau unter ähnlich rätselhaften Umständen ums Leben kommt, steht Lagarde vor der Frage: Was verbindet die beiden Opfer? Und wird es weitere Tote geben? Zum Glück ist er dieses Mal nicht auf sich allein gestellt: Ein alter Freund kommt zu Besuch, und auch seine Lebensgefährtin Odette begleitet ihn bei seinen fieberhaften Ermittlungen.

MARIA DRIES

DER KOMMISSAR UND DIE TOTEN VON DER LOIRE

PHILIPPE LAGARDE ERMITTELT

KRIMINALROMAN

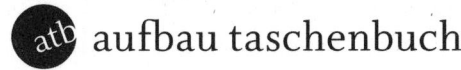

aufbau taschenbuch

MIX
Papier aus verantwor-
tungsvollen Quellen
FSC® C083411

ISBN 978-3-7466-3526-2

Aufbau Taschenbuch ist eine Marke
der Aufbau Verlag GmbH & Co. KG

2. Auflage 2019
© Aufbau Verlag GmbH & Co. KG, Berlin 2019
© Maria Dries, 2019
Umschlaggestaltung U1 berlin, Patrizia Di Stefano
unter Verwendung eines Bild von
Viacheslav Lopatin / shutterstock
Gesetzt aus der Caslon durch Greiner & Reichel, Köln
Druck und Binden CPI books GmbH, Leck, Germany
Printed in Germany

www.aufbau-verlag.de

Für unsere Sonnenscheine
Nic, Lucy und Luc

DAS UNSÜHNBARE

Sag's, Zauberin, wenn du den Trost gefunden,
O sag's der Seele, angst- und qualbeschwert,
Dem Sterbenden, erdrückt von Todeswunden,
Auf den der Pferde Huf herniederfährt,
Sag's, schöne Zaubrin, wenn du Trost gefunden;

Geliebte Zaubrin, liebst du die Verfluchten,
Kennst du der unsühnbaren Dinge Spiel,
Der Reue Pfeil, den giftigen, verruchten,
Dem unser Herz als Scheibe dient und Ziel?
Geliebte Zaubrin, liebst du die Verfluchten?

Charles Baudelaire
»Die Blumen des Bösen«
(»Les Fleurs du Mal«)

PROLOG,
JULI 2017

Der Schlosspark von Chambord, der größte Waldpark Europas, war in etwa so groß wie die Innenstadt von Paris und wurde von einer zweiunddreißig Kilometer langen Mauer begrenzt.

Der Treffpunkt war eine Lichtung, die sich im nordöstlichen Teil des Waldes befand und kreisförmig von Eichen umsäumt wurde. In der Mitte befand sich ein Steingebilde, das an einen Dolmen erinnerte und schwarz glänzte, als würde es von innen heraus leuchten.

Nach und nach traf ein, wer sich dort um Mitternacht verabredet hatte: Sylvie, Cyril, Alicia, Jean-Pascal, Emmanuelle und Laurent. Sie umarmten sich und begrüßten einander mit Wangenküsschen, dann versammelten sie sich um den steinernen Tisch und ließen sich auf Decken nieder, die sie über die nachtfeuchten Gräser gebreitet hatten. Cyril und Alicia entzündeten Teelichter und stellten sie an den Rand der glatten Oberfläche. Die gelben Flammen flackerten und ließen Schatten über Büsche und Baumstämme huschen. Der warme Wind brachte das Eichenlaub zum Flüstern und wehte den Duft von wildem Salbei heran, irgendwo schrie ein Käuzchen. Aus dem nahegelegenen Torfmoor erklang ein leises Glucksen. Der Mond tauchte die Lichtung in einen silbrigen Schein.

Sylvie breitete ein weißes Tischtuch aus Damast aus und holte aus einem Korb die Speisen für das Picknick, die sie vorbereitet hatte: gefüllte Wachteln, Gänseleberpastete, Fasanenterrine, Salat und Baguette. Laurent zauberte einige Flaschen Rotwein aus seinem Rucksack, entkorkte die erste und schenkte ein. Jetzt fehlte nur noch die musikalische Untermalung.

Jean-Pascal schaltete den CD-Player ein, und leise erklang mittelalterliche Cembalo-Musik. Feierlich hoben die Frauen und Männer die Gläser und stießen an.

»Auf uns und unsere Freundschaft«, sagten sie ernst. Nach dem Mahl richtete sich die Aufmerksamkeit aller auf Emmanuelle. Sie war heute Nacht an der Reihe, eine Geschichte aus dem unendlichen Fundus über die Loire-Schlösser zu erzählen. Die Augen der jungen Frau glänzten im Mondlicht, und sie lächelte, als sie zu erzählen begann.

»Im Jahre fünfzehnhundertsiebenundsiebzig veranstaltete Katharina von Medici ein extravagantes Bankett im Freien, bei dem die schönsten Hofdamen halbnackt bedienten. Der König trug eine Robe aus rosafarbenem und silbernem Damast, das Haar war violett gepudert und funkelte von Brillanten. Nach dem Mahl kamen hinter den Büschen leichtbekleidete Nymphen hervor, und bis zum Morgengrauen gaben sich alle den Freuden der Liebe hin.« Sie machte eine kurze Pause und sah in die Runde, ihre Freunde lauschten aufmerksam. Als sie fortfahren wollte, ertönte plötzlich ein Rascheln und Schnauben, dann tauchte zwischen den Zweigen eines Gestrüpps der gewaltige Kopf eines Keilers auf. Als er die Menschen wahrnahm, machte er kehrt und trampelte grunzend davon. Emmanuelle erzählte unbeirrt weiter.

SEPTEMBER 2017

ERSTER TAG

DIE RITTERSPIELE VON CHAMBORD

Das Schloss Chambord, erbaut aus weißem Kalktuffstein, wirkte geradezu atemberaubend, wenn es hinter der Biegung einer Waldstraße plötzlich auftauchte. Es entstand auf Wunsch König Franz' I., der im Park Hirsche und Wildschweine jagte und prunkvolle Feste gab. Die ersten Pläne dafür hatte angeblich Leonardo da Vinci entworfen.

Die Terrassen des Schlosses waren einzigartig, da sie aufwendig mit Kuppeln, Giebeln, Luken, Spitzbögen, Glockentürmchen und zahlreichen Kaminen verziert waren.

In den Stallungen, die für zweihundert Pferde erbaut worden waren, und der dazugehörigen Arena organisierte man in der Sommersaison regelmäßig verschiedene Veranstaltungen für die Besucher des Schlosses, beispielsweise Ritterturniere oder Raubvogelvorführungen.

Gerade fanden dort Ritterspiele statt. Zwei Reiter galoppierten in Harnisch und Helm aufeinander zu, attackierten sich mit Lanzen und versuchten, sich gegenseitig vom Pferd zu stoßen. Als der Verlierer nach zähem Kampf auf den sandigen Boden stürzte und der Sieger seine Lanze stolz in den Himmel stieß, sprangen die Zuschauer von den Holzbänken der Tribüne auf und klatschten begeistert, dazu schmetterten Fanfaren.

Jean-Pascal Garot, ein hochgewachsener schlanker Mann mit markanten Gesichtszügen, schwarzen Haaren und aufmerksamen dunklen Augen, stand missmutig mit verschränkten Armen hinter der Absperrung und dachte darüber nach, ob er sich nicht eine andere Beschäftigung suchen solle. Er liebte die Arbeit mit den Pferden, aber diese ständigen Shows langweilten ihn, und er konnte nicht verstehen, warum man aus allem ein Event machen musste. Die Besucher konnten sich doch an der Schönheit des Schlosses und der Blumengärten erfreuen.

Nach der Raubvogelvorführung wurden als Höhepunkt und Schluss des Unterhaltungsprogramms zwei Reiterkunststücke aufgeführt, die die Touristen liebten und sie immer zu frenetischen Beifallsbekundungen hinrissen. Eine Frau in Samtkleid und Haube trabte im Damensitz auf einem rabenschwarzen Pferd über eine Rasenfläche, links und rechts auf ihren Schultern saßen zwei große Rabenvögel, die aufgeregt flatterten. In der ausgestreckten behandschuhten Hand hielt sie eine goldglänzende südafrikanische Kobra mit quadratischem Kopf, die sich aufgerichtet hatte und gereizt züngelte. Kinder kreischten vor wonnigem Grausen auf.

Als die mutige Reiterin unter tosendem Beifall den Platz verlassen hatte, folgte das letzte Kunststück. Eine Reiterin mit schwarzem Rock und Zylinder saß auf einem weißen Pferd, das über einen festlich gedeckten Tisch sprang, während die Frau dabei nach einem Glas Champagner griff, das ihr ein livrierter Lakai auf einem Tablett servierte. Kaum war sie auf der Wiese gelandet, wendete sie ihr Pferd und setzte erneut über das Hindernis, ohne dass ein Tropfen aus dem halbvollen Glas in ihrer Hand verschüttet wurde. Danach wandte sie sich zur Haupttribüne, verbeugte sich mit einem charmanten Lächeln und trank den Champagner in einem Zug aus. Die Zuschauermenge tobte, während die Dame vom Platz trabte.

Der Trainer der Artisten, ein Hüne mit flammend roten Haaren, der bei den Vorführungen immer einen schwarzen Anzug, ein weißes Hemd und eine silberne Krawatte trug, lehnte an der Seitenwand der Tribüne und lächelte zufrieden. Heute hatten die Kunststücke auf Anhieb geklappt, das war nicht immer der Fall. Sie hatten ein Kunststück schon bis zu dreimal wiederholen müssen, wobei sich die Spannung im Publikum dabei mehr und mehr aufbaute und die Begeisterung bei Gelingen schier überschäumend war. Kaum einer der Zuschauer ahnte, wie viel Nerven, Disziplin, Training und vor allem Professionalität dafür notwendig waren.

Jean-Pascal atmete erleichtert auf, als das Spektakel

endlich vorbei war, jetzt konnte er sich bald um die Pferde kümmern. Er schlenderte zu dem Unterstand, wo Helfer den Tieren die nachtblauen, mit Goldornamenten verzierten Decken und die Sättel abnahmen, ihnen mit lobenden Worten die feuchten Hälse tätschelten und sie schließlich über einen Trampelpfad zu einer Koppel führten. Jean-Pascal folgte ihnen. Das weitläufige Gehege befand sich in einem Wäldchen abseits der Wege, auf denen die Besucher spazieren gingen, dort war es still und friedlich. Thomas, ein kräftig gebauter junger Mann mit hellbraunen Locken und einem sanften Gemüt, verließ das Gatter als Letzter und verschloss sorgfältig das Tor, dabei winkte er Jean-Pascal kurz zu.

»Kommst du später auf ein Bier zur alten Brücke?« Dort, unter einer alten Linde mit spektakulärem Blick auf das Schloss, trafen sie sich häufig nach der Arbeit mit Kollegen.

Jean-Pascal winkte zurück. »Gern, aber es wird noch eine Weile dauern, bis ich so weit bin.«

»Bei mir auch, ich muss die Arena noch in Ordnung bringen und die Rasenfläche mähen. Dann bis später.«

»Bis später.«

Thomas entfernte sich rasch und verschwand zwischen einer Gruppe von Birken. Als Jean-Pascal allein mit den Pferden war, begann er die Tröge mit Wasser und Heu zu füllen. Nach den Vorführungen waren die

Tiere immer aufgeregt und unruhig, der Aufenthalt in ihrer vertrauten Koppel, das Fressen und die sanften Worte ihres Pflegers beruhigten sie. Später würde er sie in ihre Boxen in die Stallungen bringen, sie striegeln und die Hufe säubern.

Lächelnd sah er zu, wie sie sich stärkten, einander anstupsten und sich entspannten. Die Nachmittagssonne stand inzwischen schon tief am Horizont und wärmte trotzdem noch seine bloßen Arme, es duftete nach frisch gemähtem Gras, durch die Bäume fuhr ein lauer Wind. Es war still, nur aus dem Café neben der Kapelle erklang leises Lachen. Als er auf der obersten Strebe des Zaunes saß und auf einem Grashalm herumkaute, hätte sich fast eine friedliche Stimmung über ihn gesenkt, doch plötzlich tauchte eine Erinnerung auf, die seine gute Laune trübte. Rasch schob er sie beiseite und versuchte, sich auf seine Arbeit zu konzentrieren. Er sprang vom Zaun und wollte zu einem der Tröge gehen, um Heu nachzufüllen.

Plötzlich fuhr ein brennender Schmerz durch seine Brust, mit einem Stöhnen krümmte er sich und stürzte zu Boden. Ihm wurde schwarz vor Augen, Sternchen blitzten auf, und er verlor jegliches Orientierungsgefühl. Die Pferde wieherten unruhig, zogen sich an den Zaun zurück und drängten sich aneinander.

Als ein Stein Odin, den Leithengst, am Kopf traf und sein Auge um Haaresbreite verfehlte, brach die

Hölle aus. Er bäumte sich auf und blähte die Nüstern, sein Wiehern klang wie verzweifeltes Schreien. Daraufhin wurden auch die anderen Pferde panisch, erhoben sich ebenfalls und galoppierten unkontrolliert los. Odin drehte sich um die eigene Achse, schlug mit den Hinterläufen aus und verfehlte Jean-Pascals Kopf um Haaresbreite, kurz tänzelte er, dann erhob er sich erneut, ließ seinen massigen Leib wieder fallen und traf dabei mit den Vorderläufen den Oberkörper des Pflegers. Außer sich vor Angst preschte er auf den Zaun zu und sprang darüber, wie vorhin über den gedeckten Tisch in der Arena. Dabei blieb er mit dem rechten Hinterlauf an einer Strebe hängen, die krachend abriss, geriet ins Straucheln, fing sich wieder und galoppierte mit wehender Mähne und aufgerissenen Augen auf den Wald zu, der ihn bald darauf verschluckte.

Einige Zeit später saßen Thomas und einige seiner Kollegen im Schatten der Linde an einem Wasserlauf, tranken im Bach gekühltes Bier aus der Flasche und unterhielten sich gutgelaunt. Die Schau war wieder super gelaufen, sie hatten ihre Arbeit gut gemacht, und ihr Chef René, der Stallmeister, hatte sich sogar zu einem Lob hinreißen lassen. Lyla, eine Pferdepflegerin, die reiten konnte wie John Wayne, hatte Schuhe und Strümpfe ausgezogen und planschte mit ihren Füßen im Wasser. Ihre pinkfarben lackierten

Zehennägel glänzten. Das Piratenkopftuch, das sie um ihre dicken schwarzen Haare geschlungen hatte, ließ die Ohrläppchen frei, in denen winzige goldene Kreolen steckten.

»Ich habe Hunger«, sagte sie. »Was haltet ihr davon, wenn wir Steaks kaufen und bei mir im Garten grillen? Meine Tomatenpflanzen gedeihen prächtig, ich kann daraus einen leckeren Salat machen.«

Sie wohnte in einem Eisenbahnwaggon, der auf einer Wiese am Waldrand in der Nähe der Ortschaft Muides-sur-Loire stand.

»Prima Idee«, fand Thomas. »Ich frage mich nur, wo Jean-Pascal bleibt? Er müsste mit seiner Arbeit doch inzwischen fertig sein, bestimmt will er mit uns grillen.«

»Schau doch mal nach, wo er steckt«, schlug Lyla vor.

Thomas erhob sich und klopfte sich die Hosenbeine ab. »Ich bin gleich wieder da.« Er wusste, dass er seinen Kollegen nicht auf dem Handy erreichen konnte. René hatte angeordnet, dass die Geräte bei der Arbeit mit den Pferden immer ausgeschaltet sein mussten, da die Tiere durch die Klingeltöne erschreckt werden konnten.

»Lass dir Zeit«, grinste Gérard. »In der Zwischenzeit trinken wir noch ein Bier.« Er fischte eine Flasche aus dem moosgrünen Bachbett und betrachtete dabei die Füße von Lyla. Sie waren so klein und zart.

Thomas überquerte die steinerne Brücke und wich einer Gruppe japanischer Touristen aus, die elegant gekleidet waren. Die Männer trugen schwarze Anzüge, die Frauen bonbonrosafarbene Kleider und derart hochhackige Schuhe, dass sich der Pferdepfleger fragte, wie man darin laufen konnte, ohne sich den Knöchel zu brechen. Ein Mann hielt eine Kamera mit einem gewaltigen Objektiv vor sich, rief etwas und fotografierte schließlich ein Brautpaar, das glücklich in die Linse strahlte. Im Hintergrund erhob sich majestätisch Chambord. Die Schlösser der Loire standen neben dem Eiffelturm ganz oben auf der Liste von Frankreichs atemberaubenden Motiven.

Thomas umrundete das Schloss und ging zu den Stallungen. Dort stellte er fest, dass die Boxen der Tiere, die Jean-Pascal betreute, leer waren. War er noch immer mit ihnen im Freilauf? Sie müssten doch schon längst hier sein. Er sah sich um und entdeckte einen Jungen, der den Boden fegte.

»Hast du Jean-Pascal gesehen?«, fragte er ihn.

Der Junge sah kurz auf. »Nein, keine Ahnung, wo er ist.«

Thomas verließ die Stallungen und machte sich auf den Weg zur Koppel. Als er durch das Birkenwäldchen lief, empfand er die Stille aus irgendeinem Grund als bedrohlich, ein ungutes Gefühl beschlich ihn, irgendetwas war nicht in Ordnung. Er hörte zwar das Rauschen der zartgrünen Blätter, aber die Vögel waren verstummt. Die Pferde standen am hinteren Zaun und rührten sich nicht, ihre Muskeln unter der Haut waren angespannt. Sofort stellte er fest, dass Odin fehlte. Wo war der stolze Hengst? Jean-Pascal konnte er nirgends entdecken, dabei war es ausgeschlossen, dass er die Pferde sich selbst überlassen hatte.

Mit zitternden Händen öffnete er das Tor und ging zögerlich über den sandigen Boden. Paloma wieherte nervös, und Diego fixierte ihn mit flackernden Augen. Langsam hob er seine Arme und zeigte ihnen die Handflächen. »Ganz ruhig, ich bin es doch nur.«

Als er die Beine sah, die hinter einem Wassertrog hervorragten, fuhr er erschrocken zusammen und rannte zu der Stelle. Sofort erkannte er die Stiefel von Jean-Pascal. Er lag auf dem Rücken, die leblosen Augen starrten in den Himmel, sein Oberkörper war blutüberströmt. In seiner Brust steckte ein Pfeil. Thomas' Gehirn registrierte, dass dessen Befiederung rot war, rot wie das Blut auf dem Körper seines Kollegen. Er starrte entsetzt auf den Toten und fühlte Übelkeit in sich aufsteigen. Langsam, Schritt für Schritt, bewegte er sich rückwärts auf das Tor zu und ließ dabei die Tiere nicht aus den Augen.

»Alles ist gut«, sagte er und versuchte, seine Stimme ruhig klingen zu lassen. »Alles gut, ruhig, Paloma.«

Schließlich trat er aus der Umzäunung, verriegelte das Gattertor und rannte los. Er musste René finden und ihm von dem Unglück berichten. Konfus, wie er war, stolperte er über eine Wurzel und schlug der Länge nach auf den Boden, keuchend rappelte er sich auf und stürmte auf die Stallungen zu. Dabei bemerkte er nicht, dass ihm Blut aus einer Schramme an der Stirn über die Wange lief. Um Atem ringend stürzte er in das Gebäude und rief nach seinem Chef. Er fand ihn in der kleinen Kaffeestube neben den Boxen, wo er einen Mokka trank und eine Zigarette rauchte. »Ein Unglück ist geschehen, Jean-Pascal ist tot! Er liegt in der Koppel, du musst sofort mitkommen.« Mühsam rang er nach Luft. »Und Odin ist verschwunden.«

Der Rittmeister sah ihn entsetzt an. »Was sagst du da?«

»Du hast doch gehört, was ich gesagt habe, es ist so entsetzlich.« Thomas fuhr sich aufgeregt durch die Locken. »Jetzt komm schon!«

René sprang auf und drückte hastig die Zigarette im Aschenbecher aus. Gemeinsam rannten die Männer aus dem Stall und folgten dem Weg zur Koppel. Sie gingen am Zaun entlang, bis sie zu der Stelle kamen, wo Jean-Pascal neben dem Futtertrog lag.

Fassungslos nahm der Rittmeister das Bild auf, das sich ihm bot, dann löste sich seine Starre, und er kletterte über den Zaun. Eine Stute zitterte und scheute vor ihnen zurück. René suchte ihren Blick. »Ruhig, mein Mädchen«, befahl er mit sanfter, aber fester Stimme. Sie gehorchte und suchte die Nähe eines anderen Pferdes.

René ging in die Hocke und legte seine Finger-
kuppen auf den Hals von Jean-Pascal. »Er hat keinen Puls mehr«, stellte er fest. Bei dem körperlichen
Zustand des Pferdepflegers und seinen verschleier-
ten Augen hatte er auch nichts anderes erwartet. Erschüttert erhob er sich, holte sein Smartphone aus der
Hemdtasche und schaltete es ein. Schnell wählte er
den Notruf, erklärte, was geschehen war und wo sie
sich befanden, während er die nervöse Stute mit klaren Gesten zu beruhigen versuchte. Die Stimme am
anderen Ende der Leitung versicherte, dass sich ein
Notarzt sofort auf den Weg machen werde und dass
man die zuständige Gendarmerie in Mer informieren
werde.

Als das erledigt war, wandte René sich an Thomas,
der sich kreidebleich an den Zaun klammerte. »Wir
müssen die Pferde hier wegbringen. Wenn sie die
Sirene des Krankenwagens hören und fremde Menschen hier auftauchen, drehen sie komplett durch, sie
sind sowieso schon in Panik.«

»Meinst du, ich kann in die Koppel? Mich kennen
sie nicht so gut.« Thomas war verunsichert wegen der
unruhigen Tiere.

»Du brauchst nicht in die Koppel, keine Angst,
mach einfach nur das hintere Gattertor auf.«

»Dann werden sie abhauen, so wie Odin.«

»Nein, das werden sie nicht.«

Während Thomas das Gatter umrundete und sich

am Tor zu schaffen machte, ging René auf ein Pferd zu, sprach es an und griff vorsichtig nach seinem Halfter. Er spürte, wie das Tier vor Anspannung vibrierte. Er flüsterte ihm etwas ins Ohr, und der Hengst setzte sich tatsächlich in Bewegung, jetzt griff er nach dem Zaumzeug der unruhigen Stute. »Komm, mein Mädchen.« Zunächst wieherte sie widerwillig, dann ging auch sie los. Sie ließen sich problemlos durch das Tor führen, die anderen Tiere folgten nach. Thomas traute seinen Augen nicht. Wie eine Karawane trotteten sie über die Wiese zum hinteren Gatter. Die Bewunderung für seinen Chef war grenzenlos, er war tatsächlich ein Pferdeflüsterer, wie es seine Kollegen immer behaupteten.

In der Zwischenzeit hatte sich Lyla auf den Weg gemacht, um Thomas zu suchen. Sie hatten alle Hunger und wollten endlich zum Grillen in ihren Garten fahren. Als sie aus dem Birkenwäldchen trat, betrachtete sie überrascht die Szenerie auf der Wiese. »Was machen die denn da?«, fragte sie sich laut. Sie beschirmte ihre Stirn, um besser sehen zu können, und schüttelte verblüfft den Kopf.

Endlich erreichte René das Gehege und führte die Pferde in aller Ruhe hinein, lobte sie und schloss das Tor.

»Geschafft«, sagte er und atmete auf, diese Aktion war nervenaufreibend gewesen. Als Thomas und er zurückgingen, bemerkten sie Lyla, die sich auf das erste Gatter zubewegte. René rannte los, um sie zu stoppen, aber es war zu spät. Sie sah den Toten, starrte ihn schockiert an und brach dann in Tränen aus. In der Ferne waren Sirenen zu hören.

Das Polizeigebäude von Blois befand sich in der Rue des Violettes, einer gewundenen Gasse aus Kopfsteinpflaster, zwischen dem Tourismusbüro und einem Antiquitätenladen. Hauptkommissarin Yvonne Martel saß in ihrem Büro im ersten Stock am Schreibtisch und sah gedankenverloren aus dem Fenster. Von dort aus hatte man einen schönen Blick auf die östliche Fassade des Schlosses von Blois und den Schlossplatz. Ludwig XII. und seine Gemahlin Anne de Bretagne hatten Blois zum Versailles der Renaissance gemacht. Inmitten des Schlossplatzes gab es Beete mit blühenden Blumen, gesäumt von schlanken Pappeln, die an diesem heißen Tag Schatten spendeten. Kinder mit Eistüten in der Hand liefen lachend über den Platz, wahrscheinlich wollten sie zum *Haus der Magie*.

Die Kommissarin war achtundvierzig Jahre alt und schlank. Ihr kurzes rötlichblondes Haar umrahmte ihr schmales Gesicht mit den kaum sichtbaren Sommersprossen. Der hellrot geschminkte Mund brachte ihre jadegrünen Augen zur Geltung. Sie trug zu ihrem weiß-blau gemusterten Kleid und dem dunkelblauen Blazer Pumps. Während sie gedankenverloren mit ihrer Perlenkette spielte, nahm sie die schöne Aussicht gar nicht wahr. Sie dachte an ihren Mann Julien, der in letzter Zeit etwas einsilbig und unaufmerksam ihr gegenüber geworden war, und sie fragte sich, was wohl der Grund dafür sein könnte. Sie konnte sich nicht vorstellen, dass er eine Geliebte hatte, dafür war er viel zu bequem. Oder verhielt er sich nur ihr gegenüber so? Energisch vertrieb sie diese beunruhigenden Gedanken und versuchte, sie durch einen positiven Impuls zu ersetzen. Vielleicht wäre es eine gute Idee, ihn zu überraschen. Ja, sie würde ihn von der Arbeit abholen und zum Abendessen in ein neueröffnetes Restaurant einladen. Es hieß *Anne de Bretagne*, war in einem wunderschönen Fachwerkhaus untergebracht, und die Sommerterrasse schwebte über der Loire.

Rasch sah sie auf ihre Armbanduhr. Es war kurz vor neunzehn Uhr, die perfekte Zeit für einen Aperitif und anschließend ein Dîner. Mit ihrem heutigen Arbeitspensum war sie auch fertig, obwohl in den letzten Tagen einiges vorgefallen war. Vor drei Tagen war eine alte Dame tot in ihrer Villa aufgefunden worden, ein Verbrechen war nicht auszuschließen, Martel musste jedoch noch den Bericht der Rechtsmedizin abwarten. Und gestern hatte es in einem Vorort eine tödliche Messerstecherei gegeben.

Sie schob den Gedanken beiseite, zog sich voller Vorfreude die Lippen nach und stäubte sich Parfüm auf den Hals, doch gerade als sie ihr Büro verlassen wollte, klingelte das Telefon. Kurz überlegte sie, nicht ranzugehen, ihr Pflichtbewusstsein siegte jedoch, und sie nahm den Anruf entgegen. Ein Gendarm von der Wache in Mer teilte ihr mit, dass im Park von Chambord ein Toter gefunden worden war, er sei mit einer Kollegin bereits vor Ort. Martel überlegte kurz und seufzte.

»Ich bin in spätestens einer halben Stunde da.«

»In Ordnung, wir sperren inzwischen den Tatort ab.«

»Merci, bis gleich.«

Nachdem sie das Telefonat beendet hatte, versuchte sie, den Rechtsmediziner Christian Keravel auf seinem Handy zu erreichen. Sie hatte Glück, schon beim dritten Klingelton ging er ran. »Keravel.«

»Hier ist Yvonne, bonjour Christian. Wir haben einen Toten im Park von Chambord, soll ich dich mitnehmen?«

»Das wäre großartig, mein Auto ist in der Werkstatt.«

»Gib mir fünf Minuten.«

Nachdem sie auch die Spurensicherung und einen Bestatter informiert hatte, sperrte sie ihr Büro ab, lief über die hintere Treppe ins Erdgeschoss und verließ das Haus. Rasch stieg sie in ihren Dienstwagen, einen schwarzen Renault, und fuhr durch dichten Verkehr über die Rue Denis Papin zu dem Kreisel an der Uferstraße. Sie wollte rechts abbiegen, doch ein junger rasanter Fahrer dachte nicht daran, sie die Spur wechseln zu lassen. Sie hupte verärgert und drängelte sich kurzerhand vor sein Fahrzeug. Bremsen quietschten, dann drückte auch er auf die Hupe. Sie grinste zufrieden. Na also, es ging doch.

Keravel wartete bereits mit seiner Ledertasche vor dem schlichten weißen Haus, in dem das rechtsmedizinische Institut von Blois untergebracht war. Die Kommissarin parkte in der zweiten Reihe, und der Arzt stieg ein. Charmant lächelte er sie an.

»Salut Yvonne.«

»Salut Christian.«

Er war dreiunddreißig Jahre alt, verheiratet und hatte zwei kleine Kinder, Lara und Louis. Sein Studium hatte er mit Auszeichnung abgeschlossen, danach hatte er einige Jahre in Lille gearbeitet und sich schließlich auf die freie Stelle in Blois beworben, wo er das Haus seiner Großtante geerbt hatte. Er war sehr ehrgeizig, arbeitete äußerst sorgfältig, geradezu akribisch, und hatte sich darüber hinaus seinen jugendlichen Charme bewahrt. Außerdem sah er großartig aus, mit bernsteinfarbenen Augen unter langen Wimpern in einem attraktiven Gesicht. Sein Bart war elegant gestutzt und erinnerte an Brad Pitt zu seinen besten Zeiten. Die dunklen Haare fielen ihm fast bis auf die Schultern, und er trug eine Nickelbrille, die ihn wie einen Studenten aussehen ließ. Heute hatte er eine schwarze Jeans und ein weißes Polohemd an, das seine ansehnlichen Unterarme frei ließ.

Die Hauptkommissarin wendete und fuhr über den Pont Jacques Gabriel, eine mittelalterliche Steinbrücke, über die Loire, die träge dahinfloss und in der untergehenden Sonne messingfarben glänzte. Ein Segelschiff glitt in Richtung des Mündungsdeltas. Der Fluss wirkte ruhig und harmlos, dabei war er unberechenbar, seine Sandbänke und Untiefen veränderten sich ständig, und es gab gefährliche unterirdische Strömungen. Auf der Nationalstraße fuhren sie in östlicher Richtung.

»Was ist das für ein Toter?«, fragte der Rechtsmediziner.

»Er liegt im Park von Chambord hinter den Stallungen, sein Oberkörper ist voller Blut, und aus seiner Brust ragt ein Pfeil, mehr Infos habe ich nicht.«

Er wirkte erstaunt. »Ein Pfeil?«

»Ja, ein Gendarm aus Mer ist mit einer Kollegin vor Ort, sie warten dort auf uns.«

Ungläubig schüttelte Keravel den Kopf. »Wenn der Mann durch einen Pfeilschuss getötet worden ist, wundere ich mich über das viele Blut, aber warten wir ab, bis wir vor Ort sind. Ach übrigens, einiges deutet darauf hin, dass die Dame, die tot in ihrer Villa aufgefunden wurde, vergiftet wurde. Ich muss noch einige Tests abwarten.«

»Vergiftet? Mon Dieu, was ist das für eine Welt?«

»Ja, ich weiß.«

»Wann bekommst du die Ergebnisse?«

»Ich hoffe, morgen.«

»Wenn du recht hast, habe ich drei Tötungsdelikte auf dem Tisch, und mein Kollege wandert in aller Ruhe ohne Handy auf dem Ignatius-Weg irgendwo zwischen Bilbao und Barcelona, na großartig.«

Durch die westliche Pforte gelangten sie in den Park und folgten der schmalen Straße durch dichten Mischwald. Auf einer Lichtung ästen drei Rehe, und hinter einer Kurve tauchte auf einmal das Schloss auf.

»Es ist immer wieder ein erhebender Anblick«, stellte Keravel fest.

»Ja, ich liebe ihn. Sag mal, weißt du, wo die Stallungen sind?«

»Ich war da schon mal mit meinen Kindern, dort gibt es auch einen Streichelzoo.« Er lachte. »Louis wollte unbedingt ein Lämmchen mit nach Hause nehmen, wir konnten ihn nur noch mit einem Eis beruhigen.«

Sie fuhren durch das Dorf Chambord, dann lotste Keravel sie über einen Hauptweg, der direkt auf das Schloss zuführte und für Pkws gesperrt war. Ein Tourist kam auf sie zu und winkte empört ab, woraufhin sie kurz anhielt und ihm durch das offene Fenster ihren Dienstausweis zeigte. »Treten Sie bitte zur Seite, Monsieur, wir haben es eilig.« Der Mann starrte dem Fahrzeug neugierig hinterher. Kurz vor dem Prachtbau sollte sie rechts abbiegen und an der Arena vorbeifahren, und nach wenigen hundert Metern über einen holprigen Weg gelangten sie an das Gatter.

Davor flatterte ein weißrotes Absperrband zwischen zwei Bäumen. Sie stiegen aus und wurden von zwei Gendarmen begrüßt.

Die Kollegin ergriff das Wort: »Dort drüben sind die Zeugen, die den toten Mann gefunden haben.« Sie deutete auf eine Bank, auf der Lyla, Thomas und René saßen und zu ihnen herüberschauten.

»Das heißt, der junge Mann in der Mitte, ein Pferdepfleger, hat ihn gefunden und daraufhin den Stallmeister geholt. Dieser hat den Notruf abgesetzt und die Pferde aus dem Gatter geführt und auf einer anderen Koppel untergebracht. Sie waren durch die Ereignisse schon panisch genug.«

Martel nickte, die Polizistin fuhr fort: »Als die Männer zurückkamen, trafen sie die junge Frau bei dem Toten.«

»Wo bleibt eigentlich der Notarzt?«, fragte Keravel sie.

»Der ist schon wieder weg, ein Tourist hatte in der Schlosskapelle einen Herzinfarkt, konnte aber gerettet werden. Bei dem Mann im Gatter kam jede Hilfe zu spät, der Arzt konnte nur noch seinen Tod feststellen.«

»Weiß man, um wen es sich handelt?«

»Ja, es ist Jean-Pascal Garot, er arbeitete hier als Pferdepfleger.«

»Nehmen Sie bitte die Kontaktdaten der Zeugen auf«, bat Martel die Kollegen. »Wir sehen uns jetzt den Toten an.«

Gemeinsam mit Keravel betrat sie die Koppel und ging über den sandigen Boden zu dem Trog, hinter dem Jean-Pascal lag. Die Kommissarin hatte schon viel Schlimmes gesehen, aber dieser Anblick war grauenhaft. Die Beine und der Kopf schienen zumindest auf den ersten Blick unversehrt, aber das karierte Hemd, dessen Stoff an einigen Stellen zerfetzt war, war getränkt mit Blut, auch auf der Erde rings um den Toten waren blutige Flecken erkennbar. Im Brustbereich ragte ein Pfeil aus dem Köper, der glänzend schwarz war und am Schaft rote Federn hatte. Seine Spitze war tief in den Körper eingedrungen.

Keravel öffnete seine Tasche und zog sich Handschuhe über, dann ging er in die Hocke und tastete behutsam den Brustkorb ab. »Einige Rippen sind gebrochen«, informierte er die Kommissarin. Er griff nach einer Pinzette und hob ein verklebtes Stoffstück an, dann schüttelte er den Kopf. »Das Bauchgewebe ist völlig zerstört.«

»Solche Verletzungen können doch nicht durch den Pfeil verursacht worden sein, oder?«

»Ich vermute, dass Pferdehufe auf seinem Brustkorb herumgetrampelt sind.«

»Du meinst, ein Pferd hat das angerichtet?«

»Es sieht so aus, hinter diesen Verletzungen steckt

eine ungeheure Kraft, und sie gehen häufig tödlich aus, je nachdem, wo die Hufe den Körper treffen.«

»Ein tödlicher Unfall mit einem Pferd? Und was ist mit dem Pfeil?«

Keravel untersuchte die Eintrittsstelle. »Er hat das Herz getroffen, der Mann muss innerhalb von Sekunden tot gewesen sein.«

Martel blinzelte irritiert. »Ein Pferd hat ihn totgetrampelt, und ein Pfeil ist in sein Herz eingedrungen?«

»So könnte es gewesen sein.«

»Das ergibt doch keinen Sinn.«

»Auf den ersten Blick nicht, aber er wird sich uns schon noch erschließen.« Er stand auf und klopfte sich die Hosenbeine ab. »Lassen wir ihn ins Institut bringen, wenn die Spurensicherung ihre Arbeit getan hat. Es ist nicht gut, wenn er noch länger hier in der Wärme liegt. Nach der Obduktion kann ich bestimmt mehr sagen. Schau, der Bestatter kommt gerade. Ich sage ihm Bescheid, wann der Leichnam abtransportiert werden kann.«

Martel ließ ihre Blicke aufmerksam über die Koppel und die Umgebung schweifen. »Was hat sich hier bloß zugetragen?«, murmelte sie.

Während Keravel mit dem Bestatter sprach, ging sie zu den Zeugen und äußerte ihre erste Vermutung. »Wir gehen davon aus, dass ein Teil der tödlichen Verletzungen von Pferdehufen stammt.«

»Das ist durchaus möglich«, erwiderte der Rittmeister mit bestürzter Miene. »Als Thomas und ich zur Koppel kamen, waren die Pferde verängstigt und panisch, irgendetwas muss sie verstört haben. Kein Pferd verletzt seinen Pfleger ohne Grund. Und es fehlt ein Pferd, Odin, der Leithengst. Ich vermute, dass er es war, bisher haben wir ihn nicht gefunden.«

»Wie konnte Odin aus der Koppel verschwinden, die Tore waren doch sicher verschlossen?«

»Als wir kamen, ja. Aber vielleicht hat jemand Odin herausgelassen, oder er ist in seiner Panik über den Zaun gesprungen, das halte ich für wahrscheinlicher. Wer macht einem panischen Pferd schon das Tor auf?«

»Wäre es möglich, dass Odin über ein so hohes Gatter gesprungen ist?«

»Durchaus, zum einen ist er ein guter Springer, zum anderen haben Pferde einen starken Fluchtinstinkt und können erstaunliche Hürden überwinden, wenn sie Angst haben.«

»Haben Sie eine Erklärung für den Pfeil?«

»Nein, das verstehe ich überhaupt nicht. Ich zermartere mir schon die ganze Zeit den Kopf, was hier passiert sein könnte.« Mit einem Taschentuch wischte er sich den Schweiß von der Stirn. »Ich habe Jean-Pascal gemocht, er war ein feiner Kerl, zuverlässig, hilfsbereit, und er hatte immer einen Scherz auf den Lippen. Es ist so schrecklich.«

»Findet hier in der Nähe Bogenschießen statt? Vielleicht hat ein Pfeil sich verirrt.«

Thomas schüttelte entschieden den Kopf. »Das ist unmöglich, das wäre viel zu gefährlich bei den vielen Touristen, die sich hier aufhalten. Die Artisten, die die Ritter spielen, trainieren morgens in der Arena.«

»Es gibt also Pfeile und Bogen hier auf dem Gelände?«

»O ja, jede Menge.«

»Wir müssen überprüfen, ob einer fehlt. An wen wende ich mich da?«

»Da fragen Sie am besten den Requisitenmeister, Sie finden ihn in dem flachen, sandfarbenen Gebäude neben den Ställen.«

»Danke.« Martel sah in die Runde. Die junge Frau wirkte völlig verzweifelt, ihre Augen waren gerötet.

»Haben Sie jemanden gesehen, der Ihnen verdächtig vorkam?«

Alle drei schüttelten den Kopf, Lyla ergriff das Wort: »Die Koppel liegt ein ganzes Stück abseits der Hauptwege. Touristen verirren sich nur selten hierher. Als ich kam, um Thomas zu suchen, war außer ihm und René keine Menschenseele hier.« Eine Träne lief über ihre Wange. »Ich war mit Jean-Pascal befreundet, es tut mir so leid, was mit ihm passiert ist. Ich verstehe das überhaupt nicht, seine Pferde haben ihn geliebt, sie hätten ihn doch nie verletzt.«

Die Kommissarin nickte verständnisvoll. »Wenn Ihnen noch etwas einfällt, rufen Sie mich bitte an. Und sagen Sie Ihren Kollegen Bescheid, sie sollen sich ebenfalls an mich wenden, wenn ihnen etwas aufgefallen ist.« Sie reichte ihnen ihre Visitenkarte.

Mittlerweile hatten sich auf dem Gelände Techniker der Spurensicherung, bekleidet mit weißen Overalls, verteilt und suchten nach Hinweisen. Einer hatte anscheinend etwas gefunden und winkte Martel zu. Sie ging ihm entgegen.

»Ich habe auf der Koppel einen Stein gefunden, und das Merkwürdige ist, dass es dort ansonsten überhaupt keine Steine gibt, nur Sand und Gras, sie ist sehr gepflegt.« Er hielt ihr einen Beweismittelbeutel hin. »Sieh dir das an.«

Der Stein war kantig und etwas größer als ein Tennisball. Auf dieser Spitze befand sich ein winziger Fleck. »Was ist das?«, fragte sie.

»Es könnte Blut sein, ich gebe ihn ins Labor.«

Sie hatte Mühe, sich vorzustellen, dass jemand Jean-Pascal auch noch mit einem Stein verletzen wollte.

»Warten wir die Untersuchung ab.«

»Ja, gute Arbeit, merci.«

»Ach noch etwas, an der Westseite der Koppel wurde aus der Umzäunung eine Latte herausgerissen.«

»Aus dem oberen Lauf?«

»Ja.«

»Fotografiert die Stelle bitte auch, und überprüft, ob die Latte in die Lücke passt. Es kann sein, dass ein Pferd über den Zaun gesprungen ist und ihn beschädigt hat.«

»Wird gemacht.«

Die Kommissarin ging das Gatter ab und sah sich um. Von wo aus konnte der Schütze den Pfeil abgeschossen haben? Der Tote könnte sich im Fallen gedreht haben, sie würden die Obduktion abwarten müssen. In südlicher Richtung war eine freie Fläche, die keine Deckung bot. Daran schloss ein lichter Birkenwald, der fast bis an die Koppel heranreichte. Sie ging darauf zu und lief langsam zwischen den Bäumen durch. Auf einem kleinen steinigen Hügel war ein Techniker bei der Arbeit. Als er sie sah, rief er ihr zu: »Kommst du mal, Yvonne? Ich habe etwas gefunden.«

Sie stieg auf die Anhöhe und stieß einen stummen Fluch aus, weil sich ihre Pumps immer wieder zwischen den Steinen verhakten. Endlich oben angelangt, sah sie, dass der Kollege neben einem alten Kreuz stand, in dessen Stein eine Inschrift eingraviert war:

Babette Duchamps
1874–1903
In Erfüllung ihrer Pflichten vom Blitzschlag getroffen
In Liebe, ihre untröstlichen Eltern

Neben dem Kreuz plätscherte ein Brunnen, dessen steinernes Becken von Moos überzogen war. Martel wusste nicht genau, warum, aber diese Inschrift stimmte sie traurig. Der Gendarm riss sie aus ihren Gedanken. »Neben dem Brunnen liegt ein zerbrochener Zweig, und das Efeu ist flach getreten. Da könnte jemand gestanden haben.«

Sie bückte sich und sah sich die Stelle an. »Das könnte sein.« Ihr fiel auf, dass auch an dieser Stelle etliche weiße, kantige Steine lagen. Dann stand sie auf und drehte sich in die Richtung, in der die Koppel lag. Man konnte sie gut von hier aus sehen, ohne selbst gesehen zu werden, die Luftlinie betrug etwa fünfzehn Meter.

»Könnte man von hier aus einen Menschen im Gatter mit Pfeil und Bogen töten?«

Der Mann sah in die gleiche Richtung wie sie. »Ohne Probleme. Ich bin Mitglied in einem Bogenschützenverein und kann das beurteilen. Da müsste jemand schon ein lausiger Schütze sein, um dieses Ziel zu verfehlen. Ich könnte einen Menschen mitten in sein Herz treffen.«

Die Kommissarin sah ihn stirnrunzelnd an. »Und einen Stein? Könntest du einen Stein über diese Distanz werfen und jemanden treffen?«

»Nein, da müsste ich näher an das Gatter gehen, von hier aus geht das nicht.« Eifrig deutete er nach unten. »Von dem Ginsterbusch aus zum Beispiel, da hat man Deckung und ist nahe genug, um sicher zu treffen.«

»Okay, den Zweig nehmen wir mit.«

Sie begann den Hügel hinabzusteigen und dachte über die Informationen nach, die sie soeben bekommen hatte. Was hatte es mit diesem Stein auf sich? War der tödliche Pfeil wirklich nahe dem Brunnen abgeschossen worden? Aus den Augenwinkeln sah sie einen kleinen Gegenstand, der unter einem Gebüsch lag und ihre Aufmerksamkeit erregte. Neugierig hob sie ihn mit Hilfe eines Taschentuchs auf und betrachtete ihn. Es war ein kleiner Elefant aus Ton, der seinen Rüssel hob, so dass er einen Halbkreis bildete. Wer hatte ihn hier verloren? Sie wickelte ihn ein und steckte ihn in die Tasche ihres Blazers.

Am Gatter wartete Christian auf sie. »Fahren wir zurück?«

»Noch nicht, ich will noch mit dem Requisitenmeister sprechen, du kannst ja in der Zwischenzeit einen Kaffee trinken gehen.«

»Kann ich auch mitkommen?«

»Klar.«

Sie fuhren zur Arena und betraten das Gebäude, das Thomas ihr beschrieben hatte. Durch die schmalen Oberlichter drang diffuses Licht in die Halle, und es roch nach Leder und Mottenkugeln. Mitten im Raum stand ein Mann an einem Tisch und legte Kleidung zusammen, dabei murmelte er vor sich hin. Als er sie bemerkte, lächelte er ihnen freundlich zu.

»Bonsoir, was kann ich für Sie tun?«

Martel starrte ihn verblüfft an. Er trug eine schwarz glänzende Hose, hellbraune Stulpenstiefel und darüber eine Tunika, über die goldglänzende Monde und silbrige Sterne wanderten. Sein wallendes, weißes Haar fiel ihm auf die Schultern, seinen Bart hatte er geflochten. Sofort bemerkte er ihr Erstaunen und lachte unvermittelt.

»Das ist ein Kostüm, schöne Dame, ich spiele bei den Vorführungen den mittelalterlichen Magier und bin noch nicht dazu gekommen, mich umzuziehen. Meine Arbeit nimmt kein Ende, Sie können sich gar nicht vorstellen, wie schlampig diese Artisten sind. Sie werfen alles hin, wo sie gehen und stehen, und ich muss aufräumen. Pah, sie sind sich dafür zu fein, dabei bin ich schließlich auch ein Künstler.«

Sie betrachtete den Kleiderberg auf dem Boden, dann zeigte sie ihm ihren Dienstausweis. »Ich möchte mit dem Requisitenmeister sprechen.«

»Das bin ich.« Er deutete eine Verbeugung an. »Arnaud Caravelles, stets zu Ihren Diensten. Sie kommen wegen Jean-Pascal, nicht wahr? Was für eine Tragödie, er war immer so freundlich.«

»Ja, das ist der Grund unseres Besuchs. Man hat mir gesagt, dass es hier auch Pfeile und Bogen gibt, die für die Schau genutzt werden.«

»Das ist richtig, wir brauchen sie für die Ritter-spiele.«

»Wie viele gibt es denn?«

»Exakt zwanzig, sie werden von mir gepflegt. Zwanzig Bogen und sechzig Pfeile.« Er zeigte auf Gestelle an der Wand hinter ihm. »Dort hängen die Bogen, die Pfeile stecken daneben in Köchern, hier hat alles seine Ordnung.«

»Darf ich einen Pfeil sehen?«

»Aber natürlich, Madame le Commissaire.« Er ging zur Wand und zog einen Pfeil aus dem ledernen Behältnis. Martel und Keravel wechselten einen raschen Blick, der Pfeil hatte grüne Federn.

»Haben alle Pfeile grüne Federn?«, fragte sie.

»Nein, zwanzig haben grüne, zwanzig rote, der Rest gelbe Federn. Ich zähle sie nach jedem Training und jeder Veranstaltung durch, und beschädigte Waffen werden mir gemeldet.«

»Haben Sie heute schon gezählt?«

»Dazu bin ich noch nicht gekommen, das mache ich, wenn ich mit den Kleidern fertig bin.«

»Könnten Sie es jetzt tun?«

»Für Sie tue ich alles.« Schon begann er zu zählen. Als er durch war, begann er erneut. Dann fuhr er sich durch die Haare. »Das gibt es doch nicht.«

»Was ist denn los?«

»Ein Bogen und ein Pfeil fehlen.«

»Ein roter?«

45

»Woher wissen Sie das?«

Sie ignorierte seine Frage. »Wer hat Zutritt zu diesem Gebäude?«

»Alle Angestellten haben einen Schlüssel, aber die Tür steht meistens offen.«

»Dürfen wir einen Pfeil mit roten Federn mitnehmen? Sie bekommen ihn so bald wie möglich zurück.«

»Ja, natürlich, ich stecke ihn in einen verschließbaren Köcher, so können Sie ihn besser transportieren.«

»Danke, Monsieur Caravelles, Sie haben uns sehr geholfen.«

Zum Abschied reichte sie ihm ihre Visitenkarte und notierte sich seine Handynummer. Dann verließen sie das Gebäude und gingen zu ihrem Fahrzeug.

»Hast du Lust auf einen Kaffee?«, fragte er. »Das Schlosscafé hat noch geöffnet.«

»Immer.«

»Ich lade dich ein.«

Lyla Nibali stand in ihrem Eisenbahnwaggon am Herd und rührte mit einem Kochlöffel in der Pfanne. Sie bereitete ein Gericht zu, das ihre algerische Großmutter oft für sie gekocht hatte. Es bestand aus grünem Spitzpaprika, Zwiebeln und Tomaten, die so lange in Olivenöl gedünstet wurden, bis sie weich waren, dann schlug man Eier darüber und ließ sie stocken, am Schluss wurde die duftende Masse mit

Salz und Pfeffer gewürzt. Sie hatte zwar nach den schrecklichen Ereignissen überhaupt keinen Appetit, aber sie wollte wenigstens versuchen, eine Kleinigkeit zu essen, da sie morgen bei der Vorstellung wieder fit sein musste. Sie brauchte diesen Job. Er wurde nicht gut bezahlt, machte ihr aber Spaß, und ihre Ansprüche waren bescheiden. Es fiel ihr leicht, mit ihrem Budget zurechtzukommen.

Sie häufte das Eiergemüse auf einen Teller und stellte ihn auf den Tisch, dazu gab es Baguette und Wasser. Sie trank selten Alkohol, in ihrer Familie war er tabu.

Der ausrangierte Eisenbahnwaggon war einmal ein Speisewagen gewesen, den sie für wenig Geld von der Eisenbahngesellschaft SNCF gekauft hatte. Da, wo er stand, war früher eine Nebenstrecke verlaufen, die es schon lange nicht mehr gab. Die Gleise waren von Gras und Flechten überwuchert. Bei der Einrichtung hatte sie sich viel Mühe gegeben. Der Resopaltisch, flankiert von zwei mit rotem Leder überzogenen Bänken, diente jetzt als Essecke. Die anderen Tische und Bänke hatte sie entfernt und stattdessen an der Wand ein schmales Bett und einen Klavierhocker als Nachttisch aufgestellt. Gegenüber hatte sie einen Ohrensessel vom Flohmarkt und ein Tischchen platziert, dessen Oberfläche an ein Schachbrett erinnerte. Auf dem Boden lagen bunte Webteppiche. Vor den Fenstern hatte sie Bretter befestigt, auf denen Kästen mit roten und rosafarbenen Geranien standen. Den Strom lieferte ein Notstromaggregat, das neben dem Waggon unter einem Holzverhau stand. Jean-Pascal hatte dabei geholfen, auch beim Bau des Blechdaches war er ihr behilflich gewesen.

Nach dem späten Abendessen ging Lyla zu Bett und schlief entgegen ihren Befürchtungen nach wenigen Minuten ein, weil sie zutiefst erschöpft war.

Sie konnte nicht länger als eine halbe Stunde geschlafen haben, als sie schreiend hochfuhr und sich entsetzt umblickte. Ihr ganzer Körper zitterte. Was hatte sie geweckt? Im Licht des Mondes, das schräg durch ein Fenster fiel, konnte sie die Umrisse ihrer Möbel erkennen, doch da war niemand. Sie hatte wieder diesen Traum gehabt, der sie seit einem halben Jahr regelmäßig heimsuchte. Darin erlebte sie immer und immer wieder, was in einer eisigen Märznacht in einer trostlosen Hochhaussiedlung in Marseille geschehen war, in der sie mit ihren Eltern und ihren beiden älteren Brüdern Adil und Rafal sowie ihrer kleinen Schwester Fatima gelebt hatte.

Damals hatte sie in ihrem Zimmer auf dem Bett gesessen und durch das Fenster verträumt das Schneegestöber betrachtet, als ihr Vater plötzlich, ohne anzuklopfen, in den winzigen Raum trat, den sie mit Fatima teilte, und sie mit strenger Miene in den Salon zitierte. Sie folgte ihm beunruhigt. Im Wohnzimmer warteten ihre Mutter und die beiden Brüder auf sie. Ihr Vater kam sofort zur Sache und eröffnete ihr, dass zwei Tage darauf ein entfernter Cousin aus Algerien eintreffen werde, den er für sie als zukünftigen Ehemann ausgesucht habe. Sie solle die Schule verlassen und mit ihm zusammenleben. Anstatt später in Ruhe darüber nachzudenken, was zu tun sei, reagierte Lyla unüberlegt, voller Vertrauen, dass ihre Eltern sie verstehen würden. Spontan erzählte sie von einem Jungen in der Schule, in den sie sich verliebt habe und der sie auch liebe. Niemals würde sie einen Mann heiraten, den sie gar nicht kenne. Sie redete sich in Rage, und ihre Stimme wurde immer lauter und aufgeregter. Die Hand ihres Vaters traf sie im Gesicht, so heftig, dass ihr Kopf zur Seite kippte, dann erklärte er ihr mit eisiger Stimme, dass sie seine Entscheidung akzeptieren müsse, sie habe keine Wahl. Trotz ihrer flehenden Blicke kam ihre Mutter ihr nicht zu Hilfe. Sie warf ihr lediglich einen aufmunternden Blick zu, der ihr wohl Mut machen sollte. Lylas Großmutter wäre nicht so feige gewesen, sie hätte sich für ihre Enkelin eingesetzt, aber leider war sie im Jahr zuvor gestorben. Von ihren Brüdern konnte sie keine Hilfe erwarten. Nach dem Gespräch zerrte ihr Vater sie in ihr Zimmer und sperrte sie ein. Panisch ließ sie sich auf dem Bett nieder und zerbrach sich den Kopf darüber, was sie tun sollte. Schließlich fasste sie einen Entschluss und wischte sich energisch die Tränen von den Wangen.

Leise, um ihre Schwester nicht zu wecken, packte sie einige Kleider, ihren Ausweis, ihr Handy, ihre dürftigen Ersparnisse und eine halbe Flasche Cola in einen Rucksack und zog sich warm an. Dann öffnete sie das Fenster und spähte nach draußen. Sie wohnten im ersten Stock, doch irgendwie musste sie von dort weg. Sie fasste sich ein Herz und kletterte auf den Fenstersims, wobei sie nicht nach unten sah. Mit aller Kraft klammerte sie sich am Rahmen fest, dann ließ sie mit einer Hand los und griff nach der Strebe des Nachbarbalkons, wagte einen großen Schritt und stand auf dem Geländer. Sie sprang auf den Balkon, keuchte erleichtert auf und wartete, bis sich ihr rasendes Herz beruhigt hatte. Der Rest war einfach. Die übereinanderliegenden Balkone waren mit Aluminiumverstrebungen verbunden, über die sie den Balkon im Erdgeschoss und dann den verschneiten Boden erreichte. Ohne noch einmal zurückzuschauen, rannte sie zur nächsten Bushaltestelle und fuhr zum Hauptbahnhof. Dort nahm sie den ersten Zug, der abfuhr, es war der Nachtzug nach Orléans. Vorher hatte sie in der Bahnhofstoilette die SIM-Karte aus ihrem Handy genommen und weggespült. Dabei hatte sich trotz der dramatischen Situation ein bitteres Lächeln in ihr Gesicht geschlichen. Sollte ihre Familie doch in der Kanalisation der Großstadt nach ihr suchen.

Erschöpft legte sie ihren Kopf wieder auf das Kissen und zog die Decke über ihre Schultern. Als sie ein Geräusch hörte, fuhr sie erschrocken zusammen. Es kam von draußen, irgendetwas raschelte leise. Ihre Brüder! Konnte es sein, dass sie sie nach all der Zeit doch gefunden hatten? Ihre Zähne begannen zu klappern, und sie hatte entsetzliche Angst. »Denk nach, denk nach«, flüsterte sie und zwang sich, ruhiger zu atmen. Im Grunde hielt sie es für unmöglich, dass ihre Brüder sie hatten finden können. Sie hatte sich in Orléans ein billiges Prepaidhandy gekauft und auf die Eröffnung eines Bankkontos aus Sicherheitsgründen verzichtet. Ihr Gehalt wurde auf Jean-Pascals Konto überwiesen, der ihr das Geld immer sofort brachte, nachdem es eingegangen war. Jetzt würde sie eine andere Lösung finden müssen. Jean-Pascal hatte ihr auch beim Aufbau eines Zaunes helfen wollen, damit nicht jeder einfach so ihr Grundstück betreten konnte, doch dafür war es jetzt zu spät.

Entschlossen schob Lyla die Decke zurück, stieg aus dem Bett, ging in die Hocke und löste eine Leiste unten an der Waggonwand. In dem flachen Hohlraum hatte sie ihre Waffe versteckt, die immer geladen war. Es war ein Nachbau des berühmten Remington-Derringer mit Holzgriffschalen, Kaliber 38, den sie zusammen mit der Munition auf einem Waffenmarkt in Tours gekauft hatte. Sie holte die Pistole aus dem Versteck und entsicherte sie, dann schlich sie lautlos zum Fenster und spähte hinaus. Der Wald stand vor ihr wie eine schwarze Wand, es war unmöglich, etwas zu erkennen. Aus dem gegenüberliegenden Fenster konnte sie auf den Garten sehen, Wolken trieben über den Himmel und gaben hin und wieder das fahlgelbe Rund des Mondes frei. Sie ließ die Augen über ihre Blumenbeete streifen, dann über die Sitzecke mit dem Grill, den Jean-Pascal aus roten Ziegelsteinen gebaut hatte. Da! Dahinter hatte sich etwas bewegt. Auf einmal rannte ein Dachs über die Wiese auf den Wald zu. Erleichtert atmete Lyla auf und ließ ihre Waffe sinken. Ihr Blick wanderte zu dem Gemüsebeet, und ein Lächeln erschien auf ihrem Gesicht. Odin stand in ihrem Garten und fraß in aller Ruhe einen Salatkopf. Sein Schweif bewegte sich leicht hin und her und brachte die Blätter des Johannisbeerstrauchs zum Rascheln.

Lyla beschloss, ihn zu den Stallungen zurückzubringen. Der Schrei eines Waldtieres könnte ihn erschrecken, und er würde wieder davonlaufen. Sie schlüpfte in Jeans, Pullover und Reitstiefel, sicherte die Waffe und verstaute sie in einem kleinen Lederrucksack. Sie würde sie zu ihrer Sicherheit mitnehmen, vielleicht trieb sich doch jemand im Wald herum. Zuletzt setzte sie sich ihre Stirnlampe auf und suchte nach einem kurzen Seil, an dem sie Odin führen konnte. Dann verließ sie den Eisenbahnwaggon, in der Hand einen Eimer mit Wasser, und ging lang-

sam auf Odin zu. Sanft sprach sie ihn an. Er erkannte die Stimme sofort, sah kurz zu ihr hoch, schnaubte
und fraß dann weiter.

Lyla trat neben ihn und streichelte seine Flanken.
»Du hast bestimmt Durst, Odin. Sieh mal, was ich dir
mitgebracht habe.« Sie stellte das Wasser zwischen
die Salatköpfe, und das Pferd begann sofort zu trinken. Als es fertig war und der Eimer fast leer, griff sie
nach seinem Halfter. »Komm, mein Großer, wir gehen jetzt nach Hause.«

Bereitwillig ließ er sich von ihr durch den Garten
führen, dann überquerten sie eine Wiese und gingen
am Straßenrand entlang zu der Pforte von Muides. Ihnen begegnete kein einziges Fahrzeug, kein Mensch
war um diese Zeit unterwegs. Als sie das Tor passiert
hatten, schlug Lyla den Pfad ein, der durch den Wald
abseits der Straße nach Chambord führte. Dort war es
zwar dunkler, aber Odin müsste nicht auf dem harten
Asphalt gehen. Bald hatte die Düsternis des Forstes
sie verschluckt, und Lyla schaltete ihre Stirnlampe
ein. Der Lichtkegel beleuchtete den mit Fichtennadeln übersäten Weg mehrere Meter weit. Jenseits
des Lichtes konnte sie die Schemen der Bäume und
Büsche erkennen, deren Blätter im Nachtwind flüsterten. Darüber hinaus waren nur das leise Trappeln
der Hufe auf der Erde und hin und wieder der Schrei
eines Nachtvogels zu vernehmen, einmal schreckte
ein Grunzen sie auf und ließ sie innehalten. Schatten

lösten sich von einer Eichengruppe, und eine Wildschweinhorde rannte davon.

Nach weiteren hundert Metern tauchte linker Hand eine Blockhütte auf, hinter deren Glasscheiben etwas bläulich schimmerte. Lyla stutzte. Sie hatte keine Ahnung, was sich darin befinden könnte. Als sie jemanden neben einem Baum stehen sah, schrak sie zusammen, doch dann erkannte sie, dass ihre Phantasie ihr einen Streich gespielt hatte. Es war ein Strauch, der ein wenig die Form eines menschlichen Körpers hatte, weiter nichts.

Lyla fühlte sich plötzlich unbehaglich und überlegte, wie sie schneller aus dem Wald kommen könnte. Es war mindestens noch ein Kilometer bis zum Schloss, deshalb fasste sie den Entschluss, auf Odin zu reiten. Bisher hatte er einen entspannten Eindruck gemacht, ihre Unruhe schien sich nicht auf ihn übertragen zu haben.

Sie sah sich um und führte den Hengst zu einem Baumstamm, stieg hinauf, tätschelte mit schmeichelnden Worten den Hals des Tieres und schwang sich auf seinen Rücken. Er tänzelte kurz, dann stand er auf einen knappen Befehl von ihr hin ganz still. Sie war froh darüber, dass sie schon als Kind gelernt hatte, ohne Sattel zu reiten. Sie gab ihm mit ihren Schenkeln ein Zeichen, und er trabte los.

Als sie an einer Lichtung vorbeiritt, bemerkte sie einen schwachen Lichtschein. Aus den Augenwinkeln nahm sie eine weißgekleidete Gestalt wahr, die dort auf dem Boden saß und in flackernde Kerzenflammen starrte. Das Bild wirkte wie ein Stillleben, in Mondlicht gehüllt, doch eine Sekunde später waren sie schon daran vorbei.

Lyla war völlig irritiert und fragte sich, ob sie sich alles nur eingebildet hatte. Wurde sie langsam hysterisch hier im dunklen Wald? War es der immer wiederkehrende Traum und sein Schrecken, die sie Gespenster sehen ließen, sollte sie umkehren und sich vergewissern, was sie gesehen hatte? Doch Odin sollte endlich in seine Box, und außerdem musste sie sich eingestehen, dass sie sich nicht traute. Sie trabten weiter durch die inzwischen beklemmende Düsternis, doch der verstörende Anblick der einsamen Gestalt verfolgte sie, und immer wieder blickte sie sich um.

Endlich lichtete sich der Wald, die Wolkengebirge verzogen sich, und vor ihr tauchte Chambord wie eine Zuckertorte aus dem Märchen auf.

Als sie die Stallungen erreicht hatte, stieg sie ab und lobte Odin.

»Komm, mein Braver, gleich haben wir es geschafft.«

Im Schein der Nachtlampe, die über dem Eingang brannte, erkannte sie, dass er direkt neben dem rechten Auge eine Verletzung hatte, einen Riss, der verschorft war. Besorgt betrachtete sie die Wunde näher.

»Was ist denn mit dir passiert, du Armer? Hoffentlich hast du keine Schmerzen. Na komm jetzt, wir waren lange genug unterwegs.«

Sie war überrascht, dass der Gang, der zu den Boxen führte, hell erleuchtet war, und auch aus dem Pausenraum drang ein Lichtschein. Neugierig steckte sie den Kopf hinein.

René saß am Tisch, rauchte und hatte ein Glas Rotwein vor sich stehen. Verblüfft sah er sie an.

»Lyla, was machst du hier? Ich habe Hufgetrappel gehört und wollte nachsehen, was da los ist.«

Er stand auf und kam zu ihr in den Gang. Als er Odin sah, strahlte er über das ganze Gesicht. »Du hast ihn gefunden!«

»Ja, was machst du denn noch hier?«

»Ich habe ihn stundenlang im Park gesucht, vor ein paar Minuten habe ich aufgegeben und wollte morgen früh weitermachen, wenn es hell ist. Gib mir das Seil, ich bringe ihn in seine Box und bin gleich wieder da. Setz dich doch bitte.«

Lyla sank erschöpft auf einen Stuhl und hörte Schnauben. Das waren bestimmt die anderen Pferde, die ihren Freund begrüßten.

Kurz darauf kam René zurück, setzte sich zu ihr und schenkte ihr ein Glas Wein ein. »Wo hast du ihn gefunden?«

»Er stand auf einmal in meinem Garten und hat sich über den Salat hergemacht.«

René lachte. »Nicht zu fassen, ich bin so froh, dass er wieder da ist.«

»Ich auch.«

Sie stießen an und tranken einen Schluck.

»Und dann hast du ihn den weiten Weg durch den Wald zurückgeführt?« Er wusste, wo sie wohnte.

»Zuerst ja, aber dann habe ich ihn geritten.«

»Er hat sich in dieser Verfassung von dir reiten lassen? Chapeau!«

»Er hat eine Verletzung am Auge.«

»Ja, das ist mir auch aufgefallen. Der Tierarzt soll ihn sich morgen früh gleich ansehen, aber ich denke nicht, dass es schlimm ist. Vielleicht hat er sich bei seiner Flucht an einem Ast verletzt.« Nachdenklich schenkte er sich einen Schluck Wein nach, Lylas Glas war noch halbvoll. »Weißt du, was? Ich fahre dich nach Hause, es ist schon spät, und Odin ist ja wieder da. Heute war ein langer, furchtbarer Tag.«

»Das wäre sehr nett, noch einmal möchte ich nicht durch den Park laufen.«

»Das kann ich verstehen, hast du dich gefürchtet?«

Lyla überlegte kurz, ob sie ihm erzählen sollte, was sie beobachtet hatte, und entschied sich dafür. Sie vertraute ihm. »Zunächst nicht, aber dann habe ich etwas ganz Sonderbares gesehen.«

Er runzelte die Stirn. Es kam immer wieder vor, dass unbefugte Personen nachts in den Park eindrangen und beispielsweise eine Futterkrippe zerstörten oder ihren Müll abluden. Die Parkwächter, eine dem Verteidigungsministerium unterstehende Reitereinheit *Garde Républicaine*, konnten nicht überall sein.

»Was hast du denn gesehen?«

»Eine weiße Gestalt saß auf der Lichtung mit dem Dolmen und hatte Kerzen angezündet.«

René sah sie verdutzt an. »Ist das dein Ernst?«

»Natürlich!«

»Das war wahrscheinlich das Schlossgespenst von Chambord.«

Sie lächelte schief.

»Nein, das war ein Scherz. Ich nehme dich selbstverständlich ernst«, versicherte er. »Wenn ich dich heimgebracht habe, fahre ich hin und schaue nach. Ich weiß, welche Stelle du meinst. Wir werden schon herausfinden, was du da gesehen hast.«

Nachdem sie alle Lichter gelöscht und das Tor verriegelt hatten, fuhren sie mit Renés Peugeot zurück zu ihrem Eisenbahnwagen. Als er vor dem Zugang anhielt, sah er sie an. Ihr Profil war das einer klassischen Schönheit, ebenmäßig wie das von Aphrodite. Er bewunderte ihren Mut und war fasziniert von ihrem Temperament. Als sie ihm den Kopf zuwandte, glänzten ihre mandelförmigen Augen. Schließlich fasste er sich ein Herz.

»Darf ich dich zum Essen einladen? In Muides-sur-Loire gibt es ein tolles Restaurant, direkt am Fluss.

Vielleicht morgen Abend? Ich könnte dich um zwanzig Uhr abholen.«

Lyla lächelte. Ihr gefiel dieser große stämmige Mann mit dem widerspenstigen blonden Haarschopf und den warmen Augen. Er hatte sich ihr gegenüber immer korrekt und respektvoll verhalten. Kurz entschlossen hauchte sie ihm einen Kuss auf die Wange.

»Sehr gern, ich freue mich.«

Dann stieg sie aus, und er wartete, bis sie sicher in ihrem Wagen verschwunden war. Wohl war ihm nicht bei dem Gedanken, dass sie alleine so weit draußen wohnte. Er startete den Motor und fuhr zurück in den Park, holperte langsam mit Standlicht über einen Forstweg. Ungefähr zweihundert Meter vor der Lichtung stieg er aus und ging zu Fuß weiter. Als er sein Ziel erreicht hatte, sah er sich um. Hier war niemand, aber seine feine Nase roch Rauch, als hätten hier vor kurzem noch Kerzen gebrannt.

ZWEITER TAG

DAS STEINKREUZ AM BRUNNEN

Nachdem Yvonne Martel mit ihrem mürrischen, hinter einer Tageszeitung verschanzten Mann auf der Terrasse gefrühstückt hatte, machte sie sich auf den Weg zu ihrer Dienststelle. Zu ihrer Freude stellte sie fest, dass der Laborbericht bereits auf ihrem Schreibtisch lag, die Kollegen waren schnell gewesen. Rasch überflog sie die wenigen Zeilen.

Das Blut auf dem Stein, den die Spurensicherung in der Koppel gefunden hatte, war Tierblut. Sie runzelte die Stirn. Was hatte das zu bedeuten? Fingerabdrücke waren keine gefunden worden. Nachdem sie ihre Mails gecheckt und die wichtigsten Nachrichten beantwortet hatte, fuhr sie zum Rechtsmedizinischen Institut von Blois, wo sie um zehn Uhr mit Keravel zur Obduktionsbesprechung verabredet war. Er hatte die erforderlichen Untersuchungen bereits in der Nacht durchgeführt, musste jedoch am Vormittag zuerst mit seiner Tochter Lara pinkfarbene Sandalen kaufen. Sie hatte sich geweigert, ohne passendes Outfit in den Kindergarten zu gehen, wie Keravel ihr heute am frühen Morgen am Telefon erzählt hatte.

Martel stellte ihren Wagen auf dem großen Parkplatz am Ufer der Loire ab, überquerte die Straße und passierte den Eingang des Instituts. Sie grüßte die wachhabende Polizistin freundlich. Das Reich von Keravel lag im Erdgeschoss. Sie ging durch eine Glastür, einen hellen Gang entlang und wunderte sich, wie immer, dass hier kein unangenehmer Geruch herrschte. Es roch frisch nach Zitrone und nach Kaffee.

Sie klopfte an seine Bürotür und trat ein, als sie von drinnen seine Stimme hörte.

»Bonjour Yvonne. Pünktlich wie immer.« Er deutete auf die bequeme Sitzecke aus milchkaffeefarbenen Ledersesseln und einem Glastisch. »Nimm doch bitte Platz, möchtest du einen Mokka?« Er schenkte ein. »Die Croissants habe ich vorhin noch schnell in der Boulangerie gekauft.«

Das größte Möbelstück im Zimmer war ein Schreibtisch aus Kirschbaumholz, den der Rechtsmediziner von seinem Großvater geerbt hatte und an dem er sehr hing. Darauf stand eine gerahmte Fotografie, die ihn mit seiner Familie zeigte. Seine Frau Pirette-Mona war eine dunkelhäutige Schönheit, seine beiden Kinder hatten durch eine Laune der Natur weizenblondes Haar und himmelblaue Augen. Neben dem Bild stapelten sich ordentlich Akten, ein Füller mit Goldkappe lag in einer Schale, ansonsten war die Oberfläche leer. Keravel verabscheute jede

Art von Unordnung und Chaos und vertrat die Meinung, dass man nur so strukturiert arbeiten könne.

»Hat deine Tochter passende Schuhe gefunden?«, erkundigte Martel sich mit einem amüsierten Lächeln.

»*Mon Dieu*, wir waren in vier Schuhgeschäften, bis wir die Sandalen gefunden haben, die sie sich in den Kopf gesetzt hatte.« Lachend schüttelte er den Kopf. »Meine Prinzessin hält mich auf Trab, ich hatte schon Angst, dass ich zu spät zu unserer Besprechung kommen würde. Ich hoffe, du bist nicht verärgert, dass wir den Termin verschoben haben.«

»Nein, so habe ich im Büro noch einiges erledigen können.«

Er griff nach seinen Notizen. »Fangen wir an.«

Martel trank einen Schluck Kaffee, Christian räusperte sich.

»Die schweren Verletzungen am Oberkörper des Opfers, die offenbar von Pferdehufen verursacht wurden, haben dazu geführt, dass fünf Rippen brachen und die Lunge perforierten. Die Leber wurde gequetscht, und die Milz ist gerissen. Der Pfeil hat das Herz durchdrungen.« Nachdenklich sah er sie an. »Das Opfer könnte sowohl durch die Hufe als auch durch den Pfeil gestorben sein.«

Martels Handy klingelte. »Excuse-moi, Christian.«

Es war René Dablanc, der Stallmeister. »Bonjour,

Madame le Commissaire, ich habe Ihnen etwas Wichtiges mitzuteilen.«

»Bonjour, Monsieur Dablanc.« Erwartungsvoll hob sie die Augenbrauen und stellte ihr Handy auf Lautsprecher.

»Wir haben das Pferd, das aus der Koppel geflüchtet ist, wiedergefunden. Es hat eine Verletzung am Auge. Unser Tierarzt vermutet, dass jemand einen Stein nach Odin geworfen und ihn dadurch so erschreckt haben könnte, dass er in Panik geraten ist. Ohne Grund wäre er niemals auf Jean-Pascal losgegangen.«

»Das hört sich plausibel an. Merci, Monsieur Dablanc.«

Nachdem sie das Gespräch beendet hatte, sahen Martel und Keravel sich an. Sie begann laut zu überlegen.

»Wie muss es abgelaufen sein?«

Er verstand sofort, worauf sie hinauswollte. »Es wäre schwierig gewesen, ihn mit dem Pfeil zu treffen, als er bereits am Boden lag. Er befand sich halb hinter dem Trog, da hätte schon jemand aus einem Hubschrauber auf ihn schießen müssen.«

»Also andersherum, jemand tötet ihn mit dem Pfeil, vielleicht von dem Hügel mit dem Kreuz aus, dann wirft er einen Stein auf die Pferde, trifft Odin, und der dreht durch.«

»So muss es gewesen sein.«

»Die Nerven dazu muss man erst einmal haben, so eine Tat in einem Schlosspark zu begehen, wo es von Besuchern nur so wimmelt und wo man jederzeit gesehen werden kann.« Gedankenverloren trank sie ihren Kaffee aus. »Was ist mit dem Pfeil?«

»Ich hole ihn, er befindet sich noch im Obduktionssaal.«

Gleich darauf kam er mit einem Stahltablett zurück, auf dem der Pfeil lag, und stellte es auf den Tisch. Martel holte den Pfeil, den sie von Caravelles, dem Requisitenmeister, bekommen hatte, aus dem Lederbeutel und legte ihn neben den anderen. Aufmerksam betrachteten sie die beiden Exemplare.

»Ich habe recherchiert«, erklärte der Arzt. »Bei der Tatwaffe handelt es sich um einen Carbon-Pfeil, den Nachfolger des Holzpfeils. Er ist leichter und erreicht dadurch eine höhere Geschwindigkeit, für einen modernen Bogenschützen ist er unverzichtbar. Die Befiederung ist an den Schaft geklebt. Carbon-Pfeile brechen nicht so leicht wie Holzpfeile, und selbst wenn er sein Ziel mit hartem Aufprall erreicht, splittert er nicht. So auch hier, ein heftiger Einschuss, keine Splitter. Es war schwer, den Pfeil aus dem Körper zu ziehen.«

Martel schauderte, als sie sich das vorstellte. »Und dieser Pfeil ist auch ein Carbon-Pfeil?«

Keravel nickte. »Ja, sie sehen einander auf den ersten Blick ähnlich.«

»Nur auf den ersten Blick?«

»Exakt.«

Beide Pfeile waren schwarz und hatten rote Federn, aber es gab auch minimale Abweichungen. Der Pfeil, der Jean-Pascal getötet hat, war etwa einen halben Zentimeter länger, die Spitze war etwas anders geformt, ebenso die Stabilisatoren. Das Rot der Federn unterschied sich minimal, außerdem befand sich auf dem Pfeil von Caravelles ein goldener Salamander.

Die Kommissarin blätterte in ihrem Notizbuch und wählte die Handynummer des Requisitenmeisters, der sich über den Anruf zu freuen schien. Martel kam gleich zur Sache.

»Haben Sie unterschiedliche Pfeile in Ihrer Requisitenkammer? Ich meine in Bezug auf die Größe und die Form der Spitze?«

»Oh nein, Madame le Commissaire, sie sind alle absolut identisch. Wir beziehen sie über ein Sportgeschäft in Tours.«

»Und der Salamander, ist er auf allen Pfeilen?«

»*Bien sûr*, es ist das Wappentier von Franz I., das Motiv wird extra für uns auf die Schäfte geprägt und besteht aus Blattgold, die Verarbeitung ist sehr edel.«

Martel bedankte sich und beendete das Gespräch.

»Das Labor soll sich die Pfeile vornehmen«, entschied sie. »Im Moment sieht es so aus, als stamme die Mordwaffe nicht aus der Requisitenkammer.«

Der Rechtsmediziner nickte. »Schade, wir hätten von dort aus die Spur aufnehmen können.«

Martel lächelte über das »wir«. Diesen Teamzusammenhalt schätzte sie sehr. »Wollen wir zusammen mittagessen?«

Der Arzt überlegte kurz. »Warum eigentlich nicht? Heute kann ich länger arbeiten, weil Mona unsere Tochter vom Kindergarten abholt.«

Mit Martels Dienstwagen fuhren sie zum Bistro Anne de Bretagne und bekamen den letzten freien Tisch auf der Veranda zugewiesen. Während direkt unter ihnen das schilfgrüne Wasser der Loire über Kieselsteine rauschte und um Pfähle gurgelte, entschied sich die Kommissarin für Coq au vin, Keravel für gegrillten Saibling, dazu bestellten sie eine halbe Flasche Rosé Saumur. Als sie nach dem Dessert, einer Mousse aus weißer Schokolade, beim Mokka saßen, kam der Rechtsmediziner noch mal auf den Fall zurück.

»Ich war so auf die Verletzungen des Pferdepflegers und den Tathergang konzentriert, dass mir jetzt erst einfällt, dass ich dir noch was sagen wollte.«

Aufmerksam sah sie ihn an. »Du hast die Ergebnisse von der alten Dame aus der Villa bekommen?«

Er schenkte ihr ein charmantes Lächeln. »Manchmal frage ich mich, ob du Gedanken lesen kannst. Wir haben in ihrem Blut Spuren von blauem Eisenhut gefunden, er gilt als die giftigste Pflanze Europas. Die letale Dosis beträgt bei Erwachsenen drei bis sechs Milligramm, ganz besonders giftig ist jedoch die Wurzel.«

»Hätte ihr Körper dann nicht verkrampft sein müssen, irgendwie auffällig?«

»Eigentlich schon, ich vermute, dass sie bei den ersten Anzeichen der Vergiftung derartig in Stress geraten ist, dass es dadurch zu einem Herzversagen kam, deshalb der friedliche Eindruck.«

»Also ein Tötungsdelikt?«

»Wenn sie die Wurzeln nicht mit Meerrettich verwechselt hat, was höchst unwahrscheinlich ist, dann ja.«

Martel rieb sich die Stirn. »Okay, dann schlage ich vor, wir zahlen jetzt. Ich setze dich beim Institut ab und fahre danach zur Kripo zurück. Mein Chef wird in Kürze den ersten Bericht von mir erwarten.«

Nachdem sie das Rechtsmedizinische Institut erreicht hatten, stieg Keravel aus.

»Merci, Christian, wir sehen uns.«

»Keine Ursache. Ich wünsche dir einen schönen Nachmittag.«

»Ich bezweifle, dass er schön wird. Salut!«

Zurück im Büro erwartete sie der vorläufige Bericht der Spurensicherung. Der abgebrochene Zweig, den sie auf dem Hügel mit dem Kreuz gefunden hatten, könnte von einem Schuh zertreten worden sein. Fußabdrücke waren keine gefunden worden, es hatte tagelang nicht geregnet und die Erde war staubtrocken. Auf dem Tonelefanten befanden sich zwei verschiedene Fingerabdrücke, die in keinem Register hinterlegt waren. Das Material war eine gewöhnliche Tonmixtur, wie sie in Töpferkursen verwendet wurde.

Gerade als sie auf den Bildschirm starrte und versuchte, ihre Gedanken zu ordnen, klingelte das Telefon. Es war Gisèle Latour, die Sekretärin von ihrem Chef Alexandre Bellay, eine immer übellaunige Frau, die Twinsets in faden Farben bevorzugte und Bellay wie einen Gott verehrte. Ihr Ton klang gereizt.

»Ich versuche schon seit einer Stunde, Sie zu erreichen.«

»Ich war zu Tisch, aber Sie hätten mich auf meinem Handy anrufen können.«

»Sollten Sie nicht in Ihrem Büro sein, nach dem, was gestern in Chambord geschehen ist?«

Martel verkniff sich eine scharfe Erwiderung. »Worum geht es denn?«

»Der Chef will Sie sprechen, um vierzehn Uhr dreißig in seinem Büro. Seien Sie bitte pünktlich.«

Bevor Martel etwas erwidern konnte, hatte Latour grußlos aufgelegt. Sie sah auf ihre Armbanduhr. Noch eine Viertelstunde, ihr Bericht würde vorerst mündlich abgeliefert werden. Verärgert fragte sie sich, warum Bellay es so eilig hatte. Er wusste doch, dass sie ihre Arbeit immer zuverlässig erledigte. Kopfschüttelnd holte sie sich einen Kaffee aus dem Automaten, den sie im Stehen trank, und überprüfte im Erfrischungsraum ihr Make-up, dann machte sie sich auf den Weg.

Das Büro von Kriminaldirektor Alexandre Bellay befand sich im Erdgeschoss und war der größte Raum im ganzen Gebäude. Bellay war für mehrere Kommissariate im Einzugsgebiet zwischen Blois und Orléans zuständig und ein vielbeschäftigter Mann, der ständig in Besprechungen war und an Tagungen und politischen Veranstaltungen teilnahm. Gerüchte aus wohlinformierten Kreisen behaupteten, dass er eine Karriere in der Landespolitik anstrebte. Martel hielt das für sehr wahrscheinlich, sie wusste, dass er von Ehrgeiz getrieben war, und hatte ihrerseits große Ambitionen, seine Stelle zu übernehmen.

Sie rückte ihren Blazer zurecht und klopfte. Als sie das Zimmer betrat, saß Bellay an einem ovalen Eichentisch. Überrascht stellte sie fest, dass um den Tisch vier Personen saßen. Eine Frau kam ihr irgendwie bekannt vor, einen Mann kannte sie oberflächlich. Es war Robert Gourcouff, der Leiter des Tourismusverbandes. Manchmal tranken sie zusammen nach Feierabend in der Albatros-Bar ein Glas Wein und plauderten. Robert war ein netter Mann, aufmunternd nickte er ihr zu. Die anderen beiden Personen hatte sie noch nie gesehen. Was war hier los?

Ihr Chef stand auf und begrüßte sie höflich. Er war ein dürres kleines Männlein mit schütteren, nach hinten gekämmten Haaren, seine wasserblauen Augen blickten ernst. Wie immer trug er einen dunklen Anzug und ein weißes Hemd mit Krawatte, die Lederschuhe glänzten.

»Danke, dass Sie gekommen sind, Madame le Commissaire, wir haben eine wichtige Angelegenheit mit Ihnen zu besprechen.« Er wies auf einen Stuhl. »Bitte nehmen Sie doch Platz.« Fürsorglich schenkte er ihr eine Tasse Kaffee ein, was er zuvor noch nie getan hatte. Langsam wurde Martel nervös.

Ihr Chef stellte seine Besucher der Reihe nach vor.

»Madame Bénédictine Conan, eine Referentin des Innenministers.« Die Frau war Ende fünfzig und korpulent. Unter ihrem blondierten Haar blickten Martel stechende Augen an. Sie nickte der Kommissarin kurz zu und griff dann nach einem Mirabellentörtchen, das auf dem Tisch stand.

»Monsieur Gilles-Paul Montargis, der Staatssekretär des Finanzministers.« Der junge Mann trug einen anthrazitfarbenen Anzug, hatte smarte Gesichtszüge und einen modischen Kurzhaarschnitt. Auf Martel machte er einen arroganten Eindruck. Er grüßte sie mit kühler Stimme.

Bellay stellte die Frau vor, die Martel bekannt vorgekommen war.

»Madame Juliette des Bois, Schlossverwalterin von

Chambord.« Die unscheinbare Frau mit der hageren Gestalt und den mausgrauen Haaren rang sich ein Lächeln ab. »Bonjour, Madame le Commissaire.«

Der Kriminaldirektor lächelte. »Monsieur Gourcouff kennen Sie ja bereits.«

Jetzt erst fiel Martel auf, dass auf dem Tisch mehrere Tageszeitungen lagen, regionale und überregionale Ausgaben. Auf einem bekannten Boulevardblatt konnte sie die Überschrift in schreiend roten Lettern entziffern: *Bogenschütze killt Pferdepfleger im Park von Chambord.* Darunter in fettem Schwarz: *Wer garantiert für die Sicherheit in unseren schönen Loire-Schlössern?*

Sie fragte sich erneut, was das alles zu bedeuten hatte.

Nach der steifen Begrüßungsrunde riss Montargis das Wort mit autoritärer Stimme an sich und wandte sich an Martel. »Wie Sie vielleicht wissen, sind sechs verschiedene Ministerien für Chambord zuständig, zwei davon sind heute hier vertreten. Grund dafür ist der Mord an Jean-Pascal Garot, der sich gestern im Schlosspark ereignet hat. Die Zeitungen berichten davon, sorgen für schlechte Publicity und machen den Leuten Angst. Schon seit Jahren gibt es einen Besucherschwund. Dazu kommt die Konkurrenz der Freizeitparks, im Besonderen des Parc Astérix. Wenn noch mehr Besucher fernbleiben, entsteht ein katastrophales Defizit, das Schloss ist nicht mehr wettbewerbsfähig. Dabei stehen dringende Renovierungsarbeiten an, letztes Jahr ist eine tragende Decke eingestürzt und hat drei Besucher verletzt.«

Er sah zu Bellay und nickte ihm auffordernd zu, woraufhin dieser das Wort ergriff.

»Madame Martel, Sie ahnen bestimmt schon, worum es geht. Ich weiß, dass Sie eine hevorragende Mitarbeiterin sind, aber wir sind davon überzeugt, dass wir in diesem Fall jede mögliche Unterstützung von Spezialisten brauchen. Ein Kollege befindet sich im Urlaub, ein zweiter steht kurz vor seiner Pensionierung. Außerdem haben Sie noch andere Fälle zu bearbeiten. Das kann kein Mensch allein schaffen. Der Innenminister ist in größter Sorge.« Er räusperte sich und trank einen Schluck Wasser. Die Kommissarin starrte ihn an. Entschlossen fuhr Bellay fort: »Ein erfahrener Ermittler und Polizeiberater wird Sie unterstützen, Philippe Lagarde aus Barfleur. Er hat bereits zugesagt und reist morgen an.«

Für einen Moment war es still im Raum, man hätte eine Stecknadel fallen hören können, dann wurde Martel die Bedeutung der Ankündigung bewusst, und ihr Gesicht verlor jede Farbe.

»Das können Sie doch nicht machen. Gibt es an meiner Arbeit, meiner Aufklärungsquote etwas auszusetzen? Ich habe die Ermittlungen aufgenommen und werde den Fall so schnell wie möglich lösen, das garantiere ich Ihnen.« Wütend sah sie in die Runde, ihr Herz raste. »Ich brauche keinen Babysitter«, fügte sie scharf hinzu. »Sagen Sie diesem Mann ab.«

Bellay hob beschwichtigend die Hände. »Die Entscheidung ist gefallen, ich bitte Sie sehr zu kooperieren.«

»Nein«, fuhr sie ihn an, »das akzeptiere ich nicht.« Sie knallte ihre Tasse auf den Tisch, so dass der heiße Kaffee über den Rand schwappte, griff nach ihrer Tasche und stürzte aus dem Zimmer. Robert Gourcouff erhob sich bestürzt.

»Yvonne!«, rief er. »Bleib doch bitte, wir werden eine Lösung finden.«

Aber sie lief zu ihrem Auto und raste davon. Als sie in einer Kurve beinahe ins Schleudern kam, ging sie etwas vom Gas. Auf der Loire-Brücke ließ sie die Seitenscheibe herunter. Sie musste sich beruhigen und brauchte dringend frische Luft.

»Macht euren Mist doch allein«, murmelte sie zornig.

Das Gebäude des Bootsvereins befand sich außerhalb von Muides-sur-Loire am linken Ufer des Flusses. Der quadratische Bau aus Kiefernholz stand auf stabilen Pfählen, da es bei heftigen Regenfällen vorkommen konnte, dass der mächtige Strom über die Ufer trat.

Yvonne Martel parkte auf einem bekiesten Platz zwischen dem Bootshaus und dem Vereinsgebäude und stellte fest, dass er bis auf drei weitere Fahrzeuge leer war. Das war gut so, sie wollte allein sein und in Ruhe nachdenken.

Sie stieg aus und ging zum Eingang. Von der Terrasse des Bistros aus winkten ihr einige Bekannte zu. Sie grüßte zurück und verschwand eilig im Bootshaus. Dort war es still und dämmrig, die feuchte Luft fühlte sich durch die anhaltende Hitzewelle stickig an. Erschöpft lehnte sie sich an die Holzwand und atmete tief durch, dann ging sie zur Trockenkammer. Erleichtert nahm sie zur Kenntnis, dass außer ihr niemand da war.

Sie zog sich aus und schlüpfte in ihren blauen Neoprenanzug mit den kurzen Ärmeln, dessen Beine bis oberhalb der Knie reichten. Für die kühle Jahreszeit besaß sie noch ein wärmendes Modell. Dann hob sie ihr orangegelbes Meerkajak vom Gestell, griff nach den Paddeln und ging zum Einstieg, einem breiten Schwimmsteg aus geriffeltem Zedernholz. Dort setzte sie die Paddel zusammen und schob das Boot in das flache, sich kräuselnde Wasser. Während sie es am Rand festhielt, stieg sie geschickt ein, stieß sich ab und lenkte das Kajak auf die Loire hinaus, wendete es mit dem Bug flussabwärts und begann die versetzt gesteckten Paddel mit kräftigen Zügen durch das Wasser zu ziehen. Die gleichmäßigen Bewegungen beruhigten sie, das Boot glitt ruhig durch das pfauenblaue Wasser und nahm Fahrt auf. Ein küh-

ler Wind streichelte ihr überhitztes Gesicht. Zittern-
de Pappeln säumten das Ufer und rauschten sanft,
Schilfhalme bogen sich in der Brise, Möwen kreischten.

Als sie jünger gewesen war, hatte sie regelmäßig
trainiert und an verschiedenen Wettbewerben teilgenommen, zweimal hatte sie das Kajak-Loire-Rennen
gewonnen, was enorme Kondition und Ausdauer er-
forderte. Ihre Mannschaft hatte damals sogar an der
Nordküste der Bretagne auf dem Ärmelkanal trainiert.

Nach etwa vier Kilometern kehrte sie an einer
Sandbank um. Davor schaukelte das Boot eines Ang-
lers, der Rotwein trank und zum Gruß lässig den Finger an die Krempe seines Strohhuts tippte. Da sie nun
flussaufwärts paddelte, brauchte sie mehr Kraft gegen
die starke Strömung. Schweiß perlte von ihrer Stirn,
und sie konnte wieder klarer denken. Hatte sie über-
reagiert? Würde das überhaupt noch jemanden interessieren? Sie brauchte jemanden, mit dem sie reden
konnte, aber ihr fiel niemand ein. Inzwischen hatte
sie den Eindruck, als wäre ihr Mann mit seiner Bank,
deren Leiter er war, verheiratet. Energisch versuchte sie, ihre Gedanken beiseitezuschieben, sie musste den Kopf freibekommen und ihr inneres Gleichgewicht wiederfinden. Das hatte bisher immer am
besten beim Kajakfahren funktioniert.

Als sie das Bootshaus erreichte, fühlte sie sich besser, sie konnte der Welt wieder entgegentreten. Außerdem hatte sie Hunger bekommen.

Nachdem sie geduscht und sich umgezogen hatte, ging sie ins Bistro des Vereinsgebäudes. An diesem frühen Abend waren auf der Veranda des Lokals nur zwei Tische besetzt, an einem davon saß ausgerechnet Robert Gourcouff, der Leiter des Tourismusverbandes, und grinste sie verunsichert an. Er trug nach wie vor seinen eleganten dunklen Anzug, nur die Krawatte war verschwunden und das Hemd am Kragen aufgeknöpft. Er trug eine Sonnenbrille, die dunklen Locken wirkten ein wenig zerzaust. Er sah richtig gut aus, musste Martel feststellen.

Robert winkte ihr zu. »Setz dich bitte zu mir, Yvonne, wir müssen reden.«

Seufzend nahm sie ihm gegenüber Platz. »Was machst du denn hier?«

»Es war mir klar, dass du hierherkommen würdest. Du hast schon öfter von deinem Bootsverein erzählt, also habe ich auf dich gewartet. Bitte entspanne dich, du siehst ja aus, als würde gleich der Himmel einstürzen. Wir finden eine Lösung, aber lass uns zuerst bestellen, einverstanden? Du bist natürlich eingeladen.«

Sie lächelte ihn schief an. »Also gut.«

Nachdem sie die Speisekarte studiert hatten, bestellten sie eine Quiche Lorraine und einen gemischten Salat für Yvonne sowie geräucherte Forelle an Meerrettich-Jus für Robert, dazu eine Karaffe weißen

Landwein von der Loire. Als die Getränke kamen, schenkte Robert ein, und sie stießen an.

»Das wird schon wieder«, versicherte er.

Während des Essens griff er das Thema wieder auf.

»Die Lage ist ernst, Yvonne. Wenn du die Entscheidung nicht akzeptierst, legst du dir selbst Steine in den Weg, was deine Karriere betrifft. Schau dir diesen Philippe Lagarde doch wenigstens einmal an. Während ich auf dich gewartet habe, habe ich ein wenig auf meinem Smartphone gegoogelt. Das scheint wirklich ein fähiger, vernünftiger Mann zu sein, der es nicht nötig hat, sich auf deine Kosten zu profilieren. Du und dein Team, ihr löst den Fall eben mit ein wenig Hilfe von außen. Du musst strategisch denken, nicht emotional reagieren, sonst kannst du dir einen anderen Job suchen.«

Martel musterte ihn nachdenklich, und mit eindringlicher Stimme fuhr er fort: »Ruf deinen Chef an und erklär dich zur Zusammenarbeit bereit, jetzt gleich.«

Sie trank einen Schluck Wein. »In Ordnung, du hast ja recht. Ich kann mir diesen Superman ja wenigstens einmal anschauen.«

Kriminaldirektor Bellay nahm das Gespräch sofort an, als hätte er auf ihren Anruf gewartet. Er war freundlich zu ihr, womit sie nicht gerechnet hatte. Nach dem Telefonat sah sie Robert an. »Ich treffe mich morgen mit diesem Lagarde.«

»Sehr gut, eine weise Entscheidung.«

»Merci, Robert. Woher hast du gewusst, dass ich jemanden zum Reden brauche?«

Er zwinkerte ihr zu. »Wenn man eine Frau sympathisch findet und sie ein wenig kennt, weiß man so was.«

BARFLEUR

Der Fluss Saire wand sich durch ein grünes Tal durch die Nordostspitze der Halbinsel Cotentin in der Normandie, wo auch das Fischerdorf Barfleur lag. Der pittoreske Ort war bekannt für seine goldenen Muscheln, die blauschwarzen Atlantikhummer und die Austern, die in Gärten an der Ostküste prächtig gediehen und eine leicht nussige Note hatten. In dieser rauen Gegend erreichte der Tidenhub bis zu zehn Meter, Stürme fegten über Äcker und Klippen, und wenn die See toste, gelang es nur erfahrenen Skippern, ihre Boote in sichere Häfen zu steuern.

Nördlich von Barfleur, in einer kleinen Ansiedlung auf einem Dünenkamm, von dem aus man einen weiten Blick auf den Ärmelkanal hatte, lebte Philippe Lagarde, ehemaliger Elitepolizist und jetzt Kommissar im Ruhestand, in einem alten, hellgelb gestrichenen Granitsteinhaus mit taubenblauen Fensterläden, das er von seiner Großmutter geerbt hatte. Im Fischerhafen von Barfleur ankerte sein kleines hochseetaugliches Motorboot, mit dem er gern zum Angeln auf das Meer hinausfuhr, am liebsten mit seiner Verlobten Odette.

Jetzt stand er auf einer Leiter, die an der Außenwand seines Hauses lehnte, und entfernte Laub und Kiefernnadeln aus der Dachrinne. Sein durchtrainierter Körper steckte in einem schwarzen T-Shirt und einer verwaschenen Jeans, die Füße in Segeltuchschuhen. Die dunklen Haare waren kurz geschnitten, und in seinem kantigen, gebräunten Gesicht leuchteten saphirblaue Augen. Im Moment hatte er einen Dreitagebart, weil Odette fand, dass er ihm gut stand. Aufgrund einer Schussverletzung war er frühzeitig in Pension gegangen und genoss seine freie Zeit. Außerdem unterrichtete er an der Polizeiakademie in Rennes und war offizieller externer Berater bei komplizierten Kriminalfällen.

Er sah nach unten, wo Odette die Leiter festhielt, und konnte ein Grinsen nicht unterdrücken. Sie hatte das lange schwarze Haar zu einem Zopf gebunden. Das ovale Gesicht mit den ausdrucksvollen großen Augen, der zierlichen Nase und dem sinnlichen Mund hatte sie ihm zugewandt. Sie wirkte besorgt.

»Vorsicht, Philippe!«

»Du kannst die Leiter loslassen, Chérie.«

»Und wenn sie umfällt?«

»Sie fällt nicht um.«

»Da bin ich mir nicht so sicher.«

»Weißt du was? Ich bin fast fertig und komme jetzt nach unten. Dann schüre ich den Grill an, denn heute Morgen habe ich Doraden geangelt.«

Ihre Miene zeigte Erleichterung. »In Ordnung.«
Sie ließ die Leiter nicht los, bis er auf der Wiese stand.
Zärtlich küsste er sie. »Merci für die Fürsorge.«

»Willst du dich über mich lustig machen?«

»Das käme mir nie in den Sinn.«

Forschend blickte sie in sein Gesicht. Unter normalen Umständen wäre Odette jetzt in ihrem Restaurant
Mirabelle, einem über die Region hinaus bekannten
Feinschmeckerlokal mit einer Gault-Millau-Haube.
Doch vor zwei Tagen war ein schreckliches Gewitter über die Halbinsel gezogen und hatte die zentrale
Stromversorgung in dem Weiler, wo ihr Haus stand,
und den umliegenden Ortschaften zerstört. Sie hatte
das Lokal schließen müssen und rief jeden Tag mindestens fünfmal bei den zuständigen Stellen an, um
sich zu erkundigen, wann sie das *Mirabelle* wieder er-
öffnen könne, und um Druck zu machen. Die Antwort war immer dieselbe, der Schaden sei so katastro-
phal, dass die Reparaturarbeiten noch einige Tage
dauern würden. Zwar hatte sie in ihrem Restaurant
ein Notstromaggregat, doch damit konnte man nur
Schadensbegrenzung betreiben, aber keinen Gäste-
betrieb aufrechterhalten.

Seit dem Desaster wohnte sie bei Philippe und
machte sich ständig Gedanken um ihr Restaurant. Er
wiederum zerbrach sich den Kopf, wie er sie aufhei-
tern und ablenken könne.

Während er den Grill anheizte, marinierte Odette

die Fische, bereitete eine Aioli mit frischem Korian-
der zu, schnitt Baguette auf, deckte den Tisch auf der
Terrasse und verschwand schließlich im Keller, um
nach einer passenden Flasche Wein zu suchen.

Als sie sich zum Abendessen an den Tisch setzten, brach die Dämmerung herein. Straßenlaternen
leuchteten auf und bildeten entlang der Küste eine
silbrige Girlande. Die Wellen des Ozeans rauschten
sanft an das Ufer, weit draußen ertönte ein Nebel-
horn, und der Wind brachte den Geruch von Tang
und Fisch mit. Sie stießen an und genossen das köst-
liche Dîner.

»Wann fährst du morgen?«, erkundigte sich Odette.

»So gegen acht Uhr. In Muides-sur-Loire ist ein Ferienhaus für mich reserviert. Am Nachmittag werde
ich mich mit der zuständigen Kommissarin treffen,
Yvonne Martel.«

»Ist sie attraktiv?«

»Keine Ahnung, ich habe sie doch noch nie gesehen.«

»Du hättest Erkundigungen einziehen können«,
neckte Odette ihn.

»Wichtig ist doch nur, dass wir gut zusammenarbeiten und den Fall lösen können.«

»Es ist ein furchtbares Verbrechen, ich mache mir
Sorgen um dich.«

»Das brauchst du nicht, Chérie, ich kann gut auf
mich aufpassen.«

Er schenkte ihnen Wein nach, dann hatte er eine Idee. »Warum kommst du nicht mit, nur für ein paar Tage? Hier kannst du ohnehin nichts machen. Ich versuche, herauszufinden, was da unten los ist, und du siehst dir ein paar Schlösser an.«

In ihre Augen trat ein sehnsüchtiger Blick. »Ich war noch nie an der Loire, dort soll es wunderschön sein.«

»Ich war da auch nur einmal auf der Durchreise und habe das Schloss Amboise gesehen. Es thront über der Loire und hat mich durch seine Schönheit sehr beeindruckt. Gérard Depardieu besitzt dort in der Nähe ein Château mit einem Weinberg.«

»Aber ich kann doch mein Restaurant nicht im Stich lassen.«

»Du musst doch ohnehin abwarten, und anrufen kannst du von dort aus auch. Außerdem ist Jacques als Ansprechpartner vor Ort.« Jacques war ihr Maître de Cuisine.

Sie überlegte, fasste sich ein Herz und strahlte über das ganze Gesicht. »Einverstanden!«

»Ich habe gehört, dass es in manchen Schlössern sogar Gespenster gibt, die um Mitternacht durch die alten Gemäuer streifen und mit Ketten rasseln.«

Sie lachten. »Dieses Argument hat mich jetzt überzeugt«, meinte Odette.

Nach dem Abendessen spazierten sie Hand in Hand auf einem schmalen gewundenen Pfad durch ein Seekiefernwäldchen zu einer kleinen Bucht. Auslaufende Wellen ließen die Kiesel klackern. Sie zogen sich in der Dunkelheit aus, rannten lachend in die kühle Brandung und schwammen ein Stück hinaus. Sie ließen sich auf dem Rücken treiben und betrachteten die Sternbilder, die wie Diamanten funkelten. Schließlich kehrten sie auf den Strand zurück, trockneten sich ab, so gut es ging, und liebten sich auf dem noch warmen Sand. Später streifte Philippe sanft eine feuchte Haarsträhne von Odettes Wange und sah ihr zärtlich in die Augen, in denen sich das Mondlicht spiegelte.

»Ich freue mich sehr, dass du mitkommst.«

René Dablanc und Lyla hatten einen schönen Abend verbracht, das Essen in dem romantischen Restaurant an der Loire war hervorragend gewesen, und trotz der schlimmen Geschehnisse hatten sie sich gut unterhalten und sogar gelacht. Es war schon spät gewesen, als sie sich vor Lylas Eisenbahnwaggon verabschiedet und geküsst hatten.

Jetzt fuhr René durch den dunklen Schlosspark, während ein Lächeln seine Lippen umspielte, wenn er an die schöne junge Frau dachte, die so interessante Geschichten erzählen und so herzlich lachen konnte. Er stellte sich vor, wie es wäre, sie seine Freundin nennen zu können. Er hatte schon lange in keiner Beziehung mehr gelebt und sehnte sich danach.

René war auf dem Weg nach Bracieux, einem Dorf

mit etwa tausend Einwohnern, das sich südlich von Chambord befand. Dort wohnte er in einem kleinen Granitsteinhaus am Ortsrand, hinter dem sich der Park von Château de Villesavin erstreckte, einem Schloss im Renaissance-Stil. Spontan beschloss René, noch einmal die Lichtung mit dem Dolmen aufzusuchen und sich dort umzusehen. Wie schon am Abend zuvor fuhr er mit Standlicht über den Forstweg und ging die letzten zweihundert Meter nahezu geräuschlos zu Fuß. Als er den Platz erreichte, der vom wolkenverhangenen Mond nur spärlich beleuchtet wurde, ließ er seine Blicke umherschweifen. Da war niemand, und es roch nach Kiefernnadeln und nach dem brackigen Wasser des nahen Torfmoors, ganz sicher nicht nach Rauch.

Als er schließlich das Schloss erreichte, fuhr er weiter zu den Stallungen. Er wollte nach den Pferden sehen, bevor er sich endgültig auf den Heimweg machte. Der gestrige Tag war anstrengend für sie gewesen, und er wollte sichergehen, dass es ihnen gutging.

Er sperrte das Tor auf, betrat das Gebäude und ging im Dämmerschein der Nachtbeleuchtung zu den Boxen. Odin schnaubte zur Begrüßung, die anderen Tiere verhielten sich ruhig. Leise sprach René mit ihnen, dann machte er sich mit gutem Gefühl auf den Weg zum Ausgang.

Plötzlich hörte er ein Knarren wie von einer Tür und erschrak. War jemand in die Stallungen eingedrungen? Von wo war das Geräusch gekommen? Ohne ein Geräusch zu verursachen, schlich er weiter und stellte fest, dass die Tür zum Pausenraum offen stand. Entschlossen trat er ein, schaltete das Licht an und vergewisserte sich, dass der Raum leer war. Offenbar hatte jemand vergessen, das Fenster zu schließen, und durch den entstandenen Luftzug hatte sich die Tür bewegt. Erleichtert atmete René tief durch. Morgen würde er seinen Angestellten eine Standpauke halten. Was nutzte es, das Tor zu verriegeln, wenn jeder durch das Fenster in das Gebäude gelangen konnte?

Mit energischen Schritten ging er zum Fenster, um es zu schließen. Dabei fiel sein Blick nach draußen, und er verharrte erstaunt in der Bewegung. Da war ein heller Schein in der Finsternis, er irrlichterte durch die Bäume auf dem Hügel mit dem Kreuz. Rasch machte er das Fenster zu und schaltete die Deckenbeleuchtung aus. Durch die Glasscheibe konnte er das Licht deutlich erkennen. Er sah sich im Raum um und entdeckte in einer Ecke eine Schaufel, die ein nachlässiger Mitarbeiter nicht aufgeräumt hatte. René griff danach und verließ mit grimmiger Miene die Stallungen, nicht ohne das Tor hinter sich zu verriegeln.

Er umrundete den Bau und näherte sich zügig der Anhöhe. Er würde nicht zulassen, dass sich jemand unbefugt nachts im Schlosspark aufhielt. Wer weiß, was derjenige im Schilde führte, schließlich war am Tag zuvor ein Mord geschehen.

So leise er konnte, stieg er durch das Gebüsch und die Birken den Hügel hinauf. Die Bäume, deren Schemen er erkennen konnte, wirkten abweisend, fast feindselig, die Blätter raschelten im Nachtwind. Aus dem Forst ertönte der Schrei eines Nachtvogels. Als René sich dem Steinkreuz näherte, sah er das Licht erneut. Es bewegte sich, dann hörte er ein Geräusch, als hätten sich Steine in Bewegung gesetzt, die über das Erdreich rollten und aneinanderstießen. Schließlich war es wieder still, und der Schein war verschwunden.

Kurz vor dem Kreuz spürte René eine Bewegung hinter sich, und er hörte einen Laut, den er nicht einordnen konnte. Hastig fuhr er herum, während er gleichzeitig die Schaufel hob. Mitten in der Bewegung spürte er einen brennenden Schmerz am Kopf, dann wurde ihm schwarz vor Augen, stöhnend brach er zusammen und sank auf den Boden. Kurz bevor er das Bewusstsein verlor, glaubte er einen Duft wahrzunehmen, der ihm vertraut erschien.

Als er die Augen wieder aufschlug, sah er zuerst dunkle Baumwipfel, deren Blätter zitterten, und darüber einen mit Sternen übersäten Himmel. Die Wolken hatten sich verzogen, und ein gelber Vollmond schien auf ihn herab.

Zunächst wusste er nicht, wo er war, in seinem Kopf

dröhnte ein pochender Schmerz, und er verspürte eine leichte Übelkeit. Ein harter Gegenstand bohrte sich in seinen Rücken. Dann fiel ihm schlagartig alles wieder ein. Jemand hatte ihn von hinten angegriffen und niedergeschlagen.

Mühsam rappelte er sich auf und versuchte, sich zu orientieren. Der Brunnen und das Kreuz wurden vom Mond in fahles Licht getaucht, also befand er sich noch immer auf der Anhöhe. Die Schaufel lag auf dem Boden. Er warf einen Blick auf seine Armbanduhr, deren Leuchtziffern halb zwei anzeigten. Er hatte mindestens eine halbe Stunde bewusstlos im Wald gelegen. Wachsam sah er sich um und lauschte in die Nacht. Ob der Angreifer noch hier war? Doch es war nichts zu sehen und zu hören, die Person musste längst verschwunden sein.

Vorsichtig betastete er seinen Kopf, seitlich oberhalb der Stirn fühlte er eine Beule. Er zog sein Handy aus der Hosentasche, schaltete die Taschenlampe ein und richtete den Strahl auf seine Finger. Dort war kein Blut zu sehen, so schlimm war die Verletzung offenbar nicht, aber er hatte Kopfschmerzen, die unbarmherzig durch seinen Schädel jagten.

Während er den Hügel hinabstieg, die Hand fest um den Stiel der Schaufel gelegt, musterte er aufmerksam die Umgebung. Er sah niemanden, weder im Birkenhain noch auf der Fläche zwischen dem Hügel und den Stallungen. Er beschloss, nach Hause zu fahren und gleich morgen früh die Kommissarin über die Geschehnisse zu informieren. Was sollte sie hier mitten in der Nacht noch ausrichten? Er würde eine Schmerztablette nehmen und sich ins Bett legen. Zum Glück hatte er einen harten Schädel.

DRITTER TAG

GESPENSTER

Lagarde hatte seinen Wecker auf sechs Uhr gestellt. Als er klingelte, machte er ihn sofort wieder aus, damit Odette nicht aufwachte. Sie lag neben ihm und atmete leise, die dunklen Haare breiteten sich wie ein Fächer auf dem Kissen aus. Er betrachtete sie zärtlich und hauchte ihr einen Kuss auf die Stirn.

In der Küche setzte er Kaffee auf, und während er in die Glaskanne lief, rasierte er sich und duschte. Nach einem Blick aus dem Fenster entschied er sich für einen leichten Sommeranzug, ein weißes Hemd und bequeme Lederslipper, dann steckte er sein Portemonnaie ein und verließ das Haus. Vor einem kleinen Bäcker in der Nähe hatte sich bereits eine Schlange gebildet. Als Lagarde schließlich an der Reihe war, kaufte er zwei Croissants, zwei Pains au Chocolat und zwei Éclairs, gefüllt mit Mokka- und Vanillecreme. Er liebte Éclairs und konnte nie widerstehen, wenn es welche gab.

Zu Hause richtete er das Frühstück für Odette an: Gebäck, Butter, Himbeermarmelade von seiner Nachbarin Angélique, Kaffee und heiße Milch. Er trug alles auf einem Tablett in den ersten Stock, stellte es auf dem Nachttisch ab und flüsterte: »Aufwachen, es geht an die Loire.«

Odette schlug die Augen auf und lächelte ihn an. »Bonjour, Philippe.«

»Bonjour, Chérie, hast du gut geschlafen?«, fragte er und reichte ihr eine Tasse Milchkaffee.

»Ich habe von Gespenstern geträumt, die durch einen Glockenturm schwebten und schauerlich heulten. Ich freue mich auf unsere Reise.«

»Ich mich auch.«

Nachdem Lagarde seinen alten himmelblauen Renault Express beladen hatte, hielten sie noch bei Odettes Haus, damit sie ihren Koffer packen konnte.

Südlich von Valognes fuhr er auf die Autobahn und zog an der Mautstation ein Ticket. Ihr Weg führte sie über Caen und Le Mans. Nach zwei Dritteln der Strecke legten sie eine Rast ein, bevor sie weiter nach Tours und Blois fuhren. Nach knapp fünf Stunden erreichten sie die Ausfahrt Mer und passierten eine altmodische, grün lackierte Eisenbrücke, die sie über die Loire in die Ortschaft Muides-sur-Loire führte. Sie lag direkt am Fluss, der träge im gleißenden Sonnenlicht durch eine Schilflandschaft floss und türkisgrün funkelte. Sie folgten der Hauptstraße, an der sich geduckte Granithäuser, eine Bar-Tabac, die Post und ein kleines Lebensmittelgeschäft reihten. Nach wenigen hundert Metern bogen sie in die *Rue de Chambord* ein, eine schmale Straße, die zum südlichen Ausgang des Dorfes führte. Die Nummer dreizehn war ein einstöckiges, weiß gestrichenes Haus mit grünen Fensterläden und einem Reetdach neben einem bekiesten Hof. Dahinter erstreckte sich eine Wiese, die von Blumen und Büschen umsäumt war und am Kopfende von einem Zaun begrenzt wurde. Auf einem Messingschild in der Hauswand stand in geschwungenen Buchstaben: *Le Gite de la Forge de Muides*, das Ferienhaus in der Schmiede von Muides.

Vor dem Tor lehnte eine Frau an einem dunkelblauen Peugeot und winkte ihnen lächelnd zu. Sie war höchstens dreißig Jahre alt, und ihr hübsches Gesicht wurde von halblangen braunen Haaren umrahmt.

Lagarde parkte hinter dem Auto und stieg aus.

»Monsieur Lagarde?«

»Ja, und das ist meine Lebensgefährtin Odette de Crézy. Sie begleitet mich für ein paar Tage, das ist doch kein Problem, oder?«

»Aber nein, das Haus ist groß genug. Ich bin Nora Tobolino, die Eigentümerin. Herzlich willkommen.« Sie sah auf ihre Armbanduhr. »Ihr Eintreffen wurde mir für dreizehn Uhr angekündigt, perfekt. Kommen Sie doch bitte mit, ich zeige Ihnen das Haus. Den Wagen können Sie dann in der Einfahrt parken.«

Sie sperrte die Haustür auf, und sie gelangten direkt in einen Raum, in dem sich eine moderne Küche mit einem schmalen Tisch in der Mitte befand, um den sich vier Barhocker gruppierten. Im hinteren Teil stand eine gemütliche Sitzecke mit Stehlampe und einem hohen Bücherregal mit einem Fernseher. Rechter Hand lag das Schlafzimmer, das über eine Dusche und ein Waschbecken verfügte. Das Bett war ein Himmelbett mit luftig weißen Volants. Auf der linken Seite des Wohnraumes gab es ein ähnlich ausgestattetes weiteres Schlafzimmer mit zwei Einzelbetten.

Odette war von der alten Schmiede, die so liebevoll restauriert und eingerichtet worden war, begeistert. Madame Tobolino freute sich darüber.

»Im Anbau gibt es zwei Fahrräder, die Sie benutzen können. Nach Chambord sind es nur etwa sechs Kilometer durch den Park, abseits der Straße verläuft ein wunderschöner Forstweg.«

»Es gefällt uns sehr gut«, versicherte Lagarde.

Nora Tobolino strahlte. »Am Schlüsselbund finden Sie alle Schlüssel, und auf dem Regal liegen Visitenkarten von mir. Rufen Sie mich einfach an, wenn Sie ein Anliegen haben. Ach ja, im Kühlschrank steht eine Flasche Champagner aus Saumur zur Begrüßung für Sie bereit. Ich wünsche Ihnen einen schönen Aufenthalt, au revoir.«

»Merci, Madame Tobolino«, sagte Lagarde.

Sie parkten den Renault vor dem Haus, luden ihr Gepäck aus und richteten sich ein. Als sie fertig waren, tranken sie im Garten auf der Terrasse einen Kaffee. Lagarde hatte einen Sonnenschirm aufgestellt. An einem Holzpflock waren richtungsweisende bunte Schilder genagelt, auf denen Weltmetropolen wie Paris, New York, Sydney und Kuala Lumpur mit der jeweiligen Kilometerangabe gemalt waren.

Odettes Blicke ruhten bewundernd auf dem Fachwerkhaus, das sich hinter einer Mauer auf dem Nachbargrundstück erhob. Es war ockerfarben mit blutroten Balken und Fensterläden. Eine Treppe führte zu einem Podest, wo sich der Hauseingang befand. Plötzlich wurde die Haustür geöffnet, und ein alter Mann mit einem Hund trat heraus. Kurz nickte er ihnen zu, dann war er hinter der Mauer verschwunden.

»Wie geht es jetzt weiter?«, erkundigte Odette sich und schenkte Kaffee nach.

»Ich bin um fünfzehn Uhr im Kommissariat von Blois mit Madame Martel, der zuständigen Kommissarin, verabredet, ich muss mich gleich auf den Weg machen. Es tut mir leid, dass ich dich allein lasse.«

»Das macht doch nichts, es war schließlich klar, dass du arbeitest. Ich mache mir einen schönen Nachmittag. Zuerst werde ich im Lebensmittelladen ein paar Sachen einkaufen, und anschließend etwas Tolles unternehmen.« Sie lächelte ihn an.

»Jetzt bin ich aber neugierig.«

»Ich werde mit dem Rad nach Chambord fahren, das Schloss soll zauberhaft sein.«

»Das ist eine großartige Idee. Ich sehe zu, dass es

heute Abend nicht zu spät wird. Wollen wir essen gehen?«

»Nein, es ist herrlich hier, ich werde uns etwas Feines kochen.«

Er küsste sie. »Bis heute Abend, Chérie.«

»Bis heute Abend.«

Philippe Lagarde stellte seinen Wagen auf dem Parkplatz an der Loire ab und machte sich zu Fuß auf den Weg zum Kommissariat in Blois. Er hatte noch etwas Zeit und wollte einen ersten Eindruck von der Stadt gewinnen. Ein Boulevard, an dem sich ein gutbesuchtes Café an das andere reihte, ging direkt auf eine breite Treppe zu, die zum Schloss führte. Ein Künstler hatte es geschafft, einen azurblauen Himmel und dicke Schafswolken originalgetreu auf die Stufen zu projizieren, so dass es wirkte, als schaue man direkt in den Himmel. Oben angelangt, kam Lagarde zu einem herrschaftlichen Haus, vor dem Besucher erwartungsvoll auf dessen Fassade blickten. Er blieb neugierig stehen. Als sich auf einmal goldene Lindwurmköpfe mit glutroten Augen durch die Fensteröffnungen schoben, die Köpfe drehten und Rauchwolken ausstießen, war er zunächst verblüfft, dann überzog ein breites Lächeln sein Gesicht. Die Kinder kreischten vor Vergnügen, eine Gruppe Jugendlicher filmte das Spektakel mit ihren Smartphones. Von einer jungen Frau, deren Kinder mit leuchtenden Augen in die Hände klatschten, erfuhr er, dass es sich um *La Maison de la Magie* handle, das Haus der Zauberei.

Pünktlich um fünfzehn Uhr klopfte Lagarde an die Bürotür von Kommissarin Martel. Durch die Tür hörte er eine Frau sprechen, vermutlich telefonierte sie. Er verstand nur noch ein paar Worte von dem, was sie sagte.

»… dieser Kommissar ist hier, ich muss aufhören. Das kann ja was werden. Au revoir!«

Sekunden später stand eine attraktive Frau in einem schicken Kostüm vor ihm und musterte ihn mit gerunzelter Stirn. »Commissaire Lagarde?«

»Bonjour, Madame Martel.« Er reichte ihr die Hand. Ihr Händedruck war fest, der Gesichtsausdruck jedoch abweisend. Sie deutete auf eine Sitzecke aus hellem Leder und einem niedrigen, weißen Tisch, auf dem ein Tablett mit Kaffee, Wasser und Gebäck stand.

»Nehmen Sie doch bitte Platz.« Ihre Stimme klang eisig. Sie setzten sich einander gegenüber, und er sah sie ernst an. »So wird das nichts, Madame le Commissaire.«

Sie reagierte irritiert. »Ich weiß nicht, was Sie meinen?«

»Hören Sie mir bitte zu. Ich habe mich nicht aufgedrängt, bei der Aufklärung dieses Verbrechens zu helfen, ein Mitarbeiter des Innenministeriums hat mich darum gebeten. Ich finde den Fall mehr als interessant, deshalb habe ich mich entschlossen, die Kripo von Blois zu unterstützen, mehr nicht. Sie sollten von dem Fall abgezogen werden, damit war ich jedoch nicht einverstanden. Warum sollten wir gerade auf Ihre Fachkompetenz und Ihr Wissen in Bezug auf regionale Besonderheiten verzichten? Ich schlage vor, dass wir ein gleichberechtigtes Team bilden und vertrauensvoll zusammenarbeiten, es geht hier nicht um Rivalitäten und Rangordnungen.«

Sie sah Lagarde abweisend an und rang um eine Antwort. Geduldig fuhr er fort.

»Sie haben mich Ihnen vor die Nase gesetzt, darüber würde ich mich auch ärgern. Aber nachdem ich nun schon einmal hier bin, probieren wir es doch ein paar Tage lang miteinander, und wenn es nicht funktioniert, sehen wir weiter. Einverstanden?« Er reichte ihr die Hand. Sie konnte ein amüsiertes Lächeln nicht mehr unterdrücken und schlug ein.

»Also gut, ein paar Tage.« Sichtlich entspannter schenkte sie Kaffee ein. »Ich habe gedacht, dass ich Ihnen zunächst meinen Kollegen, Commissaire Erneste Joris, vorstelle. Er wird uns unterstützen, wenn es seine Zeit erlaubt, denn wir arbeiten derzeit noch an zwei anderen aktuellen Fällen. Danach bringe ich Sie auf den neuesten Stand, und wir legen eine Strategie fest.« Angespannt sah sie ihn an, als warte sie auf Widerstand.

»Prima, machen wir das doch so. Ich bin neugierig auf den aktuellen Stand der Ermittlungen.«

Während sie ihren Kaffee tranken, beschrieb Martel die Strukturen und die Zuständigkeiten des Kommissariats von Blois. Lagarde erzählte ein wenig über seine Laufbahn und seine Aufgaben als Kommissar im Ruhestand. Nach diesem ersten Austausch fand Martel ihn gar nicht mehr so unsympathisch, wie sie sich ihn vorgestellt hatte, und sie stellte erleichtert fest, dass er einen ganz vernünftigen Eindruck machte. Es sah im Moment nicht so aus, als wolle er die Ermittlungen komplett an sich reißen und sie wie eine Untergebene behandeln.

»Kommen Sie bitte mit, ich würde Ihnen gern meinen Kollegen Joris vorstellen.«

Das Büro von Joris befand sich zwei Türen weiter. Sie klopfte, und als keine Antwort kam, pochte sie energisch erneut an die Tür. Daraufhin ertönte ein knurriges »Herein!«

Hinter dem Schreibtisch saß ein grobschlächtiger Mann mit schütteren grauen Haaren, die über die durchscheinende Glatze gekämmt waren. Er trug einen aus den Jahren gekommenen Anzug, der Hemdkragen war weit geöffnet. Kleine helle Augen musterten sie, als wären sie Eindringlinge.

»Bonjour, Erneste«, sagte Martel. »Darf ich dir Commissaire Lagarde vorstellen? Wie du weißt, wird er uns beim Mordfall in Chambord unterstützen.«

Joris blieb sitzen und sagte knapp: »Sehr erfreut.«

Martel schien erst jetzt zu bemerken, dass auf seinem Schreibtisch mehrere Kisten standen, die zum Teil mit Papieren, Mappen und Bilderrahmen gefüllt waren.

»Was machst du denn da?«

»Siehst du nicht, dass ich beschäftigt bin?«

Die Hände in die Hüften gestemmt und mit geröteten Wangen baute sie sich vor ihm auf. »Ich habe gefragt, was das hier wird!«

»Das siehst du doch, ich räume meinen Schreibtisch aus. Ich gehe in drei Wochen in Ruhestand, hast du das vergessen? Ich packe meine Sachen.«

Sie schnaubte empört. »In drei Wochen, Erneste, nicht heute.«

»Ich wollte es ruhig ausklingen lassen.«

»Das geht aber nicht, wir brauchen dich.«

Der Mann seufzte, dann gab er offenbar nach. Yvonne und er arbeiteten seit vielen Jahren zusammen und hatten schon die unglaublichsten Sachen erlebt, so etwas schweißte zusammen. Er konnte sie in diesem letzten Fall nicht im Stich lassen. Wehmütig sah er zu den beiden Angeln hinüber, die neben dem Fenster an der Wand lehnten. Mit dem frühzeitigen Feierabend wurde es wohl nichts.

Lagarde bemerkte seinen Blick. »Sie angeln auch, Monsieur Joris?«

Ein seliges Lächeln ließ sein Gesicht gleich sympathischer wirken. »Mit Leidenschaft, Commissaire Lagarde, die Fischgründe der Loire sind so vielfältig und zahlreich, es gibt Schleien, Rotaugen, Forellen, Waller und sogar Hechte.«

»Das hört sich großartig an. Ich angle meistens auf dem Ärmelkanal, Makrelen und Doraden zum Beispiel, der Bestand ist sehr groß.«

Joris freute sich sichtlich, und sein Widerwille, mit ihm zu arbeiten, schwand.

»Können wir jetzt mit unserer Besprechung beginnen?«, erkundigte sich Martel ungeduldig.

»Aber gern, Yvonne, wollen wir in dein Büro gehen? Bei mir ist nicht aufgeräumt, wie ihr sehen könnt.«

»Ja, dort gibt es auch Kaffee und Kekse.«

Gleich darauf nahmen sie in Martels Sitzecke Platz. Sie hatte von ihrem Schreibtisch Mappen geholt, die sie ihren Kollegen reichte.

»In diesen Akten befinden sich alle bisherigen Protokolle und Berichte. Ich habe sie kopiert, damit wir alle auf dem aktuellen Stand sind. Den Sachverhalt fasse ich für Commissaire Lagarde kurz zusammen.«

Nach ihren Ausführungen fragte Lagarde: »Es gab also zwei verschiedene Todesursachen?«

»Ja, das Tier wurde offenbar mit einem geworfenen Stein am Kopf verletzt und hat panisch reagiert.«

»Wer hat den Toten gefunden?«

»Ein Pferdepfleger namens Thomas Grandmaison.« Sie brachte Lagarde auf den neuesten Stand und trank einen Schluck Kaffee. »Auf einem nahen Hügel haben wir Spuren gefunden und gehen deshalb davon aus, dass der Täter den Pfeil von dort aus abgeschossen hat. Bei der Begehung habe ich einen kleinen Tonelefanten gefunden, vielleicht hat der Schütze ihn verloren.«

Sie entnahm der Mappe eine Fotografie und zeigte sie Lagarde. Stirnrunzelnd betrachtete er die Tonarbeit. »Der Elefant sieht aus, als hätte ein Kind ihn gemacht.«

»Das hat die Laborassistentin auch gesagt.«

Joris meldete sich zu Wort. »Mein Enkel Nicolas ist jetzt zwölf Jahre alt, aber er hat schon im Kindergarten schönere Figuren geformt.«

Martel fuhr fort: »Aus der Requisitenkammer in den Stallungen des Schlosses fehlen ein Bogen und ein Pfeil.«

»Die Tatwaffe?«, fragte Lagarde.

»Nein, es sieht nicht so aus. Die Pfeile unterscheiden sich in mehreren Merkmalen, außerdem hat das Labor bei der Untersuchung der Tatwaffe etwas Interessantes unter einem der Stabilisatoren entdeckt.« Erneut reichte sie ihm ein Foto. »Wie Sie sehen, befindet sich auf dem Schaft eine Gravur, die mit einer Goldlegierung aufgefüllt wurde.«

Der Kommissar studierte das Bild. Auf dem dunklen Hintergrund des Schaftes glänzten die Buchstaben S und N. Das S hatte das Aussehen einer Schlange, auf deren Kopf eine winzige Krone saß. »Haben Sie eine Ahnung, was dieses Zeichen bedeuten könnte?«

»Bisher leider nicht, die Buchstaben könnten Initialen sein, das ist aber nicht verifiziert.« Nach einem Blick auf ihre Notizen berichtete sie weiter. »Heute Morgen habe ich einen Anruf von René Dablanc bekommen. Er hat gestern nach Mitternacht die Stallungen aufgesucht, um nach den Pferden zu sehen. Dabei bemerkte er auf dem Hügel, wo ich den Elefanten gefunden habe, ein Licht, das sich bewegte. Als er das Kreuz auf der Anhöhe fast erreicht hatte, um nach dem Rechten zu sehen, wurde er niedergeschlagen.«

»Ist er im Krankenhaus?«

»Nein, er ist nach Hause gefahren.«

»Hat er die Person erkannt?«

»Nein.«

»War die Spurensicherung vor Ort?«

»Ja, sie haben jeden Stein umgedreht, aber nichts gefunden.«

»Wir müssen mit Dablanc sprechen.«

»Ich habe mit der Befragung gewartet, weil ich davon ausging, dass Sie dabei sein wollen.«

»Da haben Sie recht, wir müssen ein Gespür für die Zeugen bekommen.«

»Er hat gesagt, er sei den ganzen Tag in den Stallungen. Wenn Sie wollen, können wir gleich hinfahren. Erneste, du bleibst bitte hier und hältst die Stellung.«

»Wird gemacht.« Zufrieden lächelnd nahm Joris sich einen Keks.

Die Kommissare verließen das Dienstgebäude.

»Geht er jetzt angeln?«, erkundigte sich Lagarde.

»Vermutlich. Aber denken Sie nicht, er wäre kein guter Polizist, er steht nur schon mit einem Bein im Ruhestand.«

»Ich denke gar nichts.«

Sie deutete auf ihren Dienstwagen. »Nehmen wir mein Auto. Wo wohnen Sie eigentlich?«

»In einem Ferienhaus in Muides-sur-Loire.«

»Das ist gleich bei Chambord um die Ecke, dann fahren wir besser mit zwei Autos.«

»In Ordnung.«

Martel fuhr flott aus dem Hof und nahm einem dicken Citroën die Vorfahrt. Der Fahrer hupte empört. Lagarde grinste. Der Fahrstil erinnerte ihn an Annie Lucas, eine junge Gendarmin, mit der er vor nicht allzu langer Zeit eine grausame Mordserie auf einer normannischen Vogelschutzinsel aufgeklärt hatte.

Während Martel den Dienstwagen nach Chambord steuerte, folgte Lagarde ihr mit seinem Renault Express. Auf dem Beifahrersitz lag die Ermittlungsakte, die er heute Abend im Ferienhaus in Ruhe studieren würde.

Als sie am Schloss angekommen waren, führte ein Stalljunge sie zum Rittmeister. Er stand vor einer

Box, deren halbhohes Holzgatter einen Spaltbreit offen stand, und streichelte den Hals eines Pferdes. Dabei redete er beruhigend auf das Tier ein. Als er Schritte hörte, drehte er sich um. Sie begrüßten sich, und Martel stellte Lagarde vor.

»Wir möchten mit Ihnen sprechen, Monsieur Dablanc.«

»Selbstverständlich, ich habe Sie ja angerufen.« Er deutete auf das Tier. »Das ist Odin, das Pferd, das Jean-Pascals Verletzungen verursacht hat und dann geflüchtet ist. Lyla, eine Pferdepflegerin, hat ihn gefunden. Wenn Sie zu mir an die Box kommen, zeige ich Ihnen seine Verletzung am Auge, die der Stein verursacht hat.«

Vorsichtig näherten sich die Kommissare der Box.

Dablanc lächelte ihnen aufmunternd zu. »Keine Sorge, er tut Ihnen nichts, kommen Sie nur.«

»Er hat die Brust eines Ihrer Pferdepfleger zerquetscht«, murmelte Martel und ließ das Pferd nicht aus den Augen.

»So wie ich die Situation einschätze, war Jean-Pascal schon tot, bevor jemand einen Stein nach Odin geworfen hat. Der muss ihn erschreckt und seine Reaktion provoziert haben. Tiere sind nicht böse, nur Menschen. Sehen Sie die Wunde am Auge, da hat der Stein ihn getroffen. Pferde sind äußerst empfindlich, besonders am Kopf.«

Sie betrachteten die Verletzung, die schon gut verheilt war. Odin schnaubte und scharrte mit dem rechten Vorderhuf. Dablanc lächelte.

»Er freut sich über die Aufmerksamkeit, die wir ihm schenken. Gehen wir doch in unseren Pausenraum, dort können wir ungestört reden.«

Er verriegelte die Box sorgfältig und führte sie durch einen Gang. Im Pausenraum bat er sie, Platz zu nehmen. Auf dem Tisch standen gebrauchte Kaffeetassen, die Dablanc rasch einsammelte und in die Spüle stellte.

»Hinter ein paar Arbeitern muss man immer herräumen«, schimpfte er. »Darf ich Ihnen etwas zu trinken anbieten? Kaffee? Wir haben auch Wasser und Cola im Kühlschrank.«

Die Kommissare baten um Cola, die sich als eiskalt herausstellte und bei der Hitze richtig guttat. Martel musterte den Rittmeister, der sich lässig ein buntes Tuch mit mexikanisch anmutenden Ornamenten um den Kopf geschlungen hatte.

»Wie geht es Ihrer Verletzung?«

Der Mann winkte ab. »Es ist halb so wild, nur ein Kratzer, weiter nichts. Unser Tierarzt hat heute Morgen einen Blick darauf geworfen und mir sicherheitshalber einen Verband angelegt, damit die Wunde sich nicht infiziert. Er meint, der Angreifer habe einen stumpfen Gegenstand benutzt, einen Stein vielleicht oder einen harten Erdklumpen. Das Tuch soll den Verband verbergen, sonst fragen mich alle, was passiert ist. Ich war leichtsinnig und hätte besser aufpassen müssen, das muss nicht jeder erfahren.«

»Nicht jeder hätte sich nachts in den Park gewagt.«

»Na ja, es war sehr unüberlegt.«

»Erzählen Sie doch bitte, was genau geschehen ist«, forderte Martel ihn auf.

Lagarde überließ ihr die Gesprächsführung, da er ihr beweisen wollte, dass er sie tatsächlich als gleichberechtigte Partnerin sah. Dablanc nahm einen Schluck von seinem Wasser und begann die Geschehnisse der vergangenen Nacht zu schildern.

»Als ich nach den Pferden sah, fiel mein Blick zufällig durch das Fenster hier im Zimmer. Wie Sie feststellen können, kann man von hier aus den Hügel sehen. Dort bewegte sich ein Licht.«

»Was meinen Sie, was das gewesen sein könnte?«

»Ich denke, es war eine Taschenlampe oder eine Stirnleuchte.«

»Daraufhin sind Sie auf den Hügel gegangen?«

»Ja, ich wollte wissen, wer sich da herumtrieb, besonders nach dem, was mit Jean-Pascal passiert war … Nachdem das Steinkreuz fast erreicht hatte, war das Licht plötzlich verschwunden, und ich hörte ein Geräusch hinter mir. Als ich mich umdrehen wollte, spürte ich den Schlag am Kopf, dann wurde es dunkel.«

Martel hatte ihm die Frage bereits am Telefon gestellt, doch sie versuchte noch einmal, eine Vermutung aus ihm herauszulocken. »Wer könnte es gewesen sein?«

»Ich weiß es nicht, ich habe die Person ja nicht gesehen.«

»Ist Ihnen irgendetwas anderes aufgefallen, ein Geräusch beispielsweise?«

»Ja, ich habe vor dem Schlag ein Keuchen gehört. Es klang unheimlich, eher wie von einem Tier als von einem Menschen.«

»Können Sie sich womöglich an etwas anders erinnern, einen auffälligen Geruch oder weitere Geräusche?«

Er dachte nach. »Ja, tatsächlich, jetzt, wo Sie danach fragen, fällt es mir wieder ein. Ich habe einen Duft wahrgenommen, der mich an etwas erinnert hat. Warten Sie. Es duftete nach einem Parfüm, und je länger ich darüber nachdenke, glaube ich, dass es *Saharienne* von Yves Saint Laurent war. Den Duft kenne ich sehr gut, er war das Lieblingsparfüm meiner letzten Freundin.«

Die Kommissare wechselten einen raschen Blick.

»Ist Ihnen sonst noch etwas aufgefallen?«

»Nein, leider nicht. Als ich das Bewusstsein wiedererlangte, war ich allein. Ich würde Ihnen gern weiterhelfen.«

»Sie können uns helfen, indem Sie uns etwas über Jean-Pascal Garot erzählen. Seit wann hat er bei Ihnen gearbeitet?«

»Ich habe ihn vor etwa einem Jahr eingestellt. Eines Tages stand er hier im Gang und hat nach einem Job gefragt, er sagte, er wolle gern mit Pferden arbeiten. Daraufhin haben wir besprochen, dass er für einige Tage ein Praktikum machen solle. Dabei stellte sich heraus, dass er großartig mit Pferden umgehen konnte, und ich habe ihn eingestellt.«

»Hat er Zeugnisse vorgelegt, irgendwelche Qualifikationen oder Referenzen?«

»Nein, das ist hier nicht üblich. Wir suchen ständig händeringend gutes Personal, die Fluktuation ist hoch, die Bezahlung schlecht. Ich habe diese Entscheidung nie bereut.«

»Hat er mal erzählt, wo er vorher gearbeitet hat?«

»Wenn ich mich recht erinnere, hat er mal beiläufig eine Schreinerei erwähnt.«

»Wissen Sie, woher er kam?«

»Ich meine, aus der Nähe von Angers, aber ich bin mir nicht sicher. Hier kann Ihnen die Personalabteilung sicherlich weiterhelfen.«

»Haben Sie seine letzte Adresse?«

»Selbstverständlich, er wohnte in Mer, ich habe ihn mal besucht, als er krank war.«

»Wohnte er allein?«

»Ja, soweit ich weiß, hatte er keine Freundin.«

»Ist er mit seinen Arbeitskollegen zurechtgekommen?«

»Den Eindruck hatte ich.«

»Wie ist er denn zu seinem Arbeitsplatz gekommen?«

»Mit einer altersschwachen Vespa, sie steht noch hier.«

»Wir werden sie abholen und untersuchen lassen.«

»Ja, natürlich.«

»Wenn Sie Jean-Pascal Garot charakterisieren sollten, welche Attribute würden Sie wählen?«

Lagarde fand die Frage gut. Dablanc antwortete sofort: »Zuverlässig, fleißig, ehrlich, freundlich.«

»Merci, Monsieur Dablanc, das war es zunächst. Bitte melden Sie sich, wenn Ihnen noch etwas einfällt.«

»Das werde ich tun, Madame le Commissaire.«

Nachdem die Kommissarin Lagarde den Tatort und den Hügel gezeigt hatte, beschlossen sie, im Park Café bei der kleinen Kapelle noch einen Kaffee zu trinken. Sie holten sich die Getränke an einem Imbissstand und fanden einen freien Platz unter einem gewaltigen Ahornbaum. Obwohl es auf den Abend zuging und die Sonne sich dem Horizont näherte, war es noch immer heiß und ein Platz im Schatten angenehm. Neben ihnen am Tisch saß eine Gruppe koreanischer Touristen, die riesige Eisbecher verzehrten.

Von ihrem Platz aus hatten Martel und Lagarde einen schönen Blick auf die östliche Fassade von Chambord mit den vielen Türmchen und Kaminen.

Lagarde fand das Schloss, das aussah wie das Werk eines Zuckerbäckers, überwältigend und fragte sich, ob Odette mit dem Fahrrad bereits hier gewesen war. Hinter dem Café erstreckte sich eine Bauernwiese, die an den Wald grenzte. Der Wind wehte den Geruch von Sauerampfer und wildem Knoblauch heran, über einen Weg wackelten zwei Gänse auf einen Teich zu.

Martel sah ihn nachdenklich an. »Gibt es einen Zusammenhang zwischen dem Mord und dem Angriff auf Dablanc?«

»Das ist die entscheidende Frage. Ist er dem Mörder begegnet? Was wollte er dort? Er musste doch damit rechnen, dass die Leute besonders aufmerksam sind.«

»Hat es ihn, ganz klischeehaft, zum Schauplatz des Verbrechens zurückgezogen?«

»So klischeehaft ist das gar nicht. Besonders Täter mit psychopathischen Zügen genießen das Rampenlicht, in das sie plötzlich geraten sind. Sie suchen oft den Schauplatz des Verbrechens auf, um die Polizei bei der Arbeit zu beobachten, oder um den Kick erneut zu spüren. Viele halten sich für unantastbare Genies.«

»Ist unser Täter ein Psychopath?«

»Diese Frage kann ich in einer so frühen Ermittlungsphase nicht beantworten …« Er überlegte kurz. »Vielleicht gibt es aber auch einen simplen Grund.

Womöglich hat er dort bei der Ausführung des Verbrechens etwas verloren, das Rückschlüsse auf ihn zulässt.«

»Oder es war etwas, das ihm wichtig ist.«

»Was könnte das gewesen sein?«

»Ich weiß es nicht.«

»Wir behalten die Hypothese im Auge.«

»Was ist mit dem Parfüm, das Dablanc gerochen hat? Halten Sie es für möglich, dass er tatsächlich den Duft bestimmen kann?«

»Ja, der olfaktorische Sinn des Menschen ist besonders in Gefahrensituationen sehr ausgeprägt.«

»Es war ein Frauenparfüm. Haben wir es mit einer Mörderin zu tun?«

»Ich denke, im Moment müssen wir alle Möglichkeiten in Betracht ziehen.« Er dachte an Odette, die gelegentlich sein Eau de Toilette benutzte. »Aber ich habe noch nie gehört, dass Männer Frauenparfüm verwenden.«

»Ich auch nicht.« Sie trank ihren Kaffee aus. »Wie gehen wir weiter vor?«

»Ich möchte mir morgen früh die Wohnung von Jean-Pascal Garot ansehen.«

»Gute Idee, wir brauchen Hintergrundinformationen über ihn. Ich hole Sie ab, wann wollen wir starten?«

»Neun Uhr? Ich wohne in der Rue de Chambord 13.«

»Alles klar.«

»Madame Martel?«

Fragend sah sie ihn an. »Ja?«

»Wollen wir uns nicht beim Vornamen nennen?«

Sie lächelte. »Ich heiße Yvonne.«

»Und ich Philippe.«

Als Lagarde in das Ferienhaus zurückkehrte, fand er Odette im Garten auf einem Liegestuhl, die Nase in ein Buch gesteckt. Sie war so vertieft in ihre Lektüre, dass sie sein Auto gar nicht gehört hatte und ihn erst bemerkte, als seine Schritte auf dem Kies knirschten.

»Bonsoir, Philippe. Ich habe im Bücherregal *Madame Bovary* von Gustave Flaubert gefunden, ein großartiges Buch.«

Sie stand auf und gab ihm einen Kuss. »Wie wäre es mit einem Aperitif? Ich habe eingekauft.«

»Gern, ich hole ihn, du ruhst dich aus.«

Wenige Minuten später kam er mit einem Tablett zurück, auf dem zwei schlanke Gläser mit Pastis und eine Karaffe Eiswasser standen. Sie setzten sich an den Gartentisch, und Philippe schenkte ein. Odette zündete eine Kerze in einem Windglas an. Die Schatten wurden länger, und eine samtige Brise strich durch den Garten. Sie stießen an.

»Auf unseren ersten Tag im schönen Loire-Tal«, sagte Philippe. »Wie hast du den Nachmittag verbracht?«

»Nach dem Einkaufen habe ich eine Fahrradtour

nach Chambord unternommen. Zuerst dachte ich, ich verirre mich in dem weitläufigen Park, aber überall sind Hinweisschilder angebracht. Das Schloss ist wunderschön, ich habe an einer Führung teilgenommen und einen kleinen Spaziergang gemacht. In einem Teich habe ich sogar einen Biber gesehen.« Ihre Augen leuchteten vor Begeisterung. »Im Park-Café habe ich mir noch einen Eiskaffee gegönnt, dann bin ich zurückgefahren.«

»Dann haben wir uns verpasst, ich war nach einer Befragung auch in diesem Café, mit Commissaire Martel.«

»Wie ist sie so?«

»Ich denke, wir werden uns zusammenraufen.«

»Habt ihr schon eine Spur?«

»Nein, dafür ist es noch zu früh. Morgen schauen wir uns die Wohnung des Opfers an. Ich hoffe, dass wir etwas finden, das uns weiterhilft.«

»Ja, eine heiße Spur.«

Er lachte. »Schön wär's. Was duftet da so gut in der Küche?«

»Ich habe ein Gericht gekocht, das meine Oma früher manchmal zubereitet hat. Einen Auflauf mit Hackfleisch und viel Gemüse, dazu gibt es Baguette und einen kräftigen roten Landwein. Als Vorspeise gibt es eine Zwiebelsuppe, und einen Obstsalat als Dessert. In dem kleinen Supermarkt ist die Auswahl nicht so groß, ich musste ein wenig improvisieren.«

»Improvisieren? Das hört sich großartig an, und ich habe Hunger wie ein Bär. Morgen früh holt Martel mich mit ihrem Dienstwagen ab, dann hast du mein Auto zur Verfügung, wenn du magst.«

Nach dem Abendessen tranken sie noch ein Glas Wein zusammen, als plötzlich ein aufgeregtes Geschrei ertönte. Philippe sah sich überrascht um. »Was war das denn?«

Odette lachte. »Das ist mein neuer Freund, ein Schwanengänserich. Er steht dort oben, und ich nenne ihn Hugo. Er hat den linken Flügel gebrochen. Anscheinend betreibt unser Nachbar eine Art Gnadenhof, es gibt dort noch mehr versehrte Tiere, Hängebauchschweine, Ziegen, Enten, Esel. Erst war Hugo richtig aggressiv und wäre auf mich losgegangen, wenn der Zaun uns nicht getrennt hätte. Also habe ich ihn mit Baguette gefüttert, jetzt bettelt er nur noch.« Sie warf einige Brotstückchen über den Zaun, gab Philippe einen Gutenachtkuss und zog sich zurück, um weiterzulesen.

Lagarde holte seinen Laptop und die Ermittlungsakte und schaltete die Außenbeleuchtung ein. Nachdem er alle Aufzeichnungen gelesen hatte, war er nicht klüger als vorher. Bisher hatten die Kollegen gründliche Ermittlungsarbeit geleistet, aber es gab keine Spur, sie tappten völlig im Dunkeln. Er schenkte sich ein halbes Glas Wein nach und gab den Namen Jean-Pascal Garot, sein Geburtsdatum und den

Geburtsort in eine Suchmaschine ein. Philippe starrte verwundert auf den Bildschirm. Das war merkwürdig. Es gab normalerweise zumindest digitalisierte Jahrbücher von Schulen oder Internetauftritte von Sportvereinen mit entsprechenden Fotos, aber seine Suche brachte kein Ergebnis. Er versuchte es anders. Er hatte durch verschiedene Codes Zugang zu allen Polizeiregistern, aber auch dort fand er niemanden mit dem Namen Jean-Pascal Garot und dem entsprechenden Alter. Es gab einen Bankräuber namens Jean-Pascal Garot aus den Vogesen, der seit sechs Jahren einsaß und inzwischen siebenundsechzig Jahre alt war. Der jüngere Garot war nie strafrechtlich auffällig geworden, keine Geschwindigkeitsüberschreitung, kein Strafzettel, kein Drogendelikt, keine Jugendsünde, nichts. Irritiert schüttelte Lagarde den Kopf. Konnte das sein? Nach einigen weiteren Versuchen gab er es auf und konzentrierte sich auf das Foto, auf dem der Pfeil zu sehen war, der das Opfer getroffen hatte. Er gab die Suchbegriffe ein, die ihm zur Verfügung standen – Farbe, Länge, Initialen, Material –, und erzielte keinen einzigen Treffer. Er variierte die Begriffe, suchte Synonyme, änderte die Reihenfolge und folgte einigen vielversprechenden Links – nichts. Was hatte das zu bedeuten? Hatte jemand den Pfeil mit den Initialen eigens hergestellt, oder war es ein Privatauftrag gewesen, der nirgends dokumentiert war? Er ärgerte sich, dass seine Suche vergeblich gewesen war, und klappte den Laptop zu. Er war keinen Schritt weitergekommen.

Als er seinen Wein austrank, kam der Nachbar mit seinem Hund zurück, und Lagarde registrierte automatisch, dass er lange weg gewesen war. Während er die Haustür von innen verschloss, begann der Gänserich erneut zu schreien.

VIERTER TAG

CHÂTEAU SAUMUR

Mer war eine kleine Ortschaft, deren Häuser sich um eine gotische Kirche mit imposantem Viereckturm gruppierten. Da die wenigen ausgewiesenen Parkplätze auf dem Marktplatz besetzt waren, stellte Martel das Fahrzeug unter einer Linde im absoluten Halteverbot ab.

Sie stiegen aus, und Lagarde sah sich interessiert um. Es gab nur wenige Marktstände: einen Obst- und Gemüsestand, hinter dem eine dralle, rotgesichtige Frau stand; einen Blumenhändler, der Töpfe mit Hortensien, Lilien und Oleander vor sich aufgereiht hatte, und einen Imbissstand, in dem gegrillte Poularden und regionaltypische Wurstsorten verkauft wurden. Gegenüber der Kirche befand sich ein Bistro, auf dessen Terrasse alle Tische besetzt waren. Die Leute tranken Mokka oder das erste Achtel Rotwein, lasen die Tageszeitung oder unterhielten sich mit lebhaften Gesten. Der Wirt eilte hin und her und hatte dennoch für jeden Gast ein freundliches Wort übrig.

Lagarde und Martel folgten einer Straße, an der sich pastellfarbene, einstöckige Häuser reihten, deren

Eingangsbereiche mit Blumen verschönert worden waren. Hinter dem alten Rathaus, dem Hôtel de Ville, bogen sie in eine Gasse und folgten ihr bis zum Ende. Vor einem alten, heruntergekommenen Haus, dessen Fenster im Erdgeschoss mit Brettern vernagelt waren, blieben sie stehen. Offenbar wohnte hier niemand. Aus den aufgesprungenen Pflastersteinen erhoben sich mannshohe Stockrosen dicht an der Fassade, deren Blüten im einfallenden Sonnenlicht purpurrot leuchteten.

Lagarde drückte gegen die Haustür, die nicht verschlossen war und durch die sie in einen düsteren Flur traten, von dem aus eine Holztreppe nach oben führte. Martel sah sich skeptisch um.

»Vielleicht haben wir die falsche Hausnummer.«

»Schauen wir uns doch um, wenn wir schon hier sind«, schlug Lagarde vor. Sie stiegen über knarrende Stufen in den ersten Stock. »Ich habe bei meiner Recherche keinen Jean-Pascal Garot gefunden«, berichtete Martel. »Es scheint fast so, als gäbe es ihn überhaupt nicht.«

»Mir ging es gestern Abend genauso«, antwortete Lagarde. »Es gibt keinerlei Einträge über ihn, auch nicht in französischen oder europäischen Polizeidateien.«

»Heute Morgen habe ich im Einwohnermeldeamt von Angers angerufen und mich nach Garot erkundigt. Es gibt keinen Eintrag im Geburtenregister, der zu dem genannten Geburtsdatum und dem Namen passt. Eine hilfsbereite Dame hat mir nach einiger Recherchearbeit aber mitgeteilt, dass an diesem Tag ein Jean-Pascal Ardent geboren ist. Ich weiß nicht, ob das etwas zu bedeuten hat.«

»Ich kann das im Moment auch nicht einschätzen, behalten wir diese Info im Hinterkopf.«

Inzwischen waren sie im Flur im ersten Stock angekommen. Dort standen zwei Kinderwagen neben einer Tür, es roch nach gekochten Kartoffeln und Kohl. Mehrere Schuhpaare lagen neben Mülltüten vor dem zerschlissenen Fußabstreifer durcheinander. Eben war es im ganzen Haus noch still gewesen, doch auf einmal drang aus der Wohnung wütendes Geschrei, ein Mann und eine Frau schienen sich zu streiten. Kurz darauf begann ein Baby markerschütternd zu schreien, und ein Hund heulte auf. Die Kommissare sahen sich überrascht an. Kurzentschlossen pochte Lagarde mit der Faust an die Tür, die gleich darauf von einer jungen Frau mit einem schreienden Baby auf dem Arm aufgerissen wurde. Als der Säugling die beiden fremden Menschen wahrnahm, verstummte er abrupt, als hätte man einen Schalter umgelegt, und sah sie mit großen Augen forschend an.

»Ist alles in Ordnung bei Ihnen?«, fragte Lagarde.

»Selbstverständlich«, fauchte die Frau. »Was geht Sie das überhaupt an? Kümmern Sie sich gefälligst um Ihre eigenen Angelegenheiten.« Sie knallte ihm die Tür vor der Nase zu. Aus der Wohnung drang kein Laut mehr.

»Gehen wir in den zweiten Stock«, schlug Lagarde vor.

Sie blieben vor einer Tür stehen, auf der ein Zettel klebte. Darauf stand mit einem Kugelschreiber geschrieben: Jean-Pascal Garot.

Martel holte den Schlüsselbund, den sie bei dem Toten gefunden hatten, aus der Tasche ihres Blazers und sperrte die Tür auf. In dem kleinen Korridor war die Luft abgestanden, es roch muffig, und Lagarde meinte einen Hauch von Cannabis wahrzunehmen. Vom Flur aus führten drei offen stehende Türen in weitere Räume. Auf den gelblichen Fliesen eines winzigen Badezimmers lagen Handtücher, mehrere Kleidungsstücke waren über einen Hocker geworfen worden. Die Küche war altmodisch eingerichtet, aber aufgeräumt und so eng, dass man sich gerade noch um die eigene Achse drehen konnte. Im Abtropfgestell standen ein Glas und ein Teller. Der Kühlschrank war bis auf eine Packung Käse, eine Flasche Rotwein und ein Marmeladenglas leer.

»Wenn wir hier fertig sind, muss sich die Spurensicherung die Wohnung vornehmen«, sagte Martel. Lagarde nickte.

Im dritten Zimmer stand gegenüber einem schmalen Bett unter der Dachschräge ein schlichter Holz-

schrank. Darin lagen ein paar Kleidungsstücke, ordentlich gefaltet. Der Linoleumboden war staubig,
glänzende Partikel tanzten im Licht, das durch ein
Dachfenster fiel, das mindestens fünfzehn Jahre alt
sein musste. Die ehemals weißen Wände waren kahl,
es gab kein Bild, kein Poster, nichts. Nur auf der
Kommode bemerkte Martel neben einem Fernseher
einen Bilderrahmen mit zwei Fotografien. Sie ging
hinüber und nahm sie in die Hand. Es waren Porträtaufnahmen einer alten Frau und eines alten Mannes.
Es handelte sich um Sterbekärtchen, wie sie bei katholischen Beerdigungen unter den Trauergästen
verteilt wurden, um der Verstorbenen zu gedenken.
Der weißhaarige Mann mit den traurigen Augen hieß
Emile Ardent, geboren 1935, verstorben im März 2012.
Der Spruch, der ihn auf seinem letzten Weg begleiten
sollte, lautete: »Die Erinnerung ist das einzige Paradies, aus dem man nicht vertrieben werden kann.«

Der Name der Frau mit dem zarten Lächeln und
der Spitzenbluse war Louise Ardent, geborene Garot,
die Gattin von Emile Ardent, geboren 1938, gestorben
2011. Ihr Leitspruch für die Ewigkeit war: »Wer einen
Fluss überquert, muss die eine Seite verlassen.«

Martel zeigte Lagarde die Fotos. »Der Mädchenname der Frau lautet Garot. Steht sie mit dem Toten
in einem verwandtschaftlichen Verhältnis?«

»Wahrscheinlich, an einen Zufall mag ich nicht glauben. Vom Alter her könnte es sich um seine Großmutter handeln, er ist neunundzwanzig, die alte Dame wäre jetzt neunundsiebzig Jahre alt.«

»Aber sie war eine verheiratete Ardent, dann müssen die Kinder und die Enkelkinder doch auch so heißen.«

»Außer, sie haben geheiratet.«

Sie sah ihn skeptisch an. »Wir müssen herausfinden, was diese Namensgleichheit bedeutet.«

»Ja.« Lagarde besah sich die Bilder genauer. »Sie sind beide in einem Ort namens Saint-Martin-la-Fontaine beerdigt worden, auf dem Friedhof der Kirche Notre-Dame-de-la-Marie, sagt Ihnen das etwas?«

»Ja, das ist ein Dorf in der Nähe von Saumur, da war ich einmal mit meiner Kajakgruppe. Es ist ungefähr hundert Kilometer von hier entfernt, Richtung Angers.« Sie musterte ihn. »Sie wollen dahin, Philippe, nicht wahr?«

»Reden wir doch mit dem Abbé dieser Kirchengemeinde. Wenn wir Glück haben, kann er zumindest etwas Licht in das Dunkel bringen.«

»Jetzt gleich?«

»Vorher will ich noch die Wohnung nach möglichen Verstecken durchsuchen.«

»Was suchen wir denn?«

»Das weiß ich erst, wenn ich es gefunden habe.«

Lagarde zog Einmalhandschuhe über, die er in solchen Fällen bei sich trug, und ging gründlich und systematisch vor. Er rückte den Küchenschrank von der Wand weg und durchsuchte sämtlich Fächer und Schubladen. Im Bad nahm er den Aufsatz des Spülkastens ab, im Schlafzimmer klopfte er die Sperrholzwände des Schranks nach Hohlräumen ab und befühlte die Matratze. Schließlich überprüfte er den gesamten Fußboden nach Unebenheiten. Er fand nichts, keine Ritzen, keine Schrauben, keine losen Ecken, keine auffälligen Flecken.

»Das gibt es doch nicht«, murmelte er, als er wieder im Schlafzimmer stand und seinen Blick aufmerksam durch den Raum gleiten ließ. Warum waren Garot diese Sterbekärtchen so wichtig, dass er sie in einem Bilderrahmen aufstellte? Nur diese Fotos, sonst nichts? Die Wohnung kam ihm eher wie ein vorübergehendes Notlager vor. Martel warf ihm einen Blick zu und durchsuchte weiter die Kommode, doch bisher hatte sie nichts Aufschlussreiches gefunden, nur zwei Bücher über Pferde und einige Fernsehzeitschriften. Lagarde zog das Bett unter das Dachfenster, stieg auf den Lattenrost und öffnete die Luke. Und dort, im eingemauerten Holzrahmen, entdeckte er eine mit Plastikband verklebte Fuge im Mauerwerk. Er entfernte das Klebeband, zog einen DIN-A4-Umschlag heraus und stieg vom Bett herunter. Er öffnete den Umschlag und entnahm ihm ein kleineres Kuvert und einige Bündel Geldscheine. Zufrieden breitete er seinen Fund auf dem Bett aus. Im kleinen Umschlag befanden sich zweitausendvierhundert Euro.

Die weiteren sieben Geldpäckchen bestanden aus jeweils fünfzig Zweihundert-Euro-Scheinen, insgesamt exakt siebzigtausend Euro. Martel staunte.

»Woher hat er so viel Geld?«, fragte sie. »Als Pferdepfleger verdient er nicht viel, da bleibt doch kaum etwas zum Sparen übrig.«

»Das ist richtig, wir müssen unbedingt herausfinden, woher er das Geld hat.«

Die Kommissare fuhren auf der Autobahn an Blois und Tours vorbei und nahmen die Ausfahrt bei Saumur. Die aus Tuffstein gebaute Stadt war der Mittelpunkt des französischen Dressur- und Springreitens. Hoch über der Loire thronte das gleichnamige Schloss mit seinen vier gewaltigen Türmen und den goldenen Wetterhähnen, das Louis IX. hatte bauen lassen.

Sie fuhren durch die quirlige Stadt und folgten einer Landstraße, die sich durch Weinberge und Pappelhaine schlängelte und sich schließlich durch dichter werdende Nebelschwaden immer höher bis zu einem Bergdorf schraubte. Saint-Martin-la-Fontaine war ein mittelalterlicher Sechshundert-Seelen-Ort mit einer Burgruine, Höhlenwohnungen und einer Quelle, der ein Wildbach entsprang. Der Weg in das Dorf führte über eine gotische Steinbrücke, der pfauenblaue Bachlauf wurde von Trauerweiden gesäumt. Ein leichter Nieselregen hatte eingesetzt, die Hügel waren nebelverhangen und die Bäume nur noch als Schemen zu erkennen.

Die Kirche lag oberhalb des Ortes und war nach einem zehnminütigen Fußmarsch über zahlreiche ausgetretene Steinstufen zu erreichen. Martel fröstelte und knöpfte ihren Blazer zu, hier oben war es viel kälter als im Loire-Tal. Ein böiger Wind fegte über die Anhöhe und brachte den Duft von Kiefernnadeln mit. In weiter Ferne, westlich von ihnen, ertönte ein Donnergrollen.

Nach der letzten Kurve lag die romanische Pfarrkirche Notre-Dame-de-la-Marie vor ihnen. Ihr schlichter Glockenturm war aus Steinquadern gebaut und mit Schieferplatten eingedeckt. Das Hauptportal war verschlossen, Martel und Lagarde konnten weit und breit keine Menschenseele sehen. Sie folgten einem mit Rosenstöcken gesäumten Weg, der zum Friedhof führte. Das schwarze Gittertor war einladend geöffnet. Als sie das weitläufige Areal betreten und eine Buchsbaumhecke passiert hatten, blickten sie auf Steinkreuze, Grabsteine und Mausoleen, die unter knorrigen Fichten und alten Ahornbäumen düster in den Schleiernebel ragten, der alle Geräusche verschluckte. Regentropfen glitten von den Blättern und versickerten in der Erde.

Sie fanden das Grab der Eheleute Emile und Louise Ardent in der dritten Reihe unter einem Laubbaum. Ihre Namen waren in schwarzgrauen Marmor gemeißelt, daneben ein goldener Engel. Auf dem Grab stand eine Schale mit weißen und sonnengelben Freesien, und es war kein Unkraut zu sehen. Jemand schien diese letzte Ruhestätte zu pflegen.

Lagarde sah sich um, aber außer ihnen war kein Mensch auf dem Friedhof. »Auf der anderen Seite der Kirche steht ein Haus, es wird das Pfarrhaus sein.«

»Dann versuchen wir doch dort unser Glück, irgendwo muss der Abbé ja stecken.«

Das Pfarrhaus war ein einstöckiger Klinkerbau mit blauen Fensterläden und einer ebensolchen Tür. Efeu kroch über die gesamte Fassade und auf das Ziegeldach. Der Vorgarten blühte in allen Farben, das Holztor stand offen. Die Kommissare folgten dem Weg, und Martel drückte auf den Klingelknopf. Auch nach dem zweiten Klingeln öffnete niemand. Plötzlich wurde die Stille von Schritten durchdrungen, und sie drehten sich um. Eine schwarzgekleidete Frau mit einem Kopftuch und einem Korb in der Hand ging am Zaun vorbei.

»Entschuldigen Sie, Madame«, rief Lagarde. »Wir suchen den Abbé, wissen Sie vielleicht, wo wir ihn finden können?«

Die Frau lächelte. »Bonjour. Abbé Paul-Marie wird sicher bei seinem Taubenschlag sein, dort ist er in seiner freien Zeit meistens anzutreffen. Gehen Sie nur um das Haus herum, dann sehen Sie ihn schon.«

»Merci, Madame.«

Die Frau eilte weiter. Hinter dem Pfarrhaus erstreckte sich eine Wiese bis zu einem aufgestauten Weiher, auf dem zwei Ruderboote dümpelten. Rechter Hand erhob sich ein Holzverschlag auf niedrigen Stelzen, er hatte unter dem Vordach einen Ein- und Ausflug. Einige Brieftauben pickten in einer vorgelagerten Voliere Körner vom Boden, andere saßen auf dem Dach. Einige Meter entfernt sahen sie einen Mann vor einem Steinhäuschen unter einer Markise sitzen. Er warf abwechselnd einen Blick auf seine Armbanduhr und in den sich verdunkelnden Himmel und wirkte nervös. Der Mann sah aus wie der Mönch Bruder Tuck aus dem Robin-Hood-Film, sein Leib war kugelrund, ebenso sein Gesicht, nur dass er keine Kutte mit einer verknoteten Kordel trug, sondern eine Soutane und einen blütenweißen Römerkragen. Seine Glatze glänzte. Als er ihre Schritte hörte, richtete er seine wässrigen blauen Augen auf die Besucher. In dem Moment begannen die Kirchenglocken zu läuten, und erste Gottesdienstbesucher steuerten auf das Hauptportal zu, das gerade von einem Kirchendiener im schwarzen Anzug geöffnet wurde.

»Bonjour Madame et Monsieur«, grüßte er freundlich. »Ich habe Sie noch nie in meiner Kirchengemeinde gesehen, sind Sie neu hier? Die Messe beginnt in einer halben Stunde. Einige können es nicht erwarten und kommen schon mit dem ersten Glockenschlag.«

»Wir sind von der Kriminalpolizei und möchten Sie gern sprechen«, erklärte Martel.

Sie zeigten ihre Dienstausweise. Der Pfarrer runzelte erstaunt die Stirn. »Die Polizei? Was wollen Sie denn von mir?«

»Es geht um Jean-Pascal Garot. Kennen Sie ihn?«

»Ja, natürlich, er hat viele Jahre in meiner Gemeinde gelebt.« Er strich sich fahrig über die Glatze. »Hören Sie, es passt gerade gar nicht, können wir das Gespräch vielleicht auf später verschieben? Meine drei besten Brieftauben Elise, Gertrude und Nanette sind von Brüssel hierher unterwegs, sie müssten jede Minute eintreffen. Und jetzt ist auch noch ein Gewitter im Anzug, *mon Dieu*, was ist, wenn meine Täubchen vor der Ankunft irgendwo Schutz suchen? Das wäre ein Desaster, ich werde meinen Wetteinsatz verlieren, von einer Siegerprämie ganz zu schweigen. Ich muss hier auf sie warten, es tut mir leid. Gehen Sie doch ins Dorfbistro einen Kaffee trinken, und nach der Messe reden wir in Ruhe.«

Ein Mann, der offensichtlich der Küster war, kam in den Garten gestürzt. »Abbé, so kommen Sie doch bitte, die Messdiener kleiden sich schon an.«

»Ich kann jetzt nicht, ich muss auf meine Tauben warten.«

»Bitte kommen Sie in zehn Minuten, damit wir pünktlich anfangen können, wir warten auf Sie, *mon Père*.«

Offenbar verärgert stapfte der Küster davon. Abbé Paul-Marie rollte die Augen.

»Immer muss er so eine Hektik veranstalten, meine Schäfchen warten schon ein paar Minuten auf mich, sie sind das gewohnt. Brieftauben sind schließlich auch Lebewesen.« Händeringend erforschte er den bleiernen Himmel. »Das Unwetter kommt immer näher, das gibt es doch nicht, gerade jetzt. Jesus, steh mir bei.«

Lagarde unterbrach seinen Redefluss. »Es ist dringend, Monsieur, Jean-Pascal Garot wurde vor drei Tagen ermordet.«

Das Gesicht des Abbé wurde blass, erschrocken hielt er sich die Hand vor den Mund. »Der Junge ist tot? Wie furchtbar.« Er sah die Kommissare aufgewühlt an. »Ich habe immer befürchtet, dass es mit ihm ein schlimmes Ende nimmt.« Er seufzte. »Diese Tragödie lässt selbstverständlich keine Verzögerung zu.« Er steckte Daumen und Zeigefinger der linken Hand in den Mund und erzeugte einen gellenden Pfiff, der über das gesamte Areal tönte. Kurz darauf flitzte ein Ministrant um die Hausecke und baute sich atemlos vor dem Abbé auf, über das ganze sommersprossige Gesicht grinsend. »Zu Diensten, *mon Père.*«

»Hör zu, Luc. Du gehst jetzt zum Küster und sagst ihm, dass wir mit der Messe eventuell etwas später beginnen. Ich muss noch ein Gespräch führen und komme so rasch wie möglich. Sobald du das erledigt hast, setzt du dich hier auf meinen Platz, und wenn eine von meinen Brieftauben ankommt, nimmst du ihr den Ring ab und läufst, so schnell du kannst, in die Dorfwirtschaft. Dort befindet sich die Stoppuhr, und die Ankunftszeit wird registriert, du kennst dich ja aus. Alles klar?«

Der Junge strahlte. »Alles klar.«

»Wenn du das gut hinkriegst, bekommst du zehn Euro von mir.«

»Super.« Der Kleine sprintete los.

Der Abbé erhob sich mühsam. »Kommen Sie, gehen wir in mein Gartenhäuschen, dort können wir ungestört reden.«

Der Weg war von bunten Petunien in Hängeampeln gesäumt, und in dem kleinen Steinhaus flackerte ein Feuer im Kamin. Martel rieb sich die kalten Hände über den Flammen, dann setzten sie sich um einen Tisch.

»Darf ich Ihnen etwas zu trinken anbieten? Ich habe eine Thermoskanne mit Café au Lait.« Sie lehnten dankend ab. Der Pfarrer fuhr sich über die hohe Stirn. »Was ist denn passiert?«

Martel ergriff das Wort. »Monsieur Garot wurde vor drei Tagen im Park von Chambord getötet, wo er seit einem Jahr als Pferdepfleger gearbeitet hat.«

»Dorthin hat es ihn also verschlagen. Haben Sie schon eine Spur?«

»Leider nicht. Wir hoffen, dass Sie uns weiterhelfen

können. Wir wissen so gut wie nichts über seine Vergangenheit.«

»Ich glaube schon, dass ich Ihnen helfen kann. Vor sechs Jahren hat sich hier in meiner Gemeinde eine Familientragödie abgespielt, die uns alle erschüttert hat, aber vielleicht sollte ich von vorn beginnen.« Er zerrte an seinem Kollar, als bekäme er keine Luft mehr. »Jean-Pascals Mutter Sophia Ardent war nie verheiratet und verliebte sich ständig in andere Männer. Mit ihrem ersten Lebensgefährten hatte sie den gemeinsamen Sohn Jean-Pascal. Mit einem der zahlreichen Nachfolger bekam sie ihre Tochter Elise. Als sie irgendwann wieder einen neuen Mann kennenlernte, erklärte sie ihn zu ihrer großen Liebe. Schnell wurde sie zum dritten Mal schwanger, und kurz darauf verschwand sie mit dem neuen Mann, keiner hat je wieder etwas von ihr gehört. Ihr Sohn und ihre Tochter kamen bei den Großeltern unter, Louise und Emile Ardent. Elise entwickelte sich trotz des Verlustes ihrer Mutter gut, sie ging gern zur Schule, hatte Freunde und ein fröhliches Wesen. Ganz anders ihr Bruder Jean-Pascal, er kam nie darüber hinweg, dass seine Mutter ihn verlassen hatte. Er war ein schwieriges, aggressives Kind, und als er in die Pubertät kam, wurde alles noch viel, viel schlimmer.« Der Abbé wischte sich mit einem Taschentuch den Schweiß von der Stirn. »Er trank, nahm Drogen, hatte die falschen Freunde und verlor jeden Job nach kurzer Zeit, immer wieder wurde er straffällig. Er wohnte mal hier, mal da, so genau wusste das keiner. Nie hatte er Geld, dafür umso mehr Schulden. Deshalb tauchte er immer wieder bei seiner Großmutter auf und forderte Geld, es wurde immer mehr. Die arme Frau war völlig verzweifelt und bat mich um Hilfe. Daraufhin habe ich versucht, mit ihm zu reden, aber er hat mir Prügel angedroht. Eines Tages geschah das Unfassbare. Er wollte wieder Geld von Louise, doch diesmal sagte sie Nein. Sie konnte nicht mehr, es brach ihr das Herz, was aus ihrem Enkel geworden war und dass er sich nicht helfen lassen wollte. Sie hoffte, dass er endlich zu sich kommen würde, wenn er einmal richtig auf die Nase fiel und ihm keiner mehr half.« Dem Abbé schienen die Worte zu fehlen, und er wirkte, als müsse er sich zwingen weiterzusprechen. »Sie forderte ihn auf zu verschwinden. Jean-Pascal griff sie an, es kam zu einem Gerangel, sie stürzte, stieß sich den Kopf an einem Lampenständer und wurde bewusstlos. Er hat sie einfach liegen lassen, und sie ist an inneren Blutungen gestorben.« Er stöhnte auf, als hätte er Schmerzen. »Neun Monate später verstarb ihr Mann Emile an gebrochenem Herzen. Nach dem Tod von Louise nahm die Polizei die Ermittlungen auf und es kam zu einer Gerichtsverhandlung. Der Pflichtverteidiger von Jean-Pascal forderte eine Bewährungsstrafe wegen unterlassener Hilfeleistung, der Staatsanwalt plädierte auf versuchten Totschlag mit Todesfolge. Der Richter folgte seinem Antrag und verurteilte Jean-Pascal, der damals dreiundzwanzig war, zu fünf Jahren Haft.«

»Aber warum heißt er jetzt Garot?«, wollte Lagarde wissen.

»Es gab damals viele Gerüchte, und man erzählte sich, dass sein damaliger Bewährungshelfer, eine etwas zwielichtige Gestalt, ihm einen gefälschten Pass besorgte, auf den Namen Garot. Jean-Pascal verschwand bald nach der Haftentlassung, kurz davor hat er mich noch besucht. Er erzählte mir, dass er ein neues Leben beginnen wolle. Er bat mich dafür um meinen Segen. Danach habe ich nie mehr etwas von ihm gehört.«

»Warum hat er den Namen Garot ausgesucht? Er erinnerte ihn doch an seine Großmutter und an das, was passiert ist?«

Der Abbé schüttelte traurig den Kopf. »Ich glaube, es war einfach der erste Name, der ihm eingefallen ist, oder es gab irgendeinen anderen profanen Grund. Ich habe nie verstanden, warum er mich aufgesucht hat, aber eines weiß ich ganz genau: Ich habe damals den Dämon in seinen Augen gesehen.«

Lagarde ging über diese Bemerkung hinweg.

»Wissen Sie, was aus seiner Schwester Elise geworden ist?«

»Nach dem Tod ihres Großvaters Emile konnte sich niemand mehr um sie kümmern. Da sie erst siebzehn war, kam sie in eine Jugendhilfeeinrichtung. Ich habe sie einmal dort besucht. Damals hat sie gedroht, dass sie Jean-Pascal umbringen würde, sobald er aus dem Gefängnis komme, er habe ihr Leben und das ihrer Großeltern zerstört. Ich glaube, sie hasste ihn.«

»Wo lebt Elise Ardent jetzt?«

»Ich weiß es nicht. An ihrem achtzehnten Geburtstag hat sie das Heim verlassen, und ich habe nie wieder etwas von ihr gehört. Nur einmal gab es ein Gerücht, sie sei auf einer Pilgerreise in den Pyrenäen verschwunden.«

»Danke, Abbé. Wenn wir noch mehr Fragen haben, melden wir uns.« Martel reichte ihm ihre Visitenkarte. »Rufen Sie bitte an, wenn Ihnen noch etwas einfällt oder Sie etwas hören.«

Als sie das Gartenhäuschen verließen, war der Regen stärker geworden, und ein kalter Nordwind fegte über den Höhenzug. Luc, der pfiffige Ministrant, wartete schon auf den Pfarrer und meldete: »Gertrude ist eingetroffen, bisher hat sie die beste Zeit, so wie es aussieht, wird sie gewinnen.«

»Ich danke dir, mein Kind, das hast du sehr gut gemacht.« Er holte ein Bündel Geldscheine aus der Hosentasche und reichte ihm einen Zehner.

»Merci, Abbé.« Der Kleine trollte sich.

Die Kommissare verabschiedeten sich und gingen zu ihrem Auto. Als sie durch den Ort fuhren, öffneten sich die Himmelsschleusen, und es goss wie aus

Kübeln. Wasser schoss in Bächen die unbefestigte Straße hinunter und riss Geröllbrocken, abgerissene Äste und Weinlaub mit sich. Donner grollte direkt über ihnen, und Blitze zuckten über die schwarze Wolkendecke.

Mit konzentriertem Gesichtsausdruck bahnte sich Martel einen Weg durch das hereinbrechende Unwetter und versuchte, Erdlöchern und Schlammlawinen auszuweichen. Lagarde blickte besorgt durch die Windschutzscheibe, über die die Scheibenwischer rasten, als der Wagen ins Schleudern geriet und eine Wasserfontäne emporschoss, auf die Scheibe klatschte und ihm für einen Moment die Sicht raubte.

»Wollen wir nicht anhalten und warten, bis das Gewitter vorbei ist? Da vorn gibt es eine geschützte Stelle.«

»Nein, ich schaffe das.«

Als der Sturm einen kleinen Baum umriss, der vor ihnen auf den Boden schlug und die Hälfte der Straße blockierte, umfuhr sie das Hindernis vorsichtig und näherte sich einem ungesicherten Abgrund. Dennoch setzte sie ihren Weg unbeirrt fort. Nach zweihundert Metern und einer verschlammten Haarnadelkurve verlief die Straße flacher, und der Regen ließ nach. Sofort trat Martel auf das Gaspedal.

»Chapeau, Yvonne«, sagte Lagarde.

Sie sah ihn kurz an und lächelte.

Als sie Tours hinter sich gelassen hatten, klingelte das Handy der Kommissarin. Sie nahm das Gespräch an und schaltete die Freisprechanlage ein. »Bonjour, Erneste. Was gibt es denn?«

»Bonjour, Yvonne. Gerade ist ein Ehepaar auf die Wache gekommen. Sie sagen, dass sie an dem Nachmittag, als das Verbrechen geschah, etwas beobachtet haben. Sie wollen eine Aussage machen. Soll ich das übernehmen, oder willst du dabei sein?«

»Commissaire Lagarde und ich sind gerade auf dem Rückweg nach Blois, das Ehepaar soll bitte warten. Ich denke, in zwanzig Minuten sind wir auf der Wache. Biete ihnen doch einen Kaffee an.«

Als sie das Polizeigebäude erreichten, hörte es auf zu regnen, und erste Sonnenstrahlen brachen durch die Wolken, das Dach des Schlosses glänzte wie Blei. Im ersten Stock saß auf den Besucherstühlen an der Wand ein älteres Ehepaar, trank Kaffee und sah ihnen erwartungsvoll entgegen. Martel begrüßte sie freundlich, stellte sich und Lagarde vor und bat sie in ihr Büro.

Gemeinsam nahmen sie in der Sitzgruppe Platz. Joris hatte sich entschuldigen lassen, im Giftmordfall der alten Dame waren neue Hinweise aufgetaucht.

Die etwas übergewichtige Frau, die auf sie gewartet hatte, trug einen schicken Kurzhaarschnitt und ein zitronengelbes Sommerkleid. Der hagere Mann wirkte mit seinen weißen Haaren älter als sie und machte einen leicht verwirrten Eindruck. Das Ehepaar hieß Babette und Raymond Candes und wohnte in Massay, einer Kleinstadt etwa fünfzig Kilometer südlich von Orléans.

Martel fragte: »Was haben Sie in Chambord beobachtet?«

Resolut übernahm Madame Candes die Gesprächsführung. »Mein Mann und ich fahren mindestens zweimal im Monat nach Chambord, zu jeder Jahreszeit, wir lieben dieses Schloss. Wir gehen spazieren, schauen uns die Vorstellungen an und kehren im Schlosscafé ein. Der Arzt meines Mannes hat gesagt, dass er sich bewegen und neue Eindrücke aufnehmen muss, sonst schreite seine Altersdemenz rasch fort.«

»Das tut mir leid.«

Madame Candes winkte ab. »Das ist sehr nett von Ihnen, aber wir haben alles im Griff. Ich betreue meinen Mann, und es geht ihm den Umständen entsprechend gut.«

»Schön. Was haben Sie denn nun beobachtet?«

»Nicht ich habe etwas beobachtet, sondern Raymond.«

»Kann Ihr Mann vielleicht selbst davon erzählen?«

»Nein, leider nicht. Er hat es inzwischen vergessen, er kann sich ein Geschehen höchstens noch zwei Tage lang merken. Aber ich wiederhole gern, was er mir am nächsten Tag nach unserem Aufenthalt in Chambord erzählt hat.«

»Das wäre sehr nett von Ihnen.«

»Also, das Ganze hat sich folgendermaßen abgespielt: Nach der Reitervorführung, die wie immer großartig war, gingen mein Mann und ich zum Café. Dort gibt es übrigens eine phantastische Käsesahnetorte mit Schattenmorellen, die müssen Sie unbedingt probieren.«

Die Kommissare tauschten einen Blick, Martel runzelte skeptisch die Stirn. Lagarde hakte geduldig nach.

»Was hat Ihr Mann gesehen, Madame Candes?«

»Ach ja, das wollte ich Ihnen erzählen. Ich bin erst gestern dazu gekommen, die Zeitung zu lesen, und habe den Artikel über das Verbrechen in Chambord sorgfältig studiert. Ich meine, so etwas interessiert einen ja. Daraufhin habe ich mir überlegt, dass wir zur Polizei gehen und eine Aussage machen sollten.«

»Das war ein sehr guter Entschluss, Madame Candes. Würden Sie uns jetzt bitte erzählen, was Ihr Mann beobachtet hat?«

»Aber gern.« Sie trank ihren Kaffee aus und sammelte sich. Raymond Candes hatte bisher kein Wort gesprochen und sah sich verunsichert, beinahe orientierungslos im Zimmer um, seine Hände zitterten leicht, Schweißtropfen standen auf seiner Stirn.

»Folgendes ist passiert: Als wir im Café saßen, musste mein Mann austreten. Er entschuldigte sich und ging zu dem kleinen Gebäude neben dem Südparkplatz. Ich holte mir in der Zwischenzeit noch ein Stück Kuchen und beobachtete die Leute. Als mein Mann nach etwa zwanzig Minuten noch nicht zurück war, wurde ich unruhig, nach weiteren zehn Minuten ging ich ihn suchen. In dem Toilettenhäuschen war er nicht, auch nicht in der näheren Umgebung. Da bekam ich es mit der Angst zu tun, bis mir einfiel, dass er so gern Biber im nahegelegenen Naturschutzgebiet beobachtet. Dort fand ich ihn schließlich, Sie können sich überhaupt nicht vorstellen, wie erleichtert ich war.«

»Und was hat er Ihnen erzählt?«

»Nichts, er war froh, dass ich ihn gefunden hatte, er hatte sich nämlich verlaufen.«

»Nichts?«

»Nein, erst am nächsten Tag beim Frühstück, ganz spontan war ihm die Beobachtung in den Sinn gekommen.«

»Ja?«

»Er hat einen Zauberer mit Pfeil und Bogen gesehen. Erst dachte ich, dass es sicher jemand von der Schau war, aber als ich in der Zeitung von der Mordwaffe las, kam ich zu dem Schluss, dass es auch der Mörder gewesen sein könnte.«

»Wie kam Ihr Mann denn darauf, dass diese Person ein Zauberer war?«

»Er trug einen ähnlichen Umhang wie Zauberer.«

»Konnte er ihn beschreiben?«

»Oh ja, er war nachtblau mit goldenen Monden und Sternen darauf.«

»Ist ihm an der Person sonst noch etwas aufgefallen?«

»Nein, an den Rest kann er sich nicht mehr erinnern.«

»Sind Sie sicher, dass es der Nachmittag vor drei Tagen war?«

»Selbstverständlich.«

»Nach der Vorführung?«

»Etwas später, wir haben ja erst Kaffee getrunken, auf die Sekunde genau kann ich es Ihnen nicht sagen.«

Lagarde lächelte sie an. »Merci beaucoup, Madame Candes, wir werden der Sache nachgehen. Ein Gendarm wird ein Protokoll verfassen, dann können Sie nach Hause fahren. Warten Sie doch noch einen Moment im Flur, der Kollege wird Sie gleich abholen.«

»Werden Sie den Täter jetzt fassen?«

»Wir tun, was wir können, Madame.«

Zufrieden nickend half sie ihrem Mann beim Aufstehen und redete dabei beruhigend auf ihn ein. Ihre Stimme hatte sich verändert, jetzt klang sie zärtlich und wirkte ihm zugewandt. Langsam führte sie ihn aus dem Büro und schloss leise die Tür.

Martel holte eine Flasche Mineralwasser aus einem Minikühlschrank und schenkte für beide ein. »Monsieur Candes hat also laut seiner Frau einen Zauberer mit Pfeil und Bogen gesehen. Was fangen wir mit dieser Aussage an?« Nachdenklich nahm sie einen großen Schluck, dann sah sie ihren Kollegen an. »Und wenn er Caravelles gesehen hat? Als ich ihn befragte, trug er genau so einen Umhang.«

»Den Requisitenmeister?«

»Genau den.«

»Reden wir mit ihm.«

Sie verließen die Wache, und Lagarde ging zielstrebig auf den Dienstwagen seiner Kollegin zu.

»Einen Moment!«, rief sie und schwenkte zwischen den Fingern einen Schlüssel. Dann deutete sie auf einen Wagen, der im Schatten einer Zeder stand. »Das ist Ihr neuer Dienstwagen, ich habe ihn für Sie organisiert.«

Erstaunt sah er sie an, schließlich umrundete er das grau metallic glänzende Auto. »Ein Dacia Duster Prestige«, stellte er fest. »Ein schöner Wagen, fast neu.«

»Na ja, nicht ganz, aber immerhin. Er hat hundertfünfzehn PS.«

»*Merci bien*, Yvonne, das ist wirklich eine schöne Überraschung.«

»*De rien.*«

Er grinste. »Bedeutet das, dass Sie weiterhin mit mir zusammenarbeiten?«

»Habe ich eine Wahl?«

»Man hat immer eine Wahl.«

Lachend warf sie ihm den Schlüssel zu. »Auf geht's.«

Lagarde folgte ihrem Dienstwagen und stellte fest, dass sich der Dacia großartig fuhr, im Vergleich zu seinem Renault Express war er ein richtiges Luxusauto.

Sie fanden Arnaud Caravelles in den Stallungen. Er saß in der Requisitenhalle an dem großen Holztisch und trank Kaffee. Die langen weißen Haare waren zu einem Pferdeschwanz gebunden. Als er Martel sah, sprang er auf und lächelte, wobei sie den flüchtigen Eindruck hatte, dass er versuchte, seine Nervosität zu verbergen.

»Madame le Commissaire, ich freue mich über Ihren Besuch.«

Sie stellte ihm Lagarde vor.

»Sehr erfreut«, sagte der Requisitenmeister. »Was kann ich für Sie tun?«

»Wir möchten mit Ihnen sprechen«, erklärte die Kommissarin.

»Aber selbstverständlich, setzen Sie sich doch. Ich mache gerade eine kleine Pause, das muss auch mal sein. Darf ich Ihnen einen Kaffee anbieten oder lieber ein Wasser?«

Beide entschieden sich für Kaffee, und als Caravelles die Tassen auf den Tisch gestellt hatte, begann Martel mit der Befragung.

»Monsieur Caravelles, bei uns hat sich ein Zeuge gemeldet, der ausgesagt hat, Sie auf dem Terrain zwischen dem Park-Café und dem Naturschutzgebiet gesehen zu haben. Ich brauche Ihnen sicher nicht zu erklären, dass dort die Koppel liegt, in der Jean-Pascal Garot getötet wurde. Der Zeuge sah Sie an dem Nachmittag, an dem das Verbrechen geschah, etwa zu der Uhrzeit, die unser Rechtsmediziner als Todeszeitpunkt bestimmt hat. Sie trugen die Tunika, die Sie auch jetzt anhaben, und hatten Pfeil und Bogen dabei.«

Dem Mann fiel beinahe die Tasse aus der Hand, seine Gesichtsfarbe wechselte von blass zu feuerrot. »Was sagen Sie da? Sie verdächtigen mich? Warum hätte ich ihn töten sollen?«

»Wo waren Sie zu dem Zeitpunkt?«

»Hier, das habe ich Ihnen doch schon bei unserem letzten Gespräch gesagt.«

»Es gibt keinen Zeugen?«

»Nein, hier herrscht ein ständiges Kommen und Gehen.« Er starrte auf seine bebenden Hände. »Ich bin doch kein Mörder.«

»Gibt es noch andere Personen, die eine ähnliche Tunika mit Monden und Sternen tragen?«

»Nein, ich spiele die Rolle des Magiers, sonst niemand. Aber ich bitte Sie, Madame, solche Verkleidungen kann sich jeder im Internet bestellen, das ist doch kein Problem.«

So kamen sie nicht weiter. Martel überlegte kurz und gab einen Schuss ins Blaue ab. Von irgendjemandem musste Garot das Geld haben. »Jean-Pascal Garot hat Sie erpresst, nicht wahr?«

»Ich weiß nicht, wovon Sie reden.«

»Wir haben Geld bei ihm gefunden, das auf Fingerabdrücke untersucht wird. Wir werden sie mit den Ihren vergleichen. Also, sind Sie von Garot erpresst worden?«

Der Requisitenmeister hielt die zusammengepressten Hände vor sein Gesicht, schüttelte ungläubig den Kopf und fiel in sich zusammen. Verzweifelt sah er sie an. »Ja, aber ich habe ihn nicht getötet.«

»Erzählen Sie bitte, wie es war. Womit hat er Sie erpresst?«

Aufgeregt drehte Caravelles seinen geflochtenen Bart um den Finger.

»Es begann vor sechs Monaten. Jean-Pascal fand heraus, dass ich hin und wieder Requisiten verschwinden lasse, ich deklariere sie offiziell als Schwund oder behaupte, sie seien kaputt. Dabei verkaufe ich sie im Internet, meine Kunden sind ganz heiß auf die Ware. Schloss-Requisiten sind sehr begehrt, woher sie kommen, will kein Mensch wissen.«

»Sie haben auch den fehlenden Bogen und den Pfeil verkauft?«

Er nickte beschämt. »Ja, Madame le Commissaire.« Zögerlich fuhr er fort. »Ich verdiene hier nicht viel, es ist ein kleines Zubrot, und dem Schlossbudget schadet es nicht. Jean-Pascal hat meine Website entdeckt und forderte die Hälfte meines Gehaltes, sechshundert Euro im Monat. Ich habe ihn angefleht, den Betrag zu verringern. Sechshundert waren zu viel, was mir blieb, reichte nicht zum Leben. Der Internethandel bringt keine großen Summen, und ich muss vorsichtig sein, dass niemand etwas merkt. Aber er blieb hart, und so habe ich bezahlt.« Er seufzte. »Und dafür habe ich noch mehr Ausstattungsmaterial verschwinden lassen, ein Teufelskreis war das. Erstaunlicherweise hat bisher kein Mensch Verdacht geschöpft.« Er sah sie mit flehendem Blick an. »Ich habe ihn nicht getötet, glauben Sie mir bitte. Wegen Geld bringt man doch niemanden um.«

In dieser Hinsicht hatte Martel schon ganz andere Erfahrungen gemacht, sagte aber nichts dazu. »Sie stehen unter Verdacht, Monsieur Caravelles, wir haben jedoch keine Beweise, zumindest noch nicht. Aber Ihnen ist sicher klar, dass wir die Abteilung Diebstahl und Hehlerei informieren müssen.«

Er nickte und wirkte niedergeschlagen. Ein Mann in einem Ritterkostüm kam hereingestürzt. »Arnaud, ich brauche eine neue Lanze, meine ist bei einem Sturz zerbrochen. Schnell, die Show geht gleich weiter.«

Caravelles stand auf, ging zu einem Regal und reichte ihm den gewünschten Gegenstand. »Bitte, Alain.«

»Merci, du bist der Beste.« Schon war er verschwunden.

Der Requisitenmeister sah ihm traurig nach. »Meine Arbeit wird mir fehlen.«

Auf dem Weg zum Ausgang der Stallungen trafen die Kommissare Thomas, der gerade mit einigen Paar Reiterstiefeln auf dem Weg zu einer Kammer war, wohl um sie dort zu putzen. Martel stellte die Männer einander vor. »Das ist Commissaire Lagarde, und das ist Thomas Grandmaison, ein Kollege von Jean-Pascal Garot. Er hat ihn in der Koppel gefunden.«

»Ich würde gern mit Ihnen sprechen, Monsieur Grandmaison«, sagte Lagarde. »Haben Sie ein paar Minuten für uns Zeit?«

»Selbstverständlich.«

»Hier im Gang können wir nicht stehen bleiben, können wir irgendwo in Ruhe reden?«

»Ich wollte gerade in die Putzkammer, aber die ist ziemlich klein.« Verunsichert und ein wenig ratlos sah er sie an.

»Das macht nichts«, versicherte Lagarde. »Gehen wir doch dorthin.«

In der Kammer roch es nach Leder und Schuhcreme, die Fächer des Regals, das bis unter die Decke reichte, waren gefüllt mit Schwämmen, Lappen, Bürsten, Dosen und Tuben, an Nägeln hingen Pferdegeschirre. Martel und Thomas setzten sich auf eine Holzbank, die an der Wand stand, Lagarde griff nach einer Kiste und ließ sich darauf nieder.

»Monsieur Grandmaison …«

»Nennen Sie mich doch bitte Thomas, das machen alle.«

»*D'accord*, Thomas. Wie lange arbeiten Sie schon hier?«

»Seit knapp zwei Jahren, vorher habe ich eine Ausbildung als Einzelhandelskaufmann gemacht und fühlte mich wie der unglücklichste Mensch auf der Welt. Entweder saß ich an der Kasse, oder ich füllte Regale auf. Das war nichts für mich, ich wollte an die frische Luft, mich bewegen, mit Tieren arbeiten. Deshalb bin ich nach meiner Ausbildung Pferdepfleger geworden und habe es nie bereut.«

»Wie sind Sie mit Ihrem Kollegen Garot zurechtgekommen?«

»Gut, er war in Ordnung. Wenn ich viel zu tun hatte, hat er mir geholfen, und umgekehrt. Bei uns hier gibt es keine festen Arbeitszeiten, wir können erst gehen, wenn die Arbeit erledigt ist.«

»Waren Sie mit ihm befreundet?«

»Nur oberflächlich, er war eher ein Einzelgänger. Wir haben manchmal nach der Arbeit ein Bier zusammen getrunken oder bei Lyla im Garten gegrillt.«

An den Namen konnte Lagarde sich erinnern, Lyla Nibali, eine Tierpflegerin, die Yvonne bei ihrer ersten Besprechung erwähnt hatte.

»Als Sie ihn gefunden haben, ist Ihnen da irgendetwas aufgefallen? Haben Sie vielleicht jemanden gesehen?«

»Nein, ich stand so unter Schock, es war ein
schrecklicher Anblick, wie er da lag.«

»Das kann ich mir vorstellen. Eines würde mich
noch interessieren.«

»Ja?«

»Ist Ihnen im Verhalten von Garot etwas aufgefallen, das anders war als sonst, ungewöhnlich?«

Thomas starrte nachdenklich auf die verschmutz-
ten Reiterstiefel. »Er hatte mehr Geld als wir anderen. Wenn er etwas wollte, hat er es sich gekauft.
Wenn wir Fleisch zum Grillen besorgt haben, hat er
die besten Stücke herausgesucht und es auch bezahlt,
und er hat öfter eine Runde Bier ausgegeben. Solche
Sachen eben.«

»Wissen Sie, woher er das Geld hatte?«

»Nein, keine Ahnung.«

»Fällt Ihnen noch etwas ein?« Lagarde sah den jungen Mann aufmunternd an. »Wenn es nicht relevant
für den Fall ist, bleibt es unter uns.«

»Jean-Pascal war immer nett, freundlich und ruhig,
aber einmal ist er total ausgerastet, das war vor einigen Wochen.«

»Was ist da passiert?«

»Alain, einer aus der Rittertruppe, hat auf Jean-
Pascals Oberarm eine Tätowierung entdeckt, eine

einzelne Träne.« Martel erinnerte sich an das Tattoo, Keravel hatte es bei der Obduktionsbesprechung erwähnt und ihr ein Foto gezeigt, doch sie hatten ihm zunächst keine Bedeutung beigemessen.

»Daraufhin hat Alain ihn gefragt, ob er im Knast war, es wisse doch jeder, dass Häftlinge sich Tränen als Tattoos stechen würden. Bevor wir uns versahen, hat Jean-Pascal sich auf ihn gestürzt und mit den Fäusten auf ihn eingeschlagen. So wütend hatte ich ihn noch nie erlebt. Zu dritt haben wir ihn von Alain weggezerrt, und plötzlich wurde er ganz ruhig und hat sich bei ihm entschuldigt.«

»Hatte dieses Verhalten Folgen für ihn?«

»Nein, wir haben gemeinsam beschlossen, René nichts zu sagen, damit war die Angelegenheit für uns erledigt.«

»Merci, Thomas. Wenn wir noch Fragen haben, melden wir uns. Au revoir.«

Der Pferdepfleger sah ihnen lange nach, und irgendwie hatte er das Gefühl, seinen Kumpel verraten zu haben.

Die Kommissare hatten sich voneinander verabschiedet und sich für den kommenden Vormittag zu einer Besprechung auf der Wache in Blois verabredet. Auf dem Weg zu seinem neuen Dienstwagen beschloss Lagarde, sich die kleine Flaniermeile vor dem Schloss anzusehen, bevor er zu Odette in das Ferienhaus fuhr.

In den geduckten Granitsteinhäusern befanden sich zwei Restaurants, ein Café, ein Schmuckladen, ein Souvenirgeschäft, eine Bar-Tabac und eine Eisdiele. Auf dem Platz erhoben sich Silberpappeln, deren Blätter in der Abendbrise rauschten und an deren Stämmen Bänke zum Verweilen einluden. Lagarde kaufte sich eine Kugel Schokoladeneis in der Waffel und schlenderte die Gasse entlang. Es war nicht viel los, die Reisebusse mit den Touristen waren schon abgefahren.

Vor dem Café saß seine Vermieterin Nora Tobolino mit einer attraktiven jungen Frau, der ihr dunkler Pagenkopf sehr gut stand, und einem unscheinbaren, etwas älteren Mann an einem Tisch. Sie tranken Mokka und unterhielten sich, die Stimmung wirkte entspannt und heiter. Als Madame Tobolino ihn entdeckte, winkte sie ihn lächelnd heran.

»Bonsoir, Monsieur Lagarde! Darf ich Ihnen meine Freundin vorstellen, Sylvie Neuville? Und das ist Monsieur de Romanet.«

Lagarde grüßte freundlich.

»Trinken Sie doch etwas mit uns«, forderte Madame Tobolino ihn auf.

»Das ist sehr nett, aber ich will mich hier noch etwas umsehen und danach mit meiner Lebensgefährtin zu Abend essen.«

»Ja, natürlich. Ist alles in Ordnung im Ferienhaus?«

»Es ist ganz wunderbar, merci.«

»Dann wünsche ich Ihnen noch einen schönen Abend.«

»Das wünsche ich Ihnen auch.«

Als er sich entfernte, hörte er noch, wie Madame Neuville sagte: »Weißt du was, Elli, ich gebe eine Runde Champagner aus, trinken wir auf frühere Zeiten.«

Er runzelte die Stirn. Hieß seine Vermieterin nicht Nora mit Vornamen? War Elli ihr Kosename? Ihm war außerdem aufgefallen, dass Madame Neuville zwar freundlich gelächelt hatte, doch in ihren jadegrünen Augen glaubte er eine tiefe Traurigkeit erkannt zu haben.

Er kaufte sich eine Tageszeitung und sah sich anschließend die Auslage des Schmuckladens an. Ein silberner Ring mit einem eingefassten Türkis fiel ihm ins Auge, der Odette bestimmt gefallen würde. Kurzentschlossen kaufte er das Schmuckstück und ließ sich auch noch die dazu passenden Ohrsticker einpacken. Odette liebte Ohrringe.

Als er in die alte Schmiede zurückkehrte, stand Odette am Zaun zum Nachbargrundstück, fütterte drei Zwergziegen und unterhielt sich mit einem jungen Mann. Lächelnd stellte Lagarde fest, dass sie zu der abgeschnittenen Jeans ein rotkariertes Herrenhemd trug, das ihm bekannt vorkam. Die Haare hatte sie hochgesteckt, ihr Gesicht war ungeschminkt, und

er fand, dass sie toll aussah. Der Gänserich Hugo bemerkte, dass es für andere Tiere Baguette gab, schlug
kräftig mit dem gesunden Flügel und näherte sich
empört schreiend. Als Odette auf Lagarde aufmerksam wurde, schenkte sie ihm ein strahlendes Lächeln
und winkte ihn heran.

»Bonsoir, Philippe, darf ich dir Régis vorstellen?«

Die Männer begrüßten sich. Lagarde fiel auf, dass
Régis' Kopf ein wenig schief auf dem Hals saß und
das rechte Auge mit einem Schleier überzogen und
zum äußeren Augenwinkel hin ausgerichtet war. Auf
seinem Kopf wuchs nur spärlicher Flaum.

»Unser Nachbar, Monsieur Huard, unterhält tatsächlich einen Gnadenhof«, erzählte Odette. »Régis
hilft ihm dabei, hier gibt es immer viel zu tun.« Sie
zeigte auf einen weißen Hahn, der nur einen Flügel
hatte. »Das arme Tier zum Beispiel ist in eine Strom-
leitung geraten. Dadrüben, die alten Fuchsschafe,
sollten geschlachtet werden, Monsieur Huard hat sie
gerettet, ebenso wie die beiden Poitou-Esel, die dort
unter dem Baum stehen.« Die Tiere hatten ein zotte-
liges Fell und drollige Gesichter.

Lagarde ließ seinen Blick über das Gelände schweifen, auf der geharkten Erde standen eine Futterkrippe und Bottiche mit Futter und Wasser, Bäume spendeten Schatten, Unterstände boten Schutz bei Regen
und Kälte. Er hatte den Eindruck, dass die Tiere gut
versorgt wurden.

Odette nickte dem jungen Mann warmherzig zu.

»Bis Morgen, Régis.«

»Bis Morgen, Madame Odette.«

Lagarde kümmerte sich um den Aperitif, einen Crème de Saumur, dann setzte er sich zu Odette an den Gartentisch. »Was hast du denn heute Schönes unternommen?«

Ihre Augen leuchteten auf. »Ich war in Amboise, einer wunderschönen kleinen Stadt mit vielen Restaurants, Boutiquen und Straßenmusikanten. Nach einem Einkaufsbummel und einem Mokka habe ich das Schloss besichtigt. Es erhebt sich mit seinen Balkonen über der Loire, und von der Terrasse aus hat man eine herrliche Aussicht. Ich wollte das Château auf mich wirken lassen, und es war wirklich sehr eindrucksvoll, besonders die königlichen Gemächer und die Festungsanlagen. Hast du gewusst, dass das Schloss auf dem Höhepunkt der Glaubenskriege einen der blutigsten und tragischsten Tage in seiner Geschichte erlebte? Es wurde gehenkt, enthauptet und geviertelt, Bauern wurden in Säcke gesteckt und lebendig in die Loire geworfen.« Sie unterbrach sich und verdrehte die Augen. »Jetzt ist es aber gut mit den Gräuelgeschichten. Ich habe mir etwas Schickes zum Anziehen gekauft, willst du es sehen?«

»Aber sicher.«

»Ich bin gleich wieder da.«

Sie kam mit einem eleganten Sommerkleid zurück, das sie vor ihren Körper hielt. Der hellgrüne Leinenstoff war mit pastellfarbenen Blättern überzogen.

»Das Kleid ist sehr schön«, versicherte er. »Ich habe ein kleines Geschenk für dich, das gut zu deiner Neuanschaffung passt.«

Neugierig öffnete Odette das in Silberfolie eingeschlagene Päckchen, das er vor sie auf den Tisch legte, und freute sich, als sie den Schmuck auf einem Samtkissen liegen sah. »Türkise, wie schön! Sie haben genau den gleichen Farbton wie mein neues Kleid.« Lagarde bekam einen dicken Kuss. »Merci. Und jetzt gibt es Abendessen, der Supermarkt in Mer hat eine große Auswahl.«

»Was gibt es denn?«

»Rindercarpaccio mit Olivenöl und geriebenem Grana, Steaks mit Rosmarinkartoffeln und Buttererbsen, eine feine Käseauswahl und zum Dessert Crème brûlée.«

»Das klingt phantastisch, aber morgen Abend lade ich dich zum Essen ein. Du sollst dich hier doch erholen.«

»Ich erhole mich großartig, keine Sorge.«

Nach dem Abendessen saßen sie noch lange im Garten unter dem Sternenhimmel und unterhielten sich. Lagarde erzählte von seinem Tag, und Odette schmiedete Pläne für weitere Schlossbesichtigungen und Fahrradtouren.

Als sie schließlich ins Bett gehen wollten, klingelte Lagardes Handy, es war Yvonne.

»Zum Glück erreiche ich Sie, Philippe.« Ihre Stimme klang aufgeregt. »Lyla Nibali hat mich gerade angerufen, sie ist völlig verängstigt. Ihre beiden Brüder, Adil und Rafal, stehen in ihrem Garten und versuchen, die Tür zu ihrem Häuschen aufzubrechen. Sie sagt, dass sie sie umbringen wollen. Ich wohne in Blois, es dauert zu lange, bis ich dort bin. Aber Sie wohnen in der Nähe, es ist ein Eisenbahnwaggon am Waldrand, auf der Höhe der Pforte von Muides. Sie hat mir gesagt, dass von der Hauptstraße ein Feldweg dorthin führt, es sind etwa zweihundert Meter. Zu Ihrer Unterstützung habe ich auch Erneste informiert, er wohnt in Nouan-sur-Loire. Er kommt Ihnen zu Hilfe, ebenso wie die Gendarmerie von Mer. Beeilen Sie sich, ich mache mir Sorgen.«

»In Ordnung, ich bin schon unterwegs.«

Er drückte das Gespräch weg, rannte ins Haus, um seine Waffe und eine Taschenlampe zu holen, rief Odette zu, sie solle bitte das Gartentor öffnen, und sprang schließlich in den Dacia.

»Was ist denn los?«, rief Odette erschrocken.

»Ich erkläre es dir später, Chérie.«

Mit durchdrehenden Reifen fuhr er über die Kiesfläche auf die Straße und gab Gas, so dass der Motor aufheulte, dann waren die Rücklichter in der Dunkelheit verschwunden. Beunruhigt sah sie ihm nach.

An der Kreuzung hinter dem Campingplatz raste er geradeaus und bog am Kreisverkehr mit quietschenden Pneus ab. Nach fünfhundert Metern erreichte er die Pforte von Muides, von der ihm Odette erzählt hatte. Auf der anderen Seite entdeckte er einen Feldweg, der am Waldrand entlangführte und in der hellen Nacht gut zu sehen war. Er schaltete die Scheinwerfer auf Standlicht. Nach etwa hundert Metern über den holprigen Boden und durch Schlaglöcher stellte er das Fahrzeug ab, stieg aus und rannte los, um das Überraschungsmoment auf seiner Seite zu haben.

Bald erreichte er den Eisenbahnwaggon, der düster im Mondlicht stand, die Tür stand sperrangelweit offen. Außer leisem Rascheln aus dem Wald war nichts zu hören. Dann nahm er in der Ferne eine Polizeisirene wahr. Plötzlich zerriss ein Schrei die Stille, ein heller, panischer Schrei. Geduckt, ohne ein Geräusch zu verursachen, lief Lagarde zu einem der Fenster und spähte in den Waggon. Was er im Dämmerschein erkennen konnte, versetzte ihn in höchste Alarmbereitschaft. Ein Mann hatte Lyla von hinten gepackt und hielt ihr ein Messer an die Kehle.

»Jetzt wirst du für deinen Ungehorsam büßen, du Hure«, brüllte er, griff nach ihren Haaren und riss den Kopf nach hinten. »Du hast unsere Familienehre beschmutzt, dafür musst du bezahlen.« Lyla schrie auf, und Lagarde stürmte mit vorgehaltener Waffe in den

Waggon. Es blieb keine Zeit, sich darüber Gedanken zu machen, wo der andere Bruder steckte. Der junge Mann sah überrascht auf, zog das Messer zurück und richtete es auf ihn. Ehe Adil reagieren konnte, hatte Lagarde ihn zu Boden geworfen und seinen Fuß auf das Handgelenk gestellt, dann drückte er fest zu, bis es knackte. Mit einem Schmerzensschrei ließ Adil das Messer los, und Lagarde nahm es an sich. Lyla war gestürzt, kroch außer Reichweite ihres Bruders, kauerte sich ängstlich an die Wand hinter dem Sessel und hielt sich den Hals, ihre Augen wirkten riesig.

»Haben Sie keine Angst«, wandte Lagarde sich an sie. »Ich bin von der Polizei und helfe Ihnen, Yvonne Martel hat mich angerufen.« Gerade, als er dem Angreifer die Hände auf dem Rücken fesseln wollte, schrie Lyla: »Vorsicht!« Der zweite Bruder stürzte sich auf Lagarde, stieß ihn um und setzte sich auf seine Brust, die blitzende Messerklinge näherte sich bedrohlich seiner Kehle. Mit einem Griff packte Lagarde die Hand mit dem Messer und drückte sie mit aller Kraft von seinem Körper weg, gleichzeitig bäumte er sich blitzschnell auf, so dass der Mann über seinen Kopf hinweg gegen die Wand geschoben wurde. Lagarde sprang auf und richtete die Pistole auf ihn. »Hände hoch!«

Rafal grinste unbeeindruckt und schrie: »Du kannst mich mal!« Der zufriedene Blick über Lagardes

Schulter verriet ihm, dass Adil sich von hinten näherte, und schon konnte er seinen Atem hören. Er drehte sich kurz um neunzig Grad, legte sein ganzes Gewicht in die Bewegung und rammte ihm seinen Ellbogen in den Magen, so dass er wie ein gefällter Baum stöhnend umkippte. Den Bruder hielt Lagarde mit seiner Waffe in Schach. Auf einmal ertönte ein mörderisches Brüllen, und Erneste Joris stürmte bewaffnet den Waggon, schnappte sich Adil, der sich auf dem Boden wälzte, und fesselte ihn mit Handschellen. Lagarde packte Rafal und machte das Gleiche mit ihm. Dabei stießen die Männer übelste Beschimpfungen aus.

»Ich mache euch kalt!«, schrie der eine, in seinen Augen stand blanker Hass.

»Das glaube ich nicht«, antwortete Lagarde mit ruhiger Stimme. »Ein Mordversuch an eurer Schwester und an einem Polizisten, Widerstand gegen die Staatsgewalt, Einbruch, Nötigung, da kommen etliche Jahre hinter Gittern auf Sie zu.« Er wandte sich zu Joris um. »Merci für die rasche Hilfe, Kollege.«

Die Augen von Joris blitzten vor Adrenalin. »Keine Ursache, Kollege.«

Plötzlich war ein Rumpeln auf der Treppe zu vernehmen, und René Dablanc stürmte mit einem Gewehr im Anschlag in den Waggon. »Lyla!«, brüllte er außer sich vor Sorge. Als er das Szenario wahrnahm, blieb er abrupt stehen, dann erkannte er Lagarde. »Sie haben sie bereits überwältigt? Wo ist Lyla?«

Lagarde deutete auf den Sessel. Als Dablanc die junge Frau in der Ecke entdeckte, kniete er sich neben sie. »Bist du verletzt?«

»Nein, alles ist gut.«

Sein Blick fiel auf den Boden, wo halb unter dem Sessel eine Pistole lag. »Warum hast du nicht geschossen?«, fragte er.

»Ich konnte einfach nicht.«

»Das war vielleicht besser so, komm, ich helfe dir auf.«

»Was machen Sie eigentlich hier?«, wollte Lagarde von ihm wissen.

»Lyla hat mich angerufen, ich bin sofort los.«

Nachdem die Gendarmen aus Mer eingetroffen waren, führten sie die Brüder ab und setzten sie auf die Rückbank des Streifenwagens. Bevor sie starteten, trat Lyla an die hintere Fahrzeugtür, deren Fenster einen Spaltbreit geöffnet war. Zorn blitzte in ihren Augen.

»Wie habt ihr mich gefunden?«

Adil grinste sie hämisch an. »Du hast ein Konto eröffnet, Schwesterherz, die hellste Kerze warst du ja nie.«

Dablanc wollte auf das Auto zustürzen, doch Lagarde hielt ihn zurück und gab den Gendarmen ein Zeichen. Sie fuhren los und verschwanden bald darauf in der Dunkelheit. Lagarde wandte sich an Lyla.

»Ich möchte nicht, dass Sie heute Nacht hier schlafen und ganz allein sind. Die Gendarmerie von Mer hat nicht die Kapazitäten, Sie zu bewachen. Meine Lebensgefährtin und ich wohnen in einem Ferienhaus, in der alten Schmiede von Muides-sur-Loire, wir könnten Ihnen das Gästezimmer anbieten.«

»Lyla kann bei mir schlafen«, schlug Dablanc vor.

»Einverstanden«, sagte sie.

»Gut.« Mit dieser Lösung war Lagarde vorläufig zufrieden. »Bonne Nuit.«

»Bonne Nuit, Monsieur le Commissaire.«

Nachdem die beiden gegangen waren und Lagarde die Waggontür notdürftig gesichert hatte, machte er sich mit Joris auf den Rückweg zu ihren Fahrzeugen, der Kollege hatte direkt hinter ihm geparkt.

»Wollen wir noch etwas trinken gehen nach diesem Schrecken?«, fragte Joris. »Unser Bistro hat noch offen, die Feuerwehr feiert fünfzigjähriges Jubiläum.«

»Gute Idee, ich muss nur vorher Yvonne informieren und meiner Lebensgefährtin Bescheid sagen, sonst macht sie sich Sorgen.«

»Prima, ich heiße übrigens Erneste.«

»Ich heiße Philippe.«

Alicia und Cyril hatten sich eine Stunde nach Mitternacht im Manoir du Sphinx im Wald von Château Chenonceau verabredet. Die Initiative war von Alicia ausgegangen, sie war kurz davor, die Nerven zu verlieren, und Cyril hatte nur widerwillig zugestimmt. Er hielt es für besser, wenn sie sich zumindest vorläufig nicht trafen und auch nicht zusammen gesehen werden konnten.

Nach Mitternacht war eine Regenfront aufgezogen und hatte den Himmel verdunkelt, jetzt fiel leichter Nieselregen, und die Temperaturen waren gesunken. Das Manoir du Sphinx war eine Höhle tief im Wald, die kaum jemand kannte. Den Namen hatte Emmanuelle sich ausgedacht, weil am Eingang, auf einem Steinsockel, ein Granitblock saß, der an eine Sphinx erinnerte. Das goldene Pendant befand sich am Eingang von Chenonceau, ebenfalls auf einem Sockel.

Alicia erreichte die Höhle als Erste. Sie trug eine Regenjacke, die sie kaum wärmte, die blonden Locken quollen unter der Kapuze hervor. Stoßweise atmend zog sie ein klammes Polster aus einem Mauerschlitz, klopfte es aus und ließ sich fröstelnd darauf nieder. Nachdem sie einige Kerzen angezündet hatte, schaltete sie die Taschenlampe aus. Angespannt lauschte sie auf die Geräusche, die sie umgaben. In dem steinernen Gewölbe tropfte irgendwo stetig Wasser. Weiter hinten, wo sich die Höhle verengte, war ein Fiepen zu vernehmen. Alicia bekam eine Gänsehaut. War das eine Maus? Sie hasste Mäuse, andererseits hatte sie ganz andere Probleme als so ein harmloses kleines Tier.

Vor der Höhle rauschten leise die Regenfäden, ein

Hirsch röhrte, offenbar hatte irgendetwas ihn aufgeschreckt. Plötzlich hörte sie Schritte, ein Lichtschein tanzte vor dem Höhleneingang, und ein großer Schatten schob sich davor. Alicia erschrak. Das Licht blendete sie, und sie konnte die Gestalt nicht erkennen.

»Cyril?«, fragte sie ängstlich. Die Taschenlampe ging aus, und jemand kam auf sie zu. »Cyril?«

»Alicia!« Cyril zog seine Jacke aus, legte sie auf den Steinsitz und setzte sich. »Es ist doch verrückt, sich hier mitten in der Nacht bei diesem Wetter zu treffen.«

»Jean-Pascal ist tot, deshalb wollte ich unbedingt mit dir reden. Hier sind wir ungestört, außer unseren Freunden kennen nur wenige diesen Platz. Ich habe Angst, Cyril, entsetzliche Angst.«

»Ich weiß, aber du brauchst keine Angst zu haben.«

»Hast du denn keine?«

»Nein«, log er. »Warum sollte ich?«

»Du hast vielleicht Nerven.«

»Komm, Alicia, beruhige dich. Ich habe eine Flasche Rotwein mitgebracht. Wir trinken ein Glas und rauchen eine, anschließend gehen wir nach Hause.«

Nachdem er eingeschenkt hatte, zündete er eine Zigarette für sie an und sah ihr beschwörend in die Augen.

»Es wird nichts passieren, versprochen. Der Tod von Jean-Pascal hat mit uns nichts zu tun, glaub mir.

Wir dürfen uns nur nicht verrückt machen, in einigen Tagen ist der Spuk vorbei.«

Mit zitternden Händen zog sie an ihrer Zigarette. Die Furcht saß tief in ihrem Bauch, und sie hoffte vergeblich, dass sie aus diesem Alptraum endlich aufwachen würde.

»Hoffentlich hast du recht.«

FÜNFTER TAG

CHÂTEAU CHENONCEAU

Aus der Vogelperspektive betrachtet, lag Chenonceau eingebettet in eine malerische Landschaft aus Wald, Wiesen und Feldern. Das Schloss erreichte man durch den Park über eine mit hundertjährigen Platanen gesäumte Allee. Nach dem Überqueren der Zugbrücke gelangte man auf die Terrasse mit dem alten Turm und über eine weitere Brücke in das Schloss. Im Osten, am rechten Ufer des Cher, lag der Garten von Diana von Poitiers, im Westen der kleinere Garten von Katharina von Medici. Der Cher floss träge pfauenblau und moosgrün durch die mächtigen Brückenpfeiler der Galerie.

Es war gegen sieben Uhr am Morgen, die Sonne schob sich über den Horizont und über die mächtigen Eichen und tauchte die Brückenbögen in rosafarbenes und oranges Licht.

Die Schlossverwalterin von Chenonceau, Alicia Castelot, durchquerte den alten Gardesaal, der mit Tapisserien aus dem sechzehnten Jahrhundert geschmückt war, dann das grüne Kabinett und trat schließlich durch eine unauffällige Tapetentür in einen Korridor. Von dort aus führte eine steinerne gewundene Treppe in das Untergeschoss, dessen unverputzte Wände kahl und feucht waren. Es roch modrig.

Durch eine einfache Holztür gelangte sie auf eine schmale Plattform und über einen Sims zum ehemaligen Bootsanleger, um den das Wasser des Cher strudelte und gluckste. Alicia zog Jeans, T-Shirt und Leinenschuhe aus, trat nackt an die Kante des Anlegers und steckte die Zehen prüfend ins Wasser. Es war kalt, wie immer. Sie war Mitte dreißig, ihre langen, blassen Beine waren wohlgeformt, die Brüste immer noch fest. Ihr Gesicht mit der hohen Stirn und den blaugrauen Augen umrahmte blondes Haar, das sie zu zwei Zöpfen geflochten und sich kunstvoll um den Kopf gesteckt hatte. Die Frisur glich der Dianas von Poitiers, wie sie sie auf einem Ölgemälde trug, das in der Galerie hing. Sie wurde immer wieder darauf angesprochen, wie sehr sie der Geliebten Heinrichs II. ähnelte, und darauf war sie außerordentlich stolz. Jeden Morgen im Sommer pflegte sie ein Ritual, das auch die schöne Diana geliebt hatte. Sie badete nackt im Cher, immer so früh, dass noch keine Besucher das Schloss bevölkerten. Nach dem Bad kleidete sie sich, wie es der Verwalterin eines der schönsten Schlösser der Loire würdig war. Meist trug sie Kostüme oder Hosenanzüge von Chanel, ausschließlich in Schwarz und Weiß, dazu Blusen und Pumps. Dazu gehörten für sie außerdem Diamantohrringe, eine kostbare Armbanduhr und ein teures Parfum.

Sie stieg zwei flache Steinstufen hinab, bis das Wasser ihre Knöchel umspielte, benetzte kurz Arme und Beine und stieg die Stufen weiter hinab, bis sie bis zu den Hüften im Fluss stand. Dann stieß sie sich ab und schwamm los. Wie jeden Morgen raubte ihr die Kälte zunächst den Atem, und sie schnappte nach Luft. Ihre Bahn war immer die gleiche, sie schwamm zügig gegen die Strömung am Garten Dianas von Poitiers vorbei, kehrte dann um und ließ sich vom Strom des Flusses, vorbei an der kleinen Waldinsel, zurücktreiben. Sonnenpunkte tanzten auf der Oberfläche des Flusses, es herrschte eine himmlische Stille. Die Kälte des Wassers ließ ihre Haut kribbeln und umschmeichelte ihren Körper, es fühlte sich herrlich an. Für einen Moment war sie Diana und vergaß ihre Sorgen und die Dämonen, die sie verfolgten.

Er stand hinter der Mauer des östlichen Gartens und beobachtete sie, ihre konzentrierten Schwimmbewegungen, den weißen Körper, der durch das Wasser bläulich schimmerte, die schmalen Schultern. Es kam immer wieder vor, dass sie bei ihrem morgendlichen Bad heimlich beobachtet wurde, von einem Angler oder einem Spaziergänger. Diesmal aber war ihr Mörder gekommen.

Als sie den Anleger beinahe erreicht hatte, drehte sie sich auf den Rücken und schloss die Augen, ließ sich mit ausgebreiteten Armen treiben.

Er sprang auf den breiten Abschluss der Mauer,

legte den Pfeil an, spannte die Sehne, zielte, dann ließ er los. Der Pfeil traf sie in die Brust, sie riss erschrocken die Augen auf, ehe ihr Kopf unter die Wasseroberfläche sank. Die Strömung trieb sie am Steg entlang in Richtung des früheren Bootshauses, an einem schwarzen Gittertor blieb ihr Körper schließlich hängen. Der Schütze betrachtete aufmerksam die Umgebung, kein Mensch war zu sehen. Er sprang von der Mauer, rannte in ihrem Schutz bis zum Ende des Gartens und schlüpfte durch eine Pforte hinaus. Eilig überquerte er eine Wiese, dann verschwand er im dichten Unterholz des Forstes. Ein knackender Zweig scheuchte eine Schar Rabenvögel auf, die sich krächzend in die Lüfte erhoben und für einige Sekunden den Ausschnitt des indigoblauen Himmels über dem Wald verdunkelten. Dann drehten sie ab und folgten der Strömung des Flusses.

Die Morgensonne schien in René Dablancs Garten und wärmte die Granitsteinmauer, an der ein blaulackierter Holztisch stand, umgeben von einem Meer aus Dahlien und Gladiolen. Dort saß René Dablanc und frühstückte mit Lyla. Er hatte die Nacht auf dem Sofa im Salon verbracht und ihr sein Schlafzimmer überlassen. Am frühen Morgen hatten ihn Rückenschmerzen aus dem Schlaf gerissen, vermutlich weil das Sofa für seine Körpergröße zu kurz war. So hatte er die Zeit genutzt, um Kaffee aufzubrühen, den

Tisch zu decken, Orangen für einen Saft zu pressen und frische Crêpes zu backen.

Lyla sah müde und blass aus, der Schrecken der Nacht schien ihr noch in den Knochen zu stecken. Sie hatte schlecht geschlafen und wirre Geschichten geträumt. René lächelte sie aufmunternd an.

»Darf ich dir noch Kaffee einschenken? Magst du noch eine Crêpe?«

»Nein, danke, aber ich habe keinen großen Appetit.«

»Das ist ja auch kein Wunder nach dieser Nacht.«

»Es war schrecklich, ich hätte nie gedacht, dass meine Brüder mir wirklich etwas antun könnten.« Tränen traten in ihre Augen. »Ich dachte, obwohl ich mich Vaters Befehl widersetzt habe, bleiben wir trotzdem Geschwister.«

»Damit hätte ich auch nicht gerechnet.«

»Es ging um die Familienehre, darum geht es immer, und jetzt bin ich schuld, dass sie im Gefängnis sitzen und verurteilt werden.«

»Sie wollten dir weh tun, Lyla.«

»Ja, ich weiß.«

»Ich möchte dir einen Vorschlag machen. Es beunruhigt mich, dass du allein in diesem Waggon lebst, ohne Nachbarn, die dir helfen können, wenn etwas passiert. Warum ziehst du nicht bei mir ein? Ich habe keine Hintergedanken, falls du dich das fragst. Im ersten Stock gibt es noch zwei leere Zimmer, in die du einziehen könntest. Im Haus fehlt es an nichts, und natürlich kannst du alles benutzen.«

»Das ist lieb von dir, ich denke darüber nach, aber die Entscheidung fällt mir schwer. Ich liebe meine Freiheit.«

Er nahm vorsichtig ihre Hand und streichelte sie mit dem Daumen. »Überleg es dir in Ruhe.«

Nachdenklich sah sie in ihre Kaffeetasse. »Der Commissaire hat mir das Leben gerettet. Ich habe lange überlegt, ob ich eine Aussage machen soll. Jean-Pascal war schließlich ein Freund, aber jetzt bin ich Lagarde etwas schuldig.«

»Du weißt etwas über seinen Tod?«

»Ich bin mir nicht sicher, ob es wichtig ist, aber ich möchte es gerne loswerden.«

»Soll ich dich auf die Wache in Blois fahren?«

»Nein, ich möchte nur mit ihm sprechen.«

»Er wohnt in der alten Schmiede in Muides.«

»Ich weiß, fährst du mich dorthin?«

Er erhob sich. »Na los, fahren wir. Wenn wir Glück haben, ist er noch dort.«

Sie parkten vor dem Ferienhaus, als Lagarde gerade dabei war, das Hoftor zu öffnen. Erstaunt sah er ihnen entgegen.

»Bonjour, wie geht es Ihnen, Mademoiselle Lyla?«

»Merci, ganz gut.«

»Kann ich etwas für Sie tun?«

Sie kam sofort zur Sache. »Ich muss mit Ihnen sprechen.«

»Wir werden Ihre Zeugenaussage im Kommissariat in Blois aufnehmen, das eilt aber nicht. Wichtig ist, dass Sie zunächst ein wenig zur Ruhe kommen.«

»Darum geht es nicht.« Ihr Blick war entschlossen, ein Windstoß fuhr in ihre schwarzen Locken und wehte eine Strähne über ihr Gesicht, die sie unwirsch entfernte. Lagarde war für einen Moment fasziniert von ihrer Schönheit.

»In Ordnung, setzen wir uns in den Salon, dort sind wir ungestört. Meine Lebensgefährtin ist schon mit ihrem Fahrrad losgezogen. Das Loire-Tal hat sie völlig in seinen Bann gezogen. Ich sage nur rasch meiner Kollegin Bescheid, dass ich mich etwas verspäten werde.«

Nachdem Lagarde mit Martel telefoniert hatte, setzten sie sich um den Tisch.

»Darf ich Ihnen einen Kaffee anbieten?«

Beide lehnten dankend ab. Lagarde sah Lyla freundlich an. »Worüber wollen Sie mit mir sprechen?«

»Über Jean-Pascal. Ich weiß nicht, ob es wichtig ist.«

»Das werden wir sehen.«

Lyla drehte eine Locke um ihren Finger, versuchte, sich zu konzentrieren, und berichtete dann mit leiser Stimme.

»Vor einigen Monaten haben wir bei mir im Garten

gegrillt, Jean-Pascal war da, Thomas und noch einige andere Kollegen auch. Es wurde spät, und alle haben viel getrunken, nur ich hielt mich an Wasser. Irgendwann brachen die anderen auf, aber Jean-Pascal und Thomas blieben noch, sie hatten zu viel getrunken. Thomas schlief irgendwann auf der Bank ein. Ich wollte, dass die beiden endlich gingen. Doch Jean-Pascal wollte mir unbedingt unter dem Siegel der Verschwiegenheit noch etwas erzählen. Zuerst war die Geschichte ziemlich verworren, und ich habe überhaupt nicht verstanden, worum es geht. Kein Wunder, wenn man bedenkt, in welchem Zustand er war. Dann jedoch prahlte er plötzlich damit, dass er bald an viel Geld kommen würde. Als ich auf sein Drängen hin versprochen hatte, sein Geheimnis für mich zu behalten, verriet er mir, dass er während der Arbeit ein wichtiges Telefonat belauscht hatte. Und dann sagte er einen Satz, den ich nicht verstanden habe.«

»Was sagte er denn?«

»Er sagte: ›Dieser arroganten Alicia werde ich es zeigen, sie meint, sie kann mich behandeln wie einen dummen Stallknecht.‹«

»Wissen Sie, wen er damit gemeint hat?«

»Nein, das hat er nicht gesagt, und ich kenne keine Alicia.«

»Haben Sie mit Jean-Pascal noch einmal über dieses Thema gesprochen?«

»Nein, keiner von uns beiden hat dieses Gespräch

je wieder erwähnt, ich kann mir vorstellen, dass er selbst vergessen hatte, was er mir erzählte.«

»Das war alles?«

»Oui, Monsieur le Commissaire, mehr weiß ich nicht.«

»Merci, Mademoiselle Lyla.«

Als Lagarde im Kommissariat von Blois eintraf, fand er Yvonne und Joris in Martels Büro. Sie saßen mit Kaffee und Wasser am Besprechungstisch, und Joris hatte frische Croissants vom Bäcker mitgebracht. Er schien bester Laune zu sein. Martel hingegen war angespannt. Ihr Mann hatte gestern Abend keine drei Worte mit ihr gesprochen und sich früh mit einer Flasche Cognac in sein Arbeitszimmer zurückgezogen. Ständig musste sie darüber nachdenken, was mit ihm los war. Sie beschloss, ihn so bald wie möglich zur Rede zu stellen. Sie versuchte, die beunruhigenden Gedanken zu verdrängen und sich wieder auf die Ermittlungen zu konzentrieren, sie waren noch nicht wirklich weit gekommen.

Lagarde berichtete von seinem Gespräch mit Lyla Nibali. Yvonne runzelte die Stirn. »Alicia? Wer könnte das sein?«

»Wir müssen es herausfinden.«

»Vielleicht gibt es die Frau gar nicht, und Garot hat in seinem angetrunkenen Zustand vor Mademoiselle Nibali geprahlt.«

»Das wäre natürlich auch möglich, aber ich habe so ein Gefühl, dass da etwas dran ist.«

Sie nickte nachdenklich und wandte sich schließlich an Joris. »Haben deine Nachforschungen zu dem Pfeil etwas ergeben?«

»Es gibt im näheren Umkreis drei Bogenschützenvereine, ich habe mit den Vorsitzenden gesprochen und ihnen den Pfeil gezeigt. Alle versicherten mir, so einen Pfeil noch nie gesehen zu haben. Die Gravur sagte ihnen nichts, allerdings waren sie sich einig, dass es sich um eine besonders schöne Arbeit handelt. In Tours und Orléans gibt es Sportgeschäfte, die sich unter anderem auf die Ausstattung für Bogenschützen spezialisiert haben. Dort hat man mir dasselbe gesagt, niemand kennt die Herkunft des Pfeils oder hat eine Idee, wie man mehr darüber herausfinden könnte. Der Geschäftsführer eines Ladens vermutete jedoch, dass es sich um einen kostspieligen privaten Spezialauftrag handeln könnte, übliche maschinelle Produktionsware sei das nicht.« Er machte eine kurze Pause und trank sein Wasserglas leer. »Unsere Internetspezialisten haben auch recherchiert, bisher leider ohne Ergebnis.« Er seufzte. »Es ist wie verhext, irgendwo muss der Pfeil doch herkommen.«

Yvonne ergänzte ihre Notizen und griff dann nach dem Bericht der Spurensicherung.

»Auf Garots Vespa befanden sich seine eigenen Fingerabdrücke und die von Lyla Nibali. Nachforschungen haben ergeben, dass er sie manchmal mitgenommen und nach Hause gefahren hat. In Garots Wohnung haben sie nichts gefunden, das von Interesse wäre. Auf dem Geldumschlag befanden sich ausschließlich seine Fingerabdrücke.«

»Was ist mit Arnaud Caravelles?«, fragte Joris. »Hat er Garot getötet? Immerhin hätte er ein Motiv, Garot hat ihn erpresst, und die Beschreibung des Zeugen, der den Mörder möglicherweise gesehen hat, stimmt mit Caravelles' Umhang überein.«

»Wir haben keine Beweise«, antwortete Yvonne. »Nur sein Eingeständnis, dass Garot ihn erpresst hat.«

»Und wenn er doch viel mehr Geld von ihm erpresst hat, sagen wir siebzigtausend Euro, das wäre doch ein starkes Motiv für Caravelles, dem ein Ende zu setzen.«

»So viel Geld hatte er nicht«, schaltete Lagarde sich ein. »Ich habe seinen Account bei einer Internetplattform gefunden. Es war ganz leicht, er ist unglaublich naiv vorgegangen. Bei den Geschäften ging es immer nur um kleinere Beträge, zweihundert Euro für ein Ritterkostüm beispielsweise oder hundert Euro für Pfeil und Bogen. Er hat auch nicht ständig etwas verkauft, das wäre im Schloss dann doch aufgefallen. Und es waren keine echten Antiquitäten aus dem Château, an die kommt man nicht so einfach heran, eher Tand. Mehr als sechshundert Euro im Monat hätte er Garot kaum geben können.«

»Wo kommen dann die siebzigtausend Euro her?«, wollte Yvonne wissen.

»Von dieser Alicia?«, fragte er in den Raum. »Noch etwas anderes müssen wir dringend klären: Wo ist Garots Schwester, Elise Ardent? Wir sollten sie so schnell wie möglich finden.«

Lisa Bernier war die Assistentin Alicia Castelots, der Schlossverwalterin von Chenonceau. Mit ihren kinnlangen weizenblonden Haaren und dem sinnlichen Mund war sie eine attraktive junge Frau. Besonders auffällig waren ihre veilchenblauen Augen. Im Dienst sollte sie streng darauf achten, ihre Chefin nicht in den Schatten zu stellen. Alicia sah sich wie eine Herrin von Chenonceau, und niemand durfte ihr den Rang ablaufen. Lisas Vorgängerin war bereits nach sechs Wochen wieder entlassen worden, weil sie dieses unumstößliche Gesetz nicht beherzigt hatte. Lisa hingegen hatte ihre Rolle akzeptiert, weil sie den Job brauchte. Sie war zwar verheiratet, lebte jedoch von ihrem Mann getrennt. Normalerweise ging eine angenehme Ruhe von ihr aus, doch jetzt war sie nervös. Sie konnte Alicia nirgendwo finden, und in fünf Minuten begann eine wichtige Besprechung, bei der es um die Zukunft des Schlosses ging. Die Eigentümer fanden die Investitionskosten zu hoch und den Gewinn zu niedrig und wollten über einschneidende Änderungen sprechen.

Noch einmal hetzte Lisa über die Haupttreppe in den ersten Stock der Galerie, sperrte das Büro ihrer Chefin auf und trat ein. Frustriert stellte sie fest, dass wichtige Unterlagen nach wie vor unberührt auf dem Schreibtisch lagen. Alicia war noch nicht in ihrem Büro gewesen. Erneut wählte sie die private Festnetznummer ihrer Chefin, aber niemand ging ran. Das war zwar nicht erstaunlich, ihre Chefin hielt sich um diese Zeit immer im Schloss auf, aber es beunruhigte Lisa, dass sie nicht an ihr Smartphone ging. Sie hatte es immer bei sich und war rund um die Uhr erreichbar.

Als sie die Treppe wieder hinunterging, überlegte sie, ob sie bei Alicia zu Hause vorbeischauen sollte. Es war nicht weit, ihr Mann und sie wohnten im Dorf Chenonceaux. Lisa malte sich bereits aus, dass ihre Chefin sich verletzt haben könnte oder ohnmächtig in ihrer Wohnung lag und dringend Hilfe brauchte. Normalerweise ging Lisa nicht immer gleich vom Schlimmsten aus, aber eine Eigentümerbesprechung würde Alicia niemals verpassen.

Im Erdgeschoss vor dem Haupteingang traf sie auf Sinad, einen der Wachmänner. Das gesamte Personal der Security trug blaue Uniform, weißes Hemd und Krawatte, wie es Vorschrift war. Einmal hatte Sinad sie zum Essen eingeladen, doch sie hatte abgelehnt. Seitdem verhielt er sich kühl ihr gegenüber. Sie konnte ihm nicht so einfach erklären, dass sie noch keine neue Beziehung wollte.

»Hast du Alicia gesehen?«, fragte sie ihn und tippte hektisch auf ihre Armbanduhr. »Eine wichtige Besprechung fängt gleich an.«

»Ich habe sie heute noch nicht gesehen, aber geht sie vor Dienstbeginn nicht immer schwimmen?«

»Ja, aber das ist doch Stunden her.«

»Wir sehen trotzdem mal nach.«

Lisa ärgerte sich, dass sie noch nicht selbst auf die Idee gekommen war. Zusammen verließen sie das Gebäude und gingen zum Anleger. Als sie das Gittertor passierten, erstarrte Sinad und deutete auf die schwarzen Stäbe. Davor, auf dem moosigen Grund des seichten Wassers, lag Alicia. Sinad holte augenblicklich sein Handy aus der Jacketttasche und wählte den Notruf, mit dem anderen Arm zog er die fassungslose Lisa an sich. Sie konnte den Blick nicht von dem Pfeil abwenden, der aus der marmornen Brust ihrer Chefin ragte.

Der Notruf des Wachmanns ging in der Zentrale des Kommissariats in Blois ein. Der diensthabende Gendarm rief sofort im Büro von Martel an und gab die Nachricht an sie weiter. Als sie das Gespräch beendet hatten, wandte sich Martel mit angespannter Miene an ihre Kollegen. »Wir haben wieder eine Leiche mit einem Pfeil in der Brust, es handelt sich um Alicia Castelot, die Schlossverwalterin von Schloss Chenonceau. Die Tote wurde im Cher gefunden.«

»Alicia?«, fragte Lagarde überrascht nach.

»Oui.« Hektisch fuhr sie sich durch die Haare. »Ich informiere die Kollegen, dann fahren wir los. Erneste, du hältst bitte hier die Stellung.«

Sie nahmen Yvonnes Dienstfahrzeug, folgten der Nationalstraße bis Amboise und wandten sich dann nach Süden. Die gewundene Landstraße führte durch ein riesiges Waldgebiet, in dem der Adel früher Treibjagden veranstaltet hatte. Nach zehn Kilometern erreichten sie das Schloss. Yvonne stellte das Auto auf dem Besucherparkplatz neben einem Oldtimer-Cabriolet mit roten Ledersitzen und vergoldeten Felgen ab. Sie gingen in das Gebäude mit den Kassen und einem Souvenirshop. Dort waren sie mit dem Wachmann Sinad Taaramae und Lisa Bernier verabredet.

»Die beiden haben die tote Frau gefunden«, erklärte Martel ihrem Kollegen. »Sie wollten hier auf uns warten.«

Neben der Eingangstür vor einem Kassenautomaten standen ein Mann in Uniform und eine auffallend blasse Frau, die aufmerksam den Eingangsbereich im Auge behielten.

»Das müssen sie sein«, sagte Martel. Sie begrüßten sich und stellten sich vor. Daraufhin führten Taaramae und Bernier sie durch den Souvenirshop und die Schleuse, durch die eine zunehmende Anzahl von Besuchern drängte. Das Eingangstor wurde von einer

Sphinx bewacht. Sie folgten einer schnurgeraden Pappelallee, rechter Hand befand sich das Park-Café, das bereits gut besucht war. Als das Schloss in Sicht kam, war Lagarde von seiner feinen Schönheit beeindruckt. Er hatte es bisher nur von Bildern gekannt. Als sie den Anleger erreichten, zeigte der Wachmann auf die wasserumspielten Gitterstäbe.

»Sehen Sie, dort liegt sie.«

Martel starrte mit unbewegtem Gesichtsausdruck auf die Frau, und die Szenerie verschlug ihr für einen Moment die Sprache. Lagarde hatte schon viel Schlimmes gesehen, aber dieser Anblick ging ihm wirklich nahe. Die Frau lag mit starren, offenen Augen in dem Flussbett, als ob sie schlafe, schön wie eine Königin, durchbohrt von einem Pfeil.

»Was hat sie denn hier gemacht?«, fragte Martel.

Lisa Bernier erzählte von dem Ritual ihrer Chefin.

»Sie ist jeden Morgen im Cher geschwommen?« Martel konnte es nicht fassen.

»Ja, zumindest in der warmen Jahreszeit.«

Martel ging in die Knie und prüfte die Wassertemperatur des flaschengrünen Flusses. »Das sind gefühlte zehn Grad.«

»In den Sommermonaten sind es normalerweise vierzehn bis fünfzehn Grad.«

Als Martel wieder aufstand und sich die Hosenbeine abklopfte, kam ein weiterer Wachmann mit dem

Team der Spurensicherung und dem Rechtsmediziner Christian Keravel. Martel stellte sie vor und sagte: »Wir müssen die Frau so schnell wie möglich aus dem Wasser holen und von hier wegbringen. Das ist ein öffentlicher Ort, und es bewegen sich viele Menschen auf dem Gelände.«

Vier Polizisten der Spurensicherung stiegen in den Fluss, der an dieser Stelle durch den künstlich erhöhten Verlauf flach war, griffen behutsam nach der Frau und trugen sie über die Treppe auf den Anleger. Sie legten sie auf eine Spezialdecke in ein provisorisches Zelt, das Kollegen routiniert aufgebaut hatten. So war Alicia Castelot vor neugierigen Blicken geschützt.

Keravel brauchte nicht lange, er untersuchte die Eintrittsstelle der Waffe, hob die Augenlider und tastete den Körper vorsichtig nach weiteren Verletzungen ab. Schließlich erhob er sich und trat aus dem Zelt.

»Der Pfeil ist in ihr Herz eingedrungen, und sie war binnen Sekunden tot. Weitere Verletzungen kann ich nicht entdecken, im Rechtsmedizinischen Institut werde ich sie gründlich untersuchen.«

Lagarde, der neben ihm stand, sah sich um.

»Der Bootsanleger liegt geschützt unter dem Brückenbogen, hier kann sie nicht getötet worden sein. Ich vermute, dass sie auf dem Rücken schwamm, als der Pfeil sie traf, dann wurde sie von der Strömung hierhergetrieben und blieb am Gitter hängen. Nach einiger Zeit ist ihr Körper auf den Grund des Flusses gesunken.«

Martel deutete auf die Mauer des östlichen Gartens. »Von dort aus hätte der Mörder schießen können, die Stelle ist erhöht. Die Umgebung muss nach Spuren abgesucht werden. Von irgendwoher muss der Täter gekommen sein, und er hatte einen Fluchtweg. Die kleine Insel und der Waldrand gegenüber liegen zu flach, um von dort aus schießen zu können.«

Lagarde sah das genauso, eine andere Möglichkeit gab es nicht. Seine Kollegin fuhr fort: »Wenn ihre Leiche durch das ganze Schloss und den Park getragen wird, könnte das eine große Unruhe unter den Besuchern auslösen, das gefällt mir gar nicht. Wir brauchen eine Alternative, Kollegen. Lasst euch etwas einfallen.«

Lagardes Blick fiel auf ein Motorboot mit Außenborder, das in dem kleinen Hafen zwischen dem Garten und der Terrasse mit dem Turm lag. Eine Aufschrift an der Seite zeigte, dass es zur Schlossverwaltung gehörte.

»Wir brauchen den Schlüssel für das Motorboot, wo bekommen wir ihn her?«

»Ich kann ihn holen«, versicherte Sinad.

»Sehr gut, wir legen die Tote hinein und bringen sie auf die andere Flussseite. Am Waldrand verläuft ein Weg, auf dem der Bestatter dorthin gelangen kann.

Ich denke, auf diese Weise erregen wir am wenigsten Aufsehen unter den Schlossbesuchern.«

Alle waren mit dem Plan einverstanden, und genauso wurde er ausgeführt. Es gab nur einen kleinen Zwischenfall. Als Lagarde losfahren wollte, machte ein älteres Paar Anstalten, ebenfalls hineinzusteigen. Offenbar dachte es, dass eine von der Schlossverwaltung organisierte Rundfahrt stattfinden sollte. Mit gerunzelter Stirn verfolgte Martel die folgende Diskussion, von der sie kein Wort verstehen konnte. Schließlich schaffte ihr Kollege es, die beiden von ihrem Plan abzubringen und sich endlich auf den Weg zu machen. Alle waren erleichtert, als der Bestatter die Leiche übernommen hatte. Keravel verabschiedete sich, und die Techniker der Spurensicherung machten sich an die Arbeit.

Die Kommissare hatten im Büro von Lisa Bernier Platz genommen. Die Assistentin saß hinter ihrem Schreibtisch und sah sie mit ernster Miene an. Eigentlich wirkte der Raum eher wie eine winzige Abstellkammer und hatte kein Fenster, nur eine Lüftungsklappe. An den Wänden standen Holzregale, die bis zur Decke reichten und mit Akten gefüllt waren, dazu gab es die übliche Büroausstattung, alles wirkte etwas veraltet. Der Schreibtisch von Madame Bernier war ein schlichter Tisch, unter dem sich Staubmäuse breitgemacht hatten. Das Arbeitszimmer von Alicia

Castelot, durch das sie Lisa Berniers Büro erreichten, wirkte dagegen wie ein Prunksaal.

Die junge Frau steckte sich eine Zigarette an und schaltete einen Ventilator ein. »Entschuldigen Sie, aber ich muss jetzt eine Zigarette zur Beruhigung rauchen, ich bin völlig erschüttert. Aber bitte verraten Sie mich nicht, Rauchen ist im Schloss strengstens untersagt, es kann sogar ein Kündigungsgrund sein.«

Martel blinzelte, weil die Deckenbeleuchtung sie blendete.

»Madame Bernier, wann haben Sie die Tote gefunden?«

»Das war kurz vor elf Uhr, ich habe sie gesucht, weil wir um elf eine wichtige Besprechung hatten.«

Das stimmte mit den Aufzeichnungen der Zentrale überein, der Notruf des Wachmannes war um elf Uhr vier eingegangen. »Sie waren in Begleitung des Wachmannes Sinad Taaramae?«

»Ja, ich hatte ihn gebeten, mir bei der Suche zu helfen.«

»Um wie viel Uhr ging Ihre Chefin in der Regel schwimmen?«

»Immer so gegen sieben Uhr.«

»Was hat sie danach gemacht?«

»Sie hat geduscht, ihre Dienstkleidung angezogen, einen Kaffee und ein Croissant zu sich genommen und anschließend mit der Arbeit begonnen.«

»Es arbeiten doch sicher sehr viele Menschen hier, irgendjemand muss doch etwas gesehen haben? Man kann vom Schloss auf den Fluss schauen und vom Park aus ebenso.«

»Nicht unbedingt. Sehen Sie, das Schloss öffnet im Sommerhalbjahr erst um neun Uhr, die Angestellten beginnen ihren Dienst um acht, die Putztrupps arbeiten am Abend, wenn das Schloss geschlossen ist. Personal der Security absolviert in der Nacht zwei Runden zu versetzten Zeiten, die nicht einmal ich weiß. Vorher ist es einige Male vorgekommen, dass Jugendliche hier Partys gefeiert und manchmal sogar randaliert haben. Aber inzwischen ist Ruhe eingekehrt, es ist schon lange nichts mehr passiert. Was ich sagen will, ist, dass sich zwischen sieben und acht Uhr nicht viele Leute auf dem Gelände und in den Gebäuden aufhalten, und wenn doch, sind sie so beschäftigt, dass sie wahrscheinlich nicht den Fluss beobachten.«

»Hatten Sie Ihre Chefin heute Morgen schon gesehen?«

»Nein, ich sollte die Besprechung nach ihren Vorgaben vorbereiten, und wir wollten uns um elf in ihrem Büro treffen. Das war nicht ungewöhnlich, sie war häufig im Schloss unterwegs, irgendetwas gab es immer zu regeln. Sie können sich das vielleicht nicht vorstellen, aber so ein Schloss ist ein richtiges Unternehmen.«

»Es ist in Privatbesitz, nicht wahr?«

»Das ist richtig. Mittlerweile hat es sich zum Lieblingsschloss der Touristen entwickelt.«

Lagarde schaltete sich ein. »Wie lange arbeiten Sie schon hier, Madame Bernier?«

»Ein halbes Jahr.«

»Und in welcher Funktion?«

»In der Funktion als Marketingleitung.«

»Wie gefällt Ihnen Ihre Arbeit?«

»Ich liebe sie, sie ist abwechslungsreich und vielseitig, man kommt mit vielen interessanten Menschen in Kontakt.« Sie überlegte kurz und lächelte. »Meine Aufgaben stellen eine richtige Herausforderung dar.«

»Wie sind Sie mit Ihrer Chefin ausgekommen?«

»Wir haben uns prima verstanden und uns gut ergänzt, ein Dreamteam sozusagen.«

»Hat sich Ihre Chefin in letzter Zeit anders verhalten als sonst, war sie nervös, ängstlich, hat sie erzählt, dass etwas sie beunruhigt?«

Bernier dachte nach und schüttelte dann den Kopf. »Mir ist nichts Besonderes an ihr aufgefallen, sie war wie immer.«

»Und im Allgemeinen, im Schloss, beim Personal, bei den Besuchern, gab es merkwürdige Vorfälle, haben Sie etwas beobachtet, das Ihnen sonderbar vorkam?«

»Nicht, dass ich wüsste, alles ging seinen normalen Gang.«

»War Madame Castelot verheiratet?«

»Ja, mit Augustin Castelot.«

»*Der* Augustin Castelot?«, fragte Martel.

»Ja.«

»Wer ist das?«, wollte Lagarde wissen.

Die Assistentin klärte ihn auf. »Er ist der größte Bauunternehmer hier in der Region.«

»Wissen Sie, wo er wohnt?«

»Im Dorf Chenonceaux. Wenn Sie es in östlicher Richtung verlassen, geht links an einer Kapelle eine Straße ab. Sie folgen ihr etwa hundert Meter, dann stehen Sie direkt vor der Villa.«

»Wissen Sie etwas über die Ehe von Alicia und Augustin Castelot?«

»Nein, Alicia hat nie mit mir über private Angelegenheiten gesprochen.«

»In Ordnung, das war es zunächst, nur noch eine Frage, Madame Bernier. Gibt es eine Verbindung zwischen Alicia Castelot und dem Schloss Chambord?«

»Sie hat ein Pferd dort in den Stallungen untergestellt, ein sehr wertvolles Tier, soweit ich weiß. Ich glaube, es heißt Josephine wie die Gemahlin von Napoleon. Alicia ist – «, mit Tränen in den Augen verbesserte sie sich, »sie war eine passionierte Reiterin.«

»Wissen Sie zufällig, wer das Pferd betreut?«

»Leider nein.«

»In Ordnung, wir melden uns, wenn wir noch Fragen haben.«

»Natürlich, kann ich jetzt die Eigentümer des Schlosses informieren?«

»Ja, machen Sie das. Au revoir, Madame Bernier, und danke für Ihre Auskünfte.«

Auf dem Weg zum Park-Café, in dem Sinad Taaramae auf sie wartete, rief Martel den Rittmeister an, der sich sofort meldete. »Wie geht es Mademoiselle Lyla?«

»Ihr geht es gut, ich habe ein Auge auf sie.«

»Das freut mich sehr, sagen Sie schöne Grüße von mir, sie soll sich melden, wenn ich etwas für sie tun kann.«

»Das werde ich machen, Madame le Commissaire.«

»Ich habe eine Frage.«

»Ja?«

»Wer betreut das Pferd von Alicia Castelot, Josephine?«

»Jean-Pascal hat es betreut, jetzt müssen wir sehen, wie wir das regeln.«

»Danke für die Auskunft.«

»Warum wollen Sie das wissen?«

Sie seufzte, in zwei Stunden würden es die ersten Radionachrichten bringen, am Abend die Fernsehnachrichten, und morgen würde es in allen Zeitungen stehen. »Alicia Castelot ist tot.«

»*Mon Dieu*, was ist denn passiert?«

»Ich muss jetzt Schluss machen.«

Sie fanden den Wachmann im Garten des Cafés an

einem Tisch, der etwas abseits stand, so dass sie in Ruhe reden konnten. Als er sie sah, stand er auf und begrüßte sie.

»Darf ich Ihnen einen Kaffee holen? Vielleicht ein Stück Kuchen?«

»Ein Kaffee wäre schön«, entgegnete Martel.

»Für mich auch, bitte«, sagte Lagarde.

Kurz darauf kam er mit einem Tablett zurück und setzte sich zu ihnen. Auf einem Teller lagen drei Stücke Schokoladentarte mit Walnüssen und Sahnehaube. Als er ihren Blick bemerkte, meinte er: »Entschuldigen Sie, aber immer, wenn ich mich aufrege, bekomme ich schrecklichen Hunger.«

Martel begann mit der Befragung. »Wie war Ihr Verhältnis zu Alicia Castelot?«

»Wir hatten kaum etwas miteinander zu tun, sie hat meistens nur mit meinem Chef gesprochen, anderes Personal interessierte sie nicht.«

»Ist Ihnen in letzter Zeit etwas Ungewöhnliches aufgefallen, seltsame Vorfälle beispielsweise?«

Er musste nicht lange überlegen. »Nein, business as usual, würde ich sagen. Alles lief wie immer.«

»Können Sie sich einen Grund vorstellen, warum jemand sie töten wollte?«

»Oh ja, da gibt es einige. Sie hat hier ein Terrorregime geführt, viele Angestellte hatten regelrecht Angst vor ihr. Ein Kollege von mir hat seinen Job verloren, weil sie ihn beim Rauchen erwischt hat, dabei war er schon auf dem Parkplatz und wollte nach Hause fahren. Er hat Familie, eine Frau und drei kleine Kinder und war auf den Job angewiesen. Ich könnte Ihnen noch mehr solche Geschichten erzählen.«

»Wie war die Beziehung zwischen Castelot und Bernier?«

Er schüttelte den Kopf und machte sich über das zweite Kuchenstück her. »Sie war schwierig, um nicht zu sagen zerrüttet.«

»Wie meinen Sie das?«

»Alicia hat Lisa gemobbt, am Anfang nicht, aber später.«

»Haben Sie eine Erklärung dafür?«

»Lisa hat Marketingwissenschaften studiert und hat wirklich etwas drauf, außerdem ist sie sehr engagiert. Sie hat tolle Ideen, das konnte ihre Chefin nicht dulden. Sie war der Star, sonst niemand.«

»Können Sie das konkreter beschreiben?«

»Sie hat sie wie eine kleine Sekretärin behandelt, nicht wie jemanden, der studiert hat. Sie hat ihr nur einfache Arbeiten übertragen, Unterlagen kopieren, Ablagen sortieren, Telefondienst machen, solche Sachen. Lisa hat sie dafür gehasst, ihre Chefin war für sie der Teufel in Person. Seit Lisa hier angefangen hat, hat sie abgenommen und ist immer total gestresst.«

Lagarde trank nachdenklich einen Schluck Kaffee. »Gab es Streit?«

»Einmal wurde ich Zeuge einer Auseinandersetzung. Ich hatte Dienst im ersten Stock der Galerie, wo sich Alicias Büro befindet. Sie hat so laut geschrien, dass man es draußen hören konnte und Besucher erschrocken reagierten. Kurz darauf kam Lisa völlig aufgelöst aus dem Zimmer gestürzt und hat sich in der Toilette eingeschlossen. Ich habe sie weinen hören und wollte sie trösten, aber sie war ja in der Damentoilette.« Er begann das dritte Stück Kuchen zu verschlingen. »Wissen Sie, was ich glaube?«

»Was glauben Sie denn?«

»Lisa wollte Alicias Job.«

»Ist Ihre Behauptung nicht ziemlich unrealistisch? Wie hätte sie das bewerkstelligen sollen?«

Er lächelte versonnen. »Lisa ist clever. Sie hat hinter Alicias Rücken versucht, ein gutes Verhältnis zur Eigentümerfamilie aufzubauen, aber vielleicht hat ihr das zu lange gedauert.«

»Was wollen Sie damit andeuten?«

»Nichts, ich habe nur meine Eindrücke geschildert.«

»Wissen Sie, warum Madame Bernier in ihrer Position eine Abstellkammer als Büro hat?«

»Sie hatte vorher ein anständiges Büro, aber die Chefin hat es ihr weggenommen.«

»Das war es zunächst, Monsieur Taaramae, melden Sie sich bitte bei uns, wenn Ihnen noch etwas einfällt.«

Der Wachmann erhob sich. »Das mache ich.«

»Haben Sie noch lange Dienst?«

»Nur noch zwei Stunden, dann gehe ich ins Fitness-studio.«

Lagarde holte noch einen Kaffee für Martel und sich und setzte sich wieder zu ihr an den Tisch. Sie sahen einander an.

»Zwei Tötungsdelikte mit einem Pfeil innerhalb von fünf Tagen«, bemerkte Yvonne. »Ich kann es nicht fassen.«

»Was schlagen Sie vor, wie gehen wir weiter vor?«

»Sprechen wir mit Augustin Castelot.«

Chenonceaux war ein mittelalterliches Dorf, durch das eine Kopfsteinpflastergasse führte, die von Granitsteinhäusern gesäumt wurde. Auf dem schmalen Gehweg standen in regelmäßigen Abständen Holztröge mit Geranien. Es gab zwei Restaurants, eine Pâtisserie, ein Champagner-Museum, einen Uhrmacher und eine Bar-Tabac. Auffällig waren die kunstvoll gestalteten Zunftschilder, die mit filigranen Ketten an Eisenbögen befestigt waren und über den Portalen im Wind pendelten. Unter einem Kastanienbaum mit einer gewaltigen Laubkrone erhob sich die Kapelle, von der Lisa Bernier gesprochen hatte. Sie bogen ab, folgten einer Allee, fuhren an einem sonnenbeschienenen Weiher entlang und erreichten schließlich das Anwesen der Familie Castelot.

Die Villa war eigentlich ein Schlösschen mit einer zartrosa verputzten Fassade und Bogenfenstern mit ornamentierten Laibungen. Es erhob sich wie eine Zuckerbäckertorte in einem Park.

Das Tor stand offen, und Martel fuhr auf den Vorplatz. Sie parkte neben einem schwarzen Mercedes Geländewagen. Als sie ausstiegen, nahmen sie den Duft von frisch gemähtem Gras wahr. Sie folgten einer breiten Marmortreppe und betätigten den schweren Türklopfer, und kurz darauf öffnete sich die Eingangstür. Eine ältere Dame mit strengen Gesichtszügen in einem Strickkleid begrüßte sie höflich.

»Was kann ich für Sie tun, Madame et Monsieur?«

Sie zeigten ihre Dienstausweise. »Wir möchten gern mit Monsieur Augustin Castelot sprechen, wenn er zu Hause ist.«

»Ja, Monsieur ist zu Hause, aber er hat keine Zeit.«

»Es ist sehr wichtig«, beharrte Martel.

»Haben Sie einen Termin?«

»Nein.«

»Dann tut es mir leid.«

»Haben Sie mich nicht verstanden? Ich sagte, es sei wichtig.«

»Also gut, treten Sie bitte ein, ich werde Monsieur fragen. Gleich bin ich wieder bei Ihnen.«

Sie standen in der prächtig ausgestatteten Vorhalle und warteten unter einem Lüster. Lagarde besah sich die Ölgemälde und einen Gobelin, der zwischen farbenfrohen Tieren und Pflanzen das Schlosswappen von Chenonceau zeigte. Schon kam die Dame zurück.

»Monsieur Castelot ist im Garten, wenn Sie mir bitte folgen möchten.«

Durch eine gläserne Schiebetür gelangten sie auf die Terrasse. Aus den Bäumen erklang Vogelgezwitscher. Auf der Wiese davor stand neben einem Push-Trolley ein Mann in einem grünen Adidas-Trainingsanzug und hielt einen Golfschläger in den behandschuhten Händen. Verschiedene Schläger ragten aus einer Golftasche auf dem Rasen. Er übte Abschläge in ein Übungsnetz. Konzentriert schlug er den Ball ab, der mit einem satten Plopp genau den roten Punkt in der Scheibenmitte traf. Nach diesem geglückten Manöver drehte er sich um und musterte mit unergründlicher Miene seine Besucher, ehe er zu ihnen auf die Terrasse kam. Er war korpulent, die grauen Haare trug er kurzgeschnitten, und er hatte ein auffällig kantiges Gesicht. Auffällig war auch die goldene Kette, die er um den Hals trug.

»Bonjour!« Seine Stimme wirkte zu laut für die Ruhe, die über dem Garten lag. »Sie wollen mich sprechen? Aber ich sage Ihnen gleich, dass ich nicht viel Zeit habe. Nehmen Sie doch bitte Platz.« Er deutete auf eine elegante Sitzlandschaft, dann wandte er sich an die Hauswirtschafterin. »Bringen Sie bitte Kaffee, Wasser und Gebäck, Jeanne.«

»Oui, Monsieur Castelot.«

»Sie sind also von der Kriminalpolizei«, sagte er. »Sie haben Glück, dass Sie mich zu Hause antreffen, normalerweise bin ich um diese Uhrzeit im Büro.«

Martel nickte und setzte mit entschlossener Stimme an: »Monsieur Castelot, es tut mir leid, aber ich muss Ihnen eine sehr traurige Nachricht überbringen. Ihre Frau wurde heute tot aufgefunden.«

Da er keinerlei Reaktion zeigte, fuhr sie fort: »Sie ist heute Morgen allem Anschein nach beim Schwimmen im Cher getötet worden.«

Er starrte sie an. »Sie ist ermordet worden?«

»Ja, mein aufrichtiges Beileid.«

Die Dame kam in diesem Moment mit einem Tablett auf die Terrasse und stellte es auf dem Tisch ab. Castelot bedankte sich automatisch, und sie verschwand im Haus.

»Ich verstehe das nicht.« Er fuhr sich über die Stirn. »Wer sollte Alicia töten, aus welchem Grund?«

»Das wissen wir noch nicht.«

»Was ist denn passiert, vielleicht war es ein Unfall? Ich habe ihr immer wieder gesagt, dass sie mit diesem Unsinn aufhören soll, wer schwimmt denn jeden Morgen nackt in einem eiskalten Fluss?«

»Einen Unfall können wir ausschließen, sie wurde mit einem Pfeil erschossen.«

»Mit einem Pfeil?«

»Wissen Sie, ob Ihre Frau Feinde hatte?«

»Feinde? Nein, weshalb sollte sie Feinde haben? Sie ist … ich meine, sie war Schlossverwalterin von Chenonceau, das ist eine respektable Beschäftigung, da hat man doch keine Feinde.«

»War sie bei ihren Angestellten beliebt?«

»Keine Ahnung, wir haben selten über ihre Arbeit gesprochen. Ich bin Bauunternehmer, viel unterwegs und meist sehr beschäftigt.«

»Ist Ihnen an Ihrer Frau in letzter Zeit etwas aufgefallen, war etwas anders als sonst? Hat sie etwas erwähnt, zum Beispiel, dass sie Angst hat, dass sie bedroht wird, dass sie etwas beunruhigt?«

Er schüttelte den Kopf. »Non.«

»Haben Sie eine Vorstellung, wer sie getötet haben könnte?«

»Überhaupt nicht.«

»Wo waren Sie heute Morgen?«

Barsch fuhr er sie an: »Wollen Sie etwa mich verdächtigen? Kommen Sie bloß nicht auf so eine Idee, ich rufe sofort meinen Anwalt an, der wird Sie in Ihre Schranken weisen.« Sein Gesicht verfärbte sich etwas dunkler.

»Das ist eine Routinefrage, Monsieur Castelot, also beantworten Sie sie bitte. Wo waren Sie heute Morgen zwischen sieben und acht Uhr?«

»Ich hatte eine Besprechung auf einer Baustelle mit einem meiner Architekten.«

»Wie heißt der Mann?«

»Philibert Parnass.«

»Wo befindet sich diese Baustelle?«

»In Angers, ein Turm des Schlosses ist baufällig und wird aufwendig restauriert.« Wütend sah er sie an. »Sie behandeln mich wie einen Verdächtigen, das werde ich mir nicht gefallen lassen.«

»Ich stelle nur die üblichen Fragen, wir werden Ihr Alibi überprüfen.« Martel wirkte provoziert, und Lagarde beschloss, die Befragung fortzuführen. »Wann haben Sie Ihre Frau zum letzten Mal gesehen?«

Der Mann überlegte. »Ich glaube, gestern Morgen. Ich hatte gefrühstückt und wollte mich auf den Weg in mein Büro machen, da habe ich sie kurz in der Halle getroffen.«

»Wie würden Sie Ihre Ehe beschreiben, Monsieur Castelot?«

»Was ist denn das für eine Frage? Wir sind seit vierzehn Jahren verheiratet, da hat man sich nicht mehr so viel zu sagen, das ist doch normal.«

»Haben Sie Kinder?«

»Wir haben einen Sohn, Marc, er ist vierzehn Jahre alt, ein wunderbarer Junge.«

»Ist er hier?«

»Nein, er ist mit seiner Internatsklasse für eine Woche in die französischen Seealpen gefahren, die Kids machen Trekking und so.« Er schnaubte. »Das ist laut der Vertrauenslehrerin eine pädagogische Maßnahme für den Klassenzusammenhalt und gegen Mobbing.

Wissen Sie, was mich dieser Ausflug kostet? Über viertausend Euro! Das Schuljahr hat gerade erst angefangen, und die Lehrer machen mit ihnen einen Ausflug, anstatt ihnen Mathematik und französische Grammatik beizubringen, ist es zu fassen? Ich denke, es ist so eine Art Abenteuerurlaub für die Lehrer, den sie sich sonst nicht leisten können.«

Lagarde stoppte den Ausbruch. »Sie müssen Ihre Frau identifizieren, ich werde einen Termin für Sie vereinbaren.«

»Ja, selbstverständlich, danke.«

»Ich habe noch eine Frage. Kann es sein, dass Ihre Frau erpresst wurde?«

Dem Mann verschlug es für einen Moment die Sprache, dann versuchte er, sein Temperament zu zügeln, und antwortete mit bemüht ruhiger Stimme: »Ich bin mir hundertprozentig sicher, dass Alicia nicht erpresst wurde, ich weiß nicht, wie Sie auf so einen Unsinn kommen.«

»Gut, Monsieur Castelot, wir werden jetzt gehen, unsere Visitenkarten lassen wir hier. Falls Ihnen noch etwas einfällt, rufen Sie uns bitte an.«

Der Mann brachte sie selbst zur Tür. Als sie im Auto saßen und nach Blois zurückfuhren, reflektierten sie das Gespräch.

»Er schien vom Tod seiner Frau nicht sehr betroffen zu sein«, stellte Yvonne fest. Sie musste an ihren eigenen Ehemann denken und wie er sich in letzter

Zeit ihr gegenüber verhielt. Würde auch er so kaltherzig reagieren?

»Den Eindruck hatte ich auch«, antwortete Lagarde. »Er hat nicht einmal versucht, Trauer zu zeigen.« Nachdenklich setzte er seine Überlegungen fort. »Er hat eine Erpressung kategorisch ausgeschlossen, vielleicht ist unsere Vermutung falsch, oder er weiß nichts davon.«

Yvonne überholte auf der kurvenreichen Forststraße mit überhöhter Geschwindigkeit einen Traktor. Plötzlich näherte sich auf der Gegenfahrbahn ein Lastwagen, der abbremsen musste und ein Hupkonzert veranstaltete. Yvonne hupte ebenfalls.

»Idiot«, schimpfte sie. »Wie können wir in dieser Erpressungsgeschichte weiterkommen?«

»Es ist nicht einfach, verschlungene Geldflüsse nachzuvollziehen. Ich habe einen guten Freund, Pascal Noiret, er ist ein Meister im Aufspüren solcher Verbindungen. Ich könnte ihn um Hilfe bitten.«

»Ein Hacker?«

»Nein, er hat tatsächlich legalen Zugang zu zahlreichen Datensystemen, und in Ausnahmefällen werden bei virtuellen Nachforschungen die Grenzen ein wenig gedehnt, aber anders kommt man manchmal nicht weiter.«

Sie grinste. »Fragen Sie ihn, ich habe das Gefühl, dass es wichtig ist. Irgendetwas ist da faul, woher sollte Garot sonst so viel Geld haben?«

Martels Handy klingelte. Es war der Rechtsmediziner. Nachdem sie das Gespräch beendet hatte, informierte sie Lagarde. »Keravel wird die Obduktion heute Abend durchführen, morgen früh treffen wir uns um neun Uhr in der Rechtsmedizin, einverstanden?«

»Ja, sehr gut, dann schlage ich vor, dass wir Feierabend machen. Ich habe meiner Lebensgefährtin versprochen, mit ihr essen zu gehen.«

»Haben Sie schon ein Restaurant ausgewählt?«

»Nein, haben Sie einen Tipp?«

»Ja, das Restaurant auf Schloss Chaumont ist vorzüglich, außerdem findet dort zurzeit das *Festival du Jardin* statt, mit Gartenarchitekten aus der ganzen Welt, das müssen Sie sich ansehen.«

Während Odette sich im Badezimmer für ihr Dîner schminkte, wählte Lagarde die Handynummer von seinem Freund Pascal. Pascal Noiret war ein ehemaliger Elitepolizist im Ruhestand, so wie er. Nach der Pensionierung hatte Pascal sich ein Haus am Lac de Sainte-Croix gekauft und sich dort niedergelassen. Dort hatten sie vor vielen Jahren eine Trainingseinheit absolviert, und dabei hatte er sich in diese ungestüme Gegend verliebt. Zwei weitere Freunde, Etienne und Samy, waren ebenfalls in die Region um den Fluss Verdon gezogen. Vor einiger Zeit hatten sie dort zusammen einen spektakulären Fall gelöst.

Pascal meldete sich.

»Bonjour, Pascal, hier ist Philippe. Wie schön, dass ich dich erreiche.«

»Philippe, altes Haus, wie geht es dir?«

»Gut, und dir?«

»Mir auch, du weißt, Unkraut vergeht nicht.«

Sie lachten.

»Wo steckst du gerade?«, fragte Lagarde.

»Ich bin in Paris, hier habe ich drei Tage mit Marise verbracht.«

Marise war seine Tochter, die in Boston studiert und dort auch ihren zukünftigen Mann kennengelernt hatte. Inzwischen war sie verheiratet und hatte ein Kind. Pascal erzählte: »Wir haben gemacht, was alle Touristen machen: Vom Eiffelturm aus auf die Stadt blicken, mit den Bateaux-Mouche auf der Seine fahren, den Louvre besichtigen, auf der Champs-Elysée bummeln, im Moulin-Rouge eine Vorstellung besuchen, es war herrlich. Gerade habe ich Marise zum Flughafen gebracht, und morgen früh fahre ich zurück an den Verdon.«

»Das hört sich großartig an.«

»Das war es auch. Wie geht es Odette?«

»Prima. Wir verbringen gerade einige Tage an der Loire. Ihr Restaurant musste für einige Tage schließen, und ich helfe in einer Mordermittlung.«

Pascal amüsierte sich. »Du kannst es nicht lassen, was?«

»Nein, wohl nicht.« In kurzen Zügen erzählte er, was passiert war.

»Zwei Morde mit Pfeil und Bogen?«, staunte sein Freund. »Das klingt aufregend und kompliziert. Ich dachte, die Robin-Hood-Methode sei längst ausgestorben.«

»Es ist wirklich kompliziert, und wir kommen nicht recht voran.«

Für einen Moment war es still in der Leitung. Lagarde sah Pascal förmlich grinsen. »Was soll ich tun?«

»Bei dem ersten Opfer, Jean-Pascal Garot, habe ich siebzigtausend Euro in der Wohnung gefunden. Eine Zeugin hat ausgesagt, dass Alicia Castelot, das zweite Opfer, möglicherweise erpresst wurde. Wir wollen wissen, ob das stimmt, von wem sie erpresst wurde und vor allem natürlich, aus welchem Grund.« Er hörte, wie ein Stift über Papier kratzte, Pascal machte sich Notizen.

»Gibst du mir die genauen Daten?«, fragte er. Lagarde gab sie durch.

»Okay, ich habe alles notiert. Das dürfte kein großes Problem sein. Wenn ich etwas herausgefunden habe, melde ich mich.«

»Merci, mein Freund, du hast was gut bei mir.«

»Aber nein, solche Aufgaben finde ich spannend, das weißt du doch.«

»Dann mach's gut, und grüß alle ganz herzlich von mir. Ich hoffe, wir sehen uns bald einmal wieder.«

Von Muides-sur-Loire nach Chaumont waren es etwa dreißig Kilometer, Lagarde hatte sich für die Landstraße entlang der Loire entschieden. Odette saß entspannt neben ihm und sah wunderschön aus. Die Lippen glänzten burgunderrot, ihre Augen strahlten, und das neue Kleid und der Türkisschmuck standen ihr vortrefflich.

Sie überquerten eine Brücke und erreichten den Ort Chaumont, dessen Häuser sich am Ufer der Loire reihten. Auf einer grün bewachsenen Anhöhe erhob sich das gleichnamige Schloss. Katharina von Medici hatte hier ihre Sterndeuter und Wahrsager konsultiert und den damals berühmten Astrologen Cosimo Ruggieri in ihre Dienste genommen. Auch Diana von Poitiers hatte in diesen wehrhaften Mauern verweilt.

Die Sonne war hinter dem Horizont verschwunden, und der Himmel verfärbte sich zu einem tiefen Blau. Dunkelgraue Wolken zogen gemächlich über das Schloss. Der Mond stand bereits als Schemen am Firmament und würde bald sein erstes Licht auf die Dächer werfen und den Schiefer glänzen lassen. Odette war von dem Anblick beeindruckt. Über eine gewundene Straße erreichten sie den Parkplatz am Osteingang unterhalb des Schlosses. Als sie ausstiegen, erregte lautes Gelächter ihre Aufmerksamkeit. Auf der anderen Straßenseite saß eine Gruppe Fahrradfahrer auf der Terrasse eines Restaurants, trank Wein und amüsierte sich großartig.

Lagarde kaufte Eintrittskarten, dann passierten sie eine Schleuse, die von einem grimmig dreinblickenden Security-Mann bewacht wurde, und machten sich an den Aufstieg. Nach zehn Minuten erreichten sie das Hochplateau und schlenderten durch einen Park, in dem indigoblau angestrahlte Strandkörbe zum Verweilen einluden. Ebenso gab es die Möglichkeit, einem romantischen Baumwipfel-Pfad über nebelverhangene Teiche mit Seeroseninseln zu folgen. Über eine Zedernallee gelangten sie schließlich zum Schloss. Den Eingang erreichte man über eine Zugbrücke. Das Bauwerk wurde von Strahlern in warmen Tönen beleuchtet. Über einen Weg, der von blühenden Hortensienbüschen gesäumt war, gelangten sie zu den Stallungen.

Die Gartenausstellung war ein Feuerwerk für alle Sinne, es gab überbordende Blumeninseln, Lichtinstallationen, Musik und Wasserspiele. Der Gewürzpavillon verströmte den Duft nach marokkanischer Minze, Salbei, Zimt und Liebstöckel.

Odette konnte sich überhaupt nicht sattsehen und sammelte Eindrücke für ihren Restaurantgarten. Schließlich suchten sie das Restaurant auf, das hinter den Stallungen lag, umgeben von beleuchteten Buchsbaumkugeln, Jasmin und Rosenstöcken.

Lagarde hatte einen Tisch reserviert, zu dem der Kellner sie führte. Er war weiß eingedeckt und mit Kerzen und Blumen geschmückt. Alle weiteren Tische waren besetzt, und es herrschte eine angenehme, entspannte Atmosphäre. Sie studierten die Menüs und konnten sich zunächst zwischen den Köstlichkeiten nicht entscheiden. Odette war beeindruckt von dem Angebot und beschloss, die eine oder andere Anregung für ihr Lokal *Mirabelle* mit nach Hause zu nehmen. Lagarde lächelte sie an.

»Hast du dich entschieden, Chérie?«

»Wollen wir einen Aperitif nehmen?«

»Gern, an was hast du gedacht?«

»Champagner aus Saumur natürlich.«

»Das hätte ich auch vorgeschlagen.«

Während sie das eiskalte, perlende Getränk genossen, gaben sie die Bestellung auf. Lagarde als Fischliebhaber entschied sich als Vorspeise für eine Fischsuppe und für Meeräschen-Filet aus der Loire auf Blattspinat mit Safransauce und Butterkartoffeln als Hauptgericht.

Odette wählte ein Wildgericht, als Vorspeise Wildpastete vom Wildkaninchen, Hirsch und Wildschwein, gebunden mit in Calvados eingelegter Wildschweinleber. Als Hauptgericht entschied sie sich für Rebhuhn mit Backpflaumen und Maronen gefüllt, als Beilage Champagnerrotkraut, Thymiankartoffeln und Weißwein-Sahne-Sauce. Die Weinauswahl überließ Lagarde ihr.

Während sie ihr Abendessen genossen, berichtete

Odette von einem Telefonat mit Jacques, der im *Mirabelle* regelmäßig nach dem Rechten sah.

»Ein Mitarbeiter des Energieunternehmens hat ihn angerufen und ihm mitgeteilt, dass es mindestens noch drei Tage dauern wird, bis unser Weiler und die umliegenden Ortschaften wieder Strom und nicht nur eine gedrosselte Notversorgung haben. Ist das nicht ärgerlich, wie lange so etwas dauert?«

»Das stimmt, aber auf der anderen Seite kannst du noch länger bei mir bleiben, darüber würde ich mich sehr freuen.«

»Ich würde sehr gern noch ein paar Tage hierbleiben, zu Hause kann ich sowieso nichts machen, und es ist so schön hier.«

»Großartig! Was hast du heute unternommen?«

»Ich habe im Reiseführer einen Tipp für eine Fahrradtour entdeckt und spontan beschlossen, diese Rundfahrt auszuprobieren.«

»Wo hat sie dich hingeführt?«

»Ich bin von Muides nach Bracieux und dann zu einem Badesee gefahren. Nach einem Bad ging es weiter zum Schloss Cheverny und über Chambord zurück zum Ausgangspunkt. Der Weg führte durch Weinberge und Wälder, vorbei an Schlössern und Seen, herrlich! Ich habe sogar an einer Weinprobe in der *Domaine des Huards* teilgenommen. Der Weißwein war ausgezeichnet, ich habe zwei Flaschen gekauft, mehr haben nicht in meinen Rucksack gepasst.«

»Wenn du magst, können wir ein paar Kisten mit dem Auto holen.«

»Wir trinken später im Ferienhaus ein Glas, dann entscheiden wir uns.«

Nach dem Genuss einer erlesenen Käseplatte brachte der Kellner das Dessert. Für Lagarde gab es warme Tarte Tatin, gestürzten Apfelkuchen, mit Vanilleeiskugeln und Schokosauce. Odette hatte ein Soufflé mit Grand Marnier bestellt. Als sie den ersten Bissen kostete, blickte sie Lagarde verblüfft an. »Es ist wolkenleicht. Ob der Koch mir wohl das Rezept verrät?«

Er lachte. »Du kannst es ja versuchen. Vermutlich wird er deinem Charme nicht widerstehen können.«

Nachdem sie ihren Mokka getrunken und bezahlt hatten, drehten sie noch eine kleine Runde um die Stallungen und wurden auf eine Ausstellung aufmerksam. Sie gelangten zu einem Fischbassin, das in den Boden eingelassen war. Auf dem Rand konnte man sitzen, aber es war von einem Absperrband umgeben, das im Abendwind flatterte. Lagarde stellte fest, dass das Wasser abgelassen war. Goldfische oder farbenfrohe Kois hätten gut zum Ambiente gepasst. Auf den Steinmosaiken vor dem Bassin bemerkte er eine Ansammlung von brennenden Kerzen, Stofftieren, roten Plüschherzen und Blumenarrangements. Auf bunten Bändern stand ein Name: Annabelle. In der Mitte war ein Goldrahmen mit einem Porträtfoto aufgestellt. Es zeigte eine junge Frau mit dunklen langen Haaren und großen leuchtenden Augen. Sie war eine echte Schönheit gewesen, und nun war sie offenbar tot. Auch Odette betrachtete das Bild und wirkte niedergeschlagen.

»Was ist denn hier geschehen?«

»Das werden wir gleich erfahren.« Lagarde hielt eine vorbeieilende Kellnerin an. »Excusez-moi, Madame, darf ich Sie etwas fragen? Ist hier ein Unglück geschehen?«

Die Frau sah traurig auf das Bild. »Ja, ein schreckliches Unglück. Ein siebzehnjähriges Mädchen ist hier ertrunken. Es war ein Unfall während der Vernissage vor gut sieben Wochen. Wir waren alle erschüttert. Annabelle hat in Blois das Lycée besucht, ihre Klasse war mit einem Lehrer hier, und sie haben ihrer gedacht. Der Verwalter überlegt, ob er das Bassin mit Erde auffüllen lassen soll, damit so etwas nie mehr passieren kann.«

»Merci, Madame.«

Sie eilte weiter. Odettes gute Laune war verflogen.

»Lass uns zu unserer Schmiede zurückfahren, Philippe.«

Auf der Heimfahrt durch eine sternenklare Nacht unterhielten sie sich über ihren Abend, den sie bald wiederholen wollten. Nur der Gedanke an das ertrunkene Mädchen legte sich wie ein Schleier über ihre Freude.

Zurück im Ferienhaus holte Odette eine Flasche Weißwein aus dem Kühlschrank. »Trinken wir doch im Garten noch ein Glas Wein, es ist so ein schöner Abend.«

Als Lagarde am Tisch gerade die Flasche entkorkte, kam ihr Nachbar nach Hause und stieg mit seinem Hund die Treppe zu seiner Haustür hinauf. Odette beschloss, ihn endlich kennenzulernen.

»Bonsoir, Monsieur! Da wir jetzt für einige Tage Nachbarn sind, wollen wir nicht ein Glas Wein zusammen trinken? Dürfen wir Sie einladen?«

Einen Moment zögerte er, dann gab er sich einen Ruck. »Das ist sehr nett, Madame, auf ein Gläschen.«

Durch die hintere Pforte gelangte er in ihren Garten und kam zu ihnen an den Tisch. Lagarde hatte rasch ein Weinglas für ihn geholt und bat ihn, sich zu setzen.

Der gebeugte alte Mann mit dem faltenreichen Gesicht, den trüben Augen und den ordentlich zurückgekämmten schlohweißen Haaren nickte ihnen höflich zu.

»Mein Name ist Sergio Neuville.« Er deutete liebevoll auf den kleinen Terrier mit den neugierigen Knopfaugen und dem hellen Fell. »Das ist Nini, eine guterzogene, freundliche Hundedame.«

»Soll ich für sie eine Schale Wasser holen?«, fragte Lagarde.

»Merci, aber sie hat gerade getrunken.«

Nini hatte sich unter dem Tisch in eine Fellpfütze verwandelt und rührte sich nicht.

Sie stießen an, tranken einen Schluck und waren sich einig, dass Odette eine gute Wahl getroffen hatte.

»Machen Sie Urlaub hier?«, erkundigte sich Neuville.

»Meine Verlobte macht Urlaub, ich bin geschäftlich hier, so verbinden wir das Schöne mit dem Nützlichen.«

»Das ist eine gute Idee, das schöne Loire-Tal muss man gesehen haben.«

»Haben Sie einen Tipp, was ich mir noch ansehen sollte?«, fragte Odette.

Der Mann dachte nach, dann lächelte er. »Besuchen Sie das Château Ussé, Madame, es ist ein verzaubertes Dornröschenschloss und soll den französischen Schriftsteller Charles Perrault bei einem seiner Aufenthalte zu seiner Erzählung *La belle au bois dormant*, Die Schöne im schlafenden Wald, inspiriert haben. Das Schloss ist sehr charmant, es würde zu Ihnen passen.«

Odette freute sich über das Kompliment. »Merci für den Tipp, Monsieur Neuville.« Sie plauderten noch eine Weile über die Sehenswürdigkeiten des Loire-Tals, aber als Odette ihm noch ein Glas Wein anbieten wollte, schob Monsieur Neuville seinen Suhl zurück.

»Merci, Madame, ich werde mich jetzt zurückziehen. Genießen Sie den lauen Abend, und haben Sie

Dank für den Wein. Ich wünsche Ihnen noch einen schönen Urlaub. Bonne Nuit!«

»Bonne Nuit, Monsieur Neuville.«

Er machte sich mit Nini auf den Weg und verschwand bald darauf in seinem Haus. Odette sah ihm nachdenklich hinterher und bemerkte schließlich: »Ich habe den Eindruck, dass dieser Mann insgeheim sehr traurig ist.«

SECHSTER TAG

DER TROUBADOUR

Am nächsten Morgen stellte Lagarde den Dacia auf dem großen Parkplatz am Ufer der Loire ab. Der Himmel war eisengrau, und es wehte ein kräftiger Wind, der Wolkengebirge das Loire-Tal hinauftrieb und den Geruch von Meer und Tang mitbrachte. Es nieselte. Möwen zogen ihre Kreise, kreischten und ließen sich schließlich am anderen Ufer auf einer Sandbank nieder. Unter dem ersten Brückenbogen standen Angler in Regenjacken und bemerkten die schwarze Katze nicht, die mit ihrer Pfote versuchte, einen Fisch aus dem Eimer zu stibitzen.

Da Lagarde noch etwas Zeit hatte, ging er die Straße hinauf, die zu der blauen Himmelstreppe führte. In einer Bar-Tabac kaufte er einen Mokka und die regionale Tageszeitung. Er trank ihn im Stehen am Tresen und las die Schlagzeile, die in dicken schwarzen Lettern gedruckt war: »Zweites Opfer des unheimlichen Pfeil-und-Bogen-Mörders – es ist die Schlossverwalterin! Wütet ein Serienkiller im Loire-Tal? Ist unsere Polizei unfähig?« Er schüttelte den Kopf über diese reißerische Aufmachung, mit der Boulevardpresse war es immer das Gleiche. Am besten, man ignorierte die Vorwürfe und ermittelte hartnäckig weiter.

Nach einem Blick auf seine Armbanduhr trank er rasch aus und ging die wenigen Meter zum Rechtsmedizinischen Institut. An der Pforte traf er Yvonne, und gemeinsam machten sie sich auf den Weg zum Büro von Keravel, der einen gehetzten Eindruck machte.

»Bonjour, fast wäre ich zu spät gekommen. Als ich meine Tochter im Kindergarten abliefern wollte, hing ein Zettel an der Eingangstür: wegen Masernepidemie geschlossen. Lara hat einen riesigen Aufstand gemacht. Es hat eine Weile gedauert, bis ich sie beruhigen konnte. Zum Glück ist meine Frau heute zu Hause.« Er lächelte. »Aber ich habe es geschafft, beim Bäcker Pains au Chocolat mitzunehmen und noch schnell Kaffee zu kochen. Nehmt doch bitte Platz.« Bei ihrem letzten Zusammentreffen unter der Brücke von Château Chenonceau hatten die Männer beschlossen, sich zu duzen. Keravel schenkte Kaffee ein, griff nach einer Mappe und schlug sie auf.

»Fangen wir an. Der Todeszeitpunkt liegt zwischen sieben und halb acht gestern Morgen. Die Bestimmung ist schwierig, wenn ein Körper über mehrere Stunden im kalten Wasser liegt.«

»Der Zeitpunkt stimmt mit der Aussage von Lisa Bernier überein«, stellte Yvonne fest. »Um diese Zeit haben sich nicht viele Personen im Château aufgehalten, und bisher hat sich leider niemand gemeldet, der etwas beobachtet hat.«

Keravel fuhr fort: »Auch bei diesem Tötungsdelikt gibt es, wie bei Jean-Pascal Garot, in gewisser Weise zwei Todesursachen. Alicia Castelot wurde mit einem Pfeil mitten ins Herz getroffen und war nach wenigen Sekunden tot. Wäre sie nur bewusstlos geworden, wäre sie schließlich ertrunken.«

»Der Täter ist ein sehr guter Schütze«, merkte Lagarde an.

»Ja, auf jeden Fall«, entgegnete der Rechtsmediziner.

»Was ist mit dem Pfeil?«

»Es ist der gleiche wie der, mit dem Garot getötet wurde. Das Labor hat ihn untersucht und keine Fingerabdrücke gefunden, dafür jedoch die vergoldeten Gravierungen. Ich zeige ihn euch.« Er stand auf und holte einen flachen Edelstahlbehälter von seinem Schreibtisch, in dem der Pfeil lag. Im Labor waren die roten Federn entfernt worden, so dass die Buchstaben S und N mit der Krone auf dem Schlangen-S gut zu erkennen waren.

Lagarde betrachtete nachdenklich die Gravur. »Das beweist wohl, dass wir es in beiden Fällen mit demselben Täter zu tun haben.«

»Davon müssen wir ausgehen«, meinte Martel.

»Ich habe noch eine Entdeckung gemacht«, sagte Keravel. Die Kommissare sahen ihn erwartungsvoll an. »Alicia Castelot hat eine Abtreibung vornehmen lassen, sie wurde fachgerecht durchgeführt. Was den Zeitpunkt betrifft, war ich mir nicht sicher, so einen Fall hatte ich noch nicht. Ich habe einen erfahrenen Kollegen um Hilfe gebeten, und er ist zu dem Schluss gekommen, dass der Eingriff vor etwa einem Monat stattgefunden hat.«

Martel zog überrascht die Augenbrauen in die Höhe. »Augustin Castelot hat so liebevoll von seinem Sohn gesprochen, warum sollten sie dann ein zweites Kind nicht wollen?« Sie beantwortete ihre Frage selbst. »Vielleicht war die Ehe zerrüttet, und sie wollten kein gemeinsames Kind mehr. Oder gibt es ein anderes Geheimnis, hatte Madame Castelot eine Affäre?«

»Wir müssen noch einmal mit ihm reden«, sagte Lagarde.

Als die Kommissare auf der Wache eintrafen, fanden sie Joris in Yvonnes Büro. Er saß am Besprechungstisch, hatte einen aufgeklappten Laptop vor sich stehen und lächelte sie triumphierend an.

»Ich habe recherchiert«, verkündete er, »und ich habe etwas gefunden.« Seit er an der erfolgreichen Verhaftung der Brüder von Lyla Nibali mitgewirkt hatte, schien er trotz bevorstehenden Ruhestands noch einmal neue Motivation bekommen zu haben. Doch Yvonne war skeptisch, nach ihrer Erfahrung war er bisher mit elektronischen Geräten und der digitalen Welt auf Kriegsfuß gestanden.

»Was hast du gefunden?«

»Elise Ardent.«

»Wie bitte? Der Abbé hat doch gesagt, sie sei auf einer Pilgerreise in den Pyrenäen verschollen.«

»Und du sagst immer, man dürfe nichts als gegeben hinnehmen. Von wegen verschollen, sie ist sehr lebendig. Seht euch das an. Es war einfacher, als ich dachte.« Er zeigte auf Fotos mit Untertiteln, die den gesamten Bildschirm des Computers einnahmen. »Das ist die Homepage der Feuerwehr von Bracieux.«

Sie betrachteten die Bilder, die ein Brautpaar zeigten, sie im spitzenbesetzten Hochzeitskleid, er im schwarzen Frack. Die beiden standen, über das ganze Gesicht strahlend, auf dem mit Rosen übersäten Dach eines Feuerwehrautos und stießen mit Champagnerkelchen an. Frauen und Männer in Uniformen, die ein Herz um das Fahrzeug gebildet hatten, jubelten ihnen zu. Auf einem weiteren Foto sägte das Paar vor dem Hintergrund einer Kirche einen Baumstamm durch, flankiert von lachenden Feuerwehrmännern. Ein Bild zeigte die beiden unter einem Regen aus Reis, und schließlich gab es ein Foto, auf dem die Braut ihren Blumenstrauß in die Menge warf und ihre Gesichtszüge deutlicher zu erkennen waren. Yvonne stutzte, die Frau kam ihr bekannt vor.

»Elise Ardent hat vor einem Jahr den Feuerwehr-

kommandant von Bracieux geheiratet.« Joris machte eine Kunstpause. »Der Mann heißt Alphonse Bernier.«

Jetzt wusste Martel, wer die Frau war. »Das ist Lisa
Bernier!«, stellte sie verblüfft fest. »Lisa Bernier ist
Elise Ardent! Hervorragend recherchiert, Erneste.«

Er nickte bescheiden, doch seine Augen glänzten
dabei. »Merci, Yvonne. Ich habe sie zur Befragung
herbestellt, sie wird in etwa einer Stunde eintreffen. Ich wusste ja nicht, wie lange eure Obduktionsbesprechung dauert.«

»Sehr gut.«

Während sie auf Lisa Bernier warteten, sprachen sie
weitere Punkte durch. Joris war sehr aktiv gewesen
und hatte die Anweisungen von Martel abgearbeitet.

»Ich habe das Alibi von Augustin Castelot überprüft, der Architekt Philibert Parnass hat das Treffen
bestätigt. Castelot muss für die Strecke mindestens
eine Stunde gebraucht haben. Wenn der Architekt die
Wahrheit sagt, kann Castelot seine Frau nicht getötet
haben.«

Er griff nach einer Mappe und nahm ein Blatt heraus. »Die Techniker der Spurensicherung haben das
Schlossgelände weiträumig abgesucht, auch Spür-
hunde kamen zum Einsatz. Sie haben am östlichen
Waldrand hinter dem Garten von Diana von Poitiers
in einem Gestrüpp purpurrote Baumwollfäden gefunden. Woher sie stammen, ist unklar. Darauf befinden

sich keine DNA-Spuren. Auf der anderen Seite des Waldstückes liegt ein Wanderparkplatz. Vielleicht hat der Täter dort sein Auto abgestellt und ist durch den Wald auf das Schlossgelände gelangt. Auf dem Parkplatz gibt es unzählige, sich überlappende Reifenspuren, die keinerlei Erkenntniswert besitzen.«

»Purpurrote Baumwollfäden?« Lagarde runzelte die Stirn und seufzte. »Das hilft uns im Moment leider nicht weiter.«

Er wollte gerade frischen Kaffee holen, als es an der Tür klopfte. Ein Polizist kam herein.

»Bonjour, Kollegen. Ein Mann möchte euch sprechen, ein Monsieur Dieter Rösner. Es scheint wichtig zu sein, es geht um die tote Frau von Chenonceau. Passt es gerade?«

Martel nickte. Ein Mann mittleren Alters betrat das Büro in funktionaler Outdoor-Kleidung und Wanderschuhen. Über die Schulter hatte er seinen Rucksack gehängt. Die feuchten Locken waren zerzaust, das braungebrannte Gesicht wirkte sympathisch.

»Bonjour, mein Name ist Dieter Rösner, ich möchte Ihnen im Zusammenhang mit dem Verbrechen im Schloss Chenonceau eine Beobachtung mitteilen.«

Der Mann war offenbar Deutscher und sprach gut Französisch mit einem leichten Akzent. Martel stellte ihre Kollegen vor, und sie setzen sich um den Besprechungstisch. Sie sah ihn freundlich an.

»Monsieur Rösner, merci, dass Sie sich bei uns gemeldet haben. Sind Sie im Urlaub, oder leben Sie hier?«

»Ich komme aus Regensburg und lehre dort als Professor für Geschichte und Philosophie an der Universität. Aufgrund eines privaten Schicksalsschlages hatte ich einen Burn-out und leide an einer posttraumatischen Belastungsstörung. Da ich die Einnahme von Psychopharmaka ablehne, habe ich ein Freisemester genommen, um mein seelisches Gleichgewicht wiederzufinden. Ich wandere die Loire entlang, schlage mein Zelt an ruhigen Plätzen auf und helfe manchmal bei der Weinernte.«

»Ich verstehe, Monsieur Rösner, und jetzt möchten Sie eine Aussage machen?«

»Ja, Madame le Commissaire. Ich habe heute Morgen in der Zeitung von dem Verbrechen in Chenonceau gelesen und daraufhin beschlossen, mich zu melden. Gestern in aller Frühe bin ich auf dem alten Viehweg am Cher entlanggewandert, und auf der Höhe des Schlosses habe ich etwas beobachtet.«

»Was haben Sie beobachtet?«

»Nun, ich habe einen Troubadour gesehen.«

»Einen Troubadour? Sind Sie sicher?«

»Selbstverständlich, eines meiner Spezialgebiete ist der Minnesang im Mittelalter.«

Lagarde und Joris wechselten einen kurzen Blick.

»Wie sah der Troubadour aus?«, wollte Martel wissen.

»Er trug weiße Strumpfhosen, eine gold-weiß gestreifte Pumphose und ein purpurrotes Oberteil mit Stehkragen. Seltsam war nur, dass er statt einer Laute oder einer Harfe einen Bogen in der Hand hatte. Auffällig waren die feuerroten Haare. Zunächst nahm ich an, dass es sich um Proben für ein Theaterstück handelte, bis ich die Zeitungsmeldung las.«

»Wo befand sich diese Person?«

»Sie stand für einen kurzen Moment auf der Mauer des Gartens Dianas von Poitiers, dann sprang sie hinunter, lief auf den Wald zu und verschwand darin.«

»Handelte es sich um eine Frau oder einen Mann?«

»Das kann ich Ihnen leider nicht sagen. Ein wirklicher Minnesänger wäre natürlich ein Mann gewesen, aber da ich davon ausgehe, dass diese Person verkleidet war, kann es beides gewesen sein.«

»War an der Figur der Person irgendetwas auffällig?«

»Nein, sie wirkte ganz normal, durchschnittlich.«

»Wissen Sie, wie viel Uhr es war, als Sie die Person gesehen haben?«

»Kurz nach sieben muss es gewesen sein.«

»Sie haben nicht zufällig ein Foto mit Ihrem Smartphone gemacht?«

»Leider nein, ich habe nur ein einfaches Handy, damit ich im Notfall telefonieren kann. Ich will mich auf meinen Weg und meine Seele konzentrieren.«

»Ist Ihnen sonst noch etwas aufgefallen?«

»Nein.«

»In Ordnung, Monsieur Rösner, ich werde Sie jetzt zu einem Kollegen bringen, der Ihre Kontaktdaten aufnimmt und ein Protokoll anfertigt.«

Als Martel zurückkam, brachte sie Kaffee mit. »Was haltet ihr von dieser Aussage?«

»Dieter Rösner hat recht«, antwortete Lagarde. »Es ist naheliegend, dass der Mörder sich verkleidet hat. Aber warum ausgerechnet als Minnesänger?«

Erneut klopfte es an der Tür, und ein Kollege brachte Lisa Bernier. Sie sah blass und übernächtigt aus. Lagarde bot ihr eine Tasse Kaffee an, die sie gerne annahm, und begann mit der Befragung.

»Madame Bernier, wir haben im Zusammenhang mit dem Tod von Jean-Pascal Garot seine Schwester Elise Ardent als mögliche Zeugin gesucht.« Er machte eine Pause und sah sie eindringlich an. »Das sind Sie, nicht wahr?«

Die junge Frau senkte den Blick und zögerte einen Moment.

»Das ist richtig, ich habe vor einem Jahr geheiratet, deshalb der Nachnahme Bernier. Der Name Elise hat mir noch nie gefallen. Ich nenne mich lieber Lisa.«

»Sie wissen, dass Ihr Bruder tot ist?«

»Ja, ich habe es in der Zeitung gelesen. Auch er wurde mit einem Pfeil getötet.«

»Hatten Sie Kontakt zu ihm?«

»Nein, nachdem unsere Großmutter durch seine

Schuld ums Leben gekommen war, wurde ich in ein Heim abgeschoben, seitdem habe ich ihn nicht mehr gesehen.«

»Wollten Sie ihn sehen?«

»Nein, ich habe ihn damals gehasst.«

»Und jetzt?«

»Schon lange nicht mehr, jetzt habe ich andere Probleme.«

»Darf ich fragen, auf welche Probleme Sie anspielen?«

»Ich habe mich vor einem halben Jahr von meinem Mann Alphonse getrennt und bin nach Amboise gezogen. Er ist der Feuerwehrkommandant von Bracieux und ausschließlich mit seinem Ehrenamt verheiratet. Er wollte eine Hausfrau, die ein Kind nach dem anderen bekommt, und ich wollte Karriere machen. Wir haben überhaupt nicht zusammengepasst. Ich habe in der Jugendhilfeeinrichtung das Bakkalaureat gemacht und nach meinem Auszug Marketingwissenschaften studiert. Ich wollte in meinem Beruf arbeiten, aber das hat er nicht verstanden. Nach meinem Umzug habe ich die Stelle in Chenonceau bekommen.«

»Wir müssen Sie nach Ihrem Alibi fragen, Madame Bernier.«

»Sie glauben doch nicht, dass ich meinen Bruder und meine Chefin umgebracht habe?« Sie wirkte aufrichtig überrascht und blickte Lagarde offen an.

»Das sind Routineüberprüfungen. Wo waren Sie, als Ihr Bruder getötet wurde?« Er nannte ihr Datum und Uhrzeit. Sie musste nicht lange überlegen.

»An dem Nachmittag fand ein Händel-Konzert mit einem Sektempfang im Park von Chenonceau statt. Ich habe mich mit verschiedenen Leuten unterhalten, auch mit dem Bürgermeister von Chenonceaux. Sie werden sich bestimmt daran erinnern.«

»Würden Sie bitte die Namen und Kontaktdaten der Personen aufschreiben, mit denen Sie Kontakt hatten, und uns diese Liste so schnell wie möglich zukommen lassen?«

»Selbstverständlich.«

»Wo waren Sie gestern Morgen zwischen sieben und acht Uhr?«

»Ich war joggen, wie jeden Morgen.«

»Wo?«

»Im Wald von Amboise.«

»Hat Sie jemand gesehen?«

»Nein.«

»Eine Frage habe ich noch. Gibt es im Schloss Minnesänger?«

»Ja, wir haben einen Vertrag mit einer Künstleragentur, die zwei- bis dreimal in der Woche einen Troubadour schickt. Unsere Gäste lieben diese Auftritte mit den romantischen Liebesballaden.«

»Sind das immer dieselben Künstler?«

»Das glaube ich nicht, es sind oft Studenten, die

auftreten, wenn sie Zeit haben und Geld brauchen. Aber sie machen es wirklich sehr schön, man fühlt sich dabei tatsächlich ins Mittelalter versetzt.«

»Merci, Madame Bernier, Sie können jetzt gehen. Ich rufe einen Kollegen an, der die Formalitäten mit Ihnen erledigen und Sie hinausbegleiten wird.«

»Ich bringe die Liste heute noch vorbei.«

»Das ist sehr freundlich von Ihnen, und wir brauchen bitte auch den Namen und die Adresse der Künstleragentur.«

»Das kann ich Ihnen gleich sagen, die Agentur heißt *feu d'artifice des talents*, Talent-Feuerwerk, und hat ihren Sitz in Amboise.« Sie nannte ihm die genaue Adresse.

Als Lisa Bernier den Raum verlassen hatte, wandte sich Yvonne an Lagarde: »Meinen Sie, der Täter könnte einer von diesen Künstlern sein, die als Troubadoure auftreten?«

»Wir müssen die Agentur routinemäßig überprüfen, aber ich habe eine andere Theorie.«

Seine Kollegen sahen ihn neugierig an.

»Ich glaube, dass der Täter sich kundig gemacht hat, in welchen Verkleidungen sich Menschen in Chambord und Chenonceau aufhalten, womit er also nicht auffallen würde. Er besorgt sich ähnliche Kostüme und bewegt sich verkleidet auf dem Gelände. In Chambord ist Caravelles als Magier unterwegs, in Chenonceau treten Troubadoure auf, darüber wundert sich kein Mensch. Sie werden vom Personal nicht einmal richtig wahrgenommen, da sie ja ständig dort auftreten.«

Nachdenklich sah Martel ihn an. »Eine interessante Theorie. Aber auch der Requisitenmeister Caravelles kommt als Täter in Frage. Alicia Castelot hatte in den Stallungen von Chambord ihr Pferd stehen, da müssen sie sich doch gekannt haben.«

»Nicht zwangsläufig, aber fragen wir ihn doch.«

Joris nickte zustimmend. Plötzlich knurrte sein Magen deutlich hörbar. »Was haltet ihr davon, wenn wir jetzt erst einmal mittagessen?«

Bevor sich die Kollegen zu dem Vorschlag äußern konnten, klingelte das Telefon auf dem Schreibtisch. Martel nahm den Anruf entgegen, nickte, antwortete kurz und machte sich Notizen.

»Das war die Schwester Alicia Castelots, Brigitte Riviers, sie möchte mit uns sprechen«, sagte sie, als sie aufgelegt hatte. »Wir sollen zu ihr nach Hause kommen, sie hat sich ein Bein gebrochen und traut sich mit dem Gipsbein nicht vor die Tür. Sie wohnt in Blois, und wir haben vereinbart, dass wir gleich vorbeikommen.«

»Das werdet sicher ihr übernehmen wollen«, meinte Joris wie aus der Pistole geschossen. »Dann gehe ich jetzt mittagessen und danach zum Angeln.«

Yvonne lächelte. »Nein, du suchst bitte die Künstleragentur auf und ziehst Erkundigungen ein.«

Madame Riviers wohnte im Norden von Blois, so dass sie in Yvonnes Dienstwagen fast durch die gesamte Stadt fahren mussten. Je mehr sie sich der Nordstadt näherten, desto stärker veränderte sich die Umgebung. Die vornehmen Villen und stuckverzierten Herrenhäuser wurden weniger, stattdessen breiteten sich Discounter, Tankstellen und fünfstöckige triste Gebäude mit Mehrfamilienwohnungen auf einer weiten Fläche zu einem Stadtteil aus. Die Durchgänge zwischen den Häusern waren beklemmend eng, die Begrünung karg, die Kinderspielplätze wirkten trostlos. Die Äste der kahlen Bäume ragten in den sich verdunkelnden Himmel und wurden von Böen geschüttelt. Auf einem langen, asphaltierten Parkplatz vor drei Wohnblocks fand ein riesiger Wochenmarkt statt.

Als Martel an einer roten Ampel anhalten musste, sah Lagarde, dass an den Marktständen bunte Kleidung, Honiggebäck, Shishas, Obst und Gemüse verkauft wurden. Die Menschen hielten sich wegen des strömenden Regens hauptsächlich unter den Stoffvordächern auf.

Hinter der Sozialbausiedlung überquerten sie eine vierspurige Straße, dann wurde die Gegend allmählich ländlicher. Das Haus, in dem Brigitte Riviers wohnte, befand sich in einer ruhigeren, schmalen Seitenstraße. Vor den weißen Sprossenfenstern blühten Geranien in Kästen.

Yvonne ließ Lagarde aussteigen und parkte den Wagen dicht an der Fassadenmauer, ansonsten wäre kein Fahrzeug mehr vorbeigekommen. Ein Blick auf das Klingelschild verriet ihnen, dass Madame Riviers im Erdgeschoss wohnte. Die Kommissarin drückte auf den Knopf, und es dauerte eine Weile, bis die Tür geöffnet wurde. Eine Frau, die mit Hilfe von Krücken auf einem Bein balancierte, stand vor ihnen.

»Wir möchten mit Madame Brigitte Riviers sprechen«, sagte Lagarde.

»Das bin ich, ich habe Sie vorhin angerufen. Sie waren wirklich schnell, merci, dass Sie gleich gekommen sind.« Freundlich lächelte sie ihre Besucher an. »Kommen Sie doch bitte herein und schließen Sie für mich die Tür.« Sie humpelte voraus und führte sie durch einen schmalen Korridor in einen schlicht und geschmackvoll eingerichteten Salon mit hellen Möbeln, bunten Teppichen, gerahmten Schwarz-Weiß-Fotografien und luftigen Gardinen. Mitten im Raum stand ein Flügel mit einem Notenständer, auf dem eine aufgeschlagene Partitur lag. Sie nahmen an einem Tisch Platz, der für drei Personen gedeckt war. Es gab Kaffee, Wasser und Madeleines mit Schokoladenstreuseln.

Brigitte Riviers legte das Gipsbein vorsichtig auf einen Hocker und stöhnte verhalten.

»Entschuldigen Sie bitte, aber so liegt das Bein bequemer und schmerzt nicht.«

»Aber selbstverständlich«, sagte Martel. »Wie ist das denn passiert?«

»Ich habe mit einer Freundin eine Fahrradtour gemacht und bin einfach umgekippt. Seit meiner Kindheit fahre ich Rad, ich kann mir diesen Unfall noch immer nicht richtig erklären. Zum Glück ist es ein einfacher Bruch.«

Martel nickte verständnisvoll. »So etwas passiert schneller, als man denkt.«

»Es wäre sehr nett, wenn Sie Kaffee einschenken würden.«

Während Martel die Tassen füllte, bildete sich Lagarde einen ersten Eindruck von der Frau. Wenn er nicht gewusst hätte, dass sie die Schwester von Alicia Castelot war, wäre er nie darauf gekommen. Unterschiedlicher hätten Geschwister nicht sein können. Die Frau, die ihm traurig lächelnd gegenübersaß, war klein und schmal, das eingefallene Gesicht war dezent geschminkt, das Make-up konnte die Falten jedoch nicht verbergen. Die dunklen Augen lagen tief in den Höhlen und wirkten verweint, die halblangen Haare waren dünn und rabenschwarz. Sie trug ein elegantes graues Kleid und eine Perlenkette.

»Zunächst möchten wir Ihnen unser herzliches Beileid aussprechen«, sagte er. Sie wischte sich eine Träne aus dem Augenwinkel. »Das ist sehr freundlich von Ihnen, vielen Dank. Ich habe die traurige Nachricht gestern von meinem Schwager Augustin erfahren. Wissen Sie, Alicia und ich waren zwar sehr verschieden, und sie war zehn Jahre jünger als ich, aber wir hingen doch sehr aneinander. Schon, als wir Kinder waren, habe ich immer auf sie aufgepasst. Sie war ein richtiger Wildfang, unser Nesthäkchen, ungestüm, temperamentvoll und unberechenbar. Damals kam sie immer zu mir, wenn sie Kummer hatte, und so ist es bis heute geblieben. Ich vermisse sie sehr, ihr Tod kam natürlich unerwartet. Ich verstehe nicht, warum sie getötet wurde, sie war doch kein böser Mensch. Haben Sie schon einen Verdacht?«

»Über laufende Ermittlungen dürfen wir nicht sprechen, aber wir tun, was wir können.«

»Ich verstehe.«

Lagardes Blick fiel auf den Flügel. »Sie spielen Klavier?«

»Das ist meine große Leidenschaft. Bevor mein Mann starb, war ich Pianistin, danach konnte ich nicht mehr vor Publikum auftreten, nicht ohne ihn an meiner Seite. Ich habe ihn auf so tragische Weise verloren. Er war an der Loire angeln, und die Strömung hat ihn mitgerissen. Seine Leiche wurde nie gefunden. Jetzt lebe ich von der Witwenrente und gebe Schülern Klavierunterricht, außerdem begleite ich einen Kirchenchor.«

»Wie würden Sie Ihre Schwester beschreiben, was war sie für ein Mensch?«, lenkte Lagarde das Gespräch wieder zu ihrem Fall zurück.

Sie lächelte wehmütig. »Alicia war schön, sie besaß viele Talente, hatte Charisma und eine Arbeit, um die sie viele beneideten. Sie war mit einem erfolgreichen Mann verheiratet und hat mit ihm einen wunderbaren Sohn. Eine wesentliche Charaktereigenschaft von ihr war jedoch, dass sie mit dem Erreichten nie zufrieden war. Sie war wankelmütig und fand immer ein Haar in der Suppe. Ihr Ehemann war ihr irgendwann zu alt, ihr Sohn zu selbständig, ihr Job unterforderte sie, ihre Assistentin hielt sie für unfähig, am liebsten wäre sie Schlossherrin geworden. Aber die Söhne des Eigentümers von Chenonceau zeigten keinerlei Interesse an ihr. Da sie immer unzufriedener wurde, machte ich ihr den Vorschlag, an einem schönen Urlaubsort Ferien zu machen, eine Auszeit zu nehmen und darüber nachzudenken, wie ihr zukünftiges Leben aussehen sollte. Wenn ich gewusst hätte, was dabei herauskommt, hätte ich meinen Mund gehalten.«

»Was ist denn dabei herausgekommen?«, hakte Martel nach.

Brigitte Riviers schüttelte den Kopf. »Vor etwa sieben Monaten ist sie für eine Woche auf die Kapverden geflogen. Dort lernte sie einen Mann kennen, in den sie sich unsterblich verliebt hat. Er ist Besitzer einer Hotelanlage und heißt Yussouf, mehr weiß ich nicht. Vor einigen Monaten flog sie wieder zu ihm und wurde schwanger. Und letzten Monat besuchte sie ihn erneut, um die frohe Botschaft zu verkünden und Zukunftspläne mit ihm zu schmieden. Sie hat einmal erwähnt, dass sie genug Geld für ein gemeinsames Leben mit ihm hat, woher, weiß ich nicht. Sie war völlig besessen von diesem Mann.«

»Was ist dann passiert?«

»Er ist furchtbar wütend geworden und hat sie hinausgeworfen. Er hat ihr gesagt, dass er bereits eine Familie habe und das gemeinsame Kind nicht wolle. Sie war am Boden zerstört, ist zurückgeflogen und hat das Kind abtreiben lassen. Sie wirkte völlig durcheinander und verstört. Das wollte ich Ihnen erzählen, vielleicht ist dieser Mann ja der Mörder.«

»Sie haben weder seinen Nachnamen noch seine Adresse?«

»Nein, aber das Hotel heißt, glaube ich, *Sunny Sea Side Resort* auf der Insel Bravo oder so ähnlich.« Sie trank einen Schluck Wasser. »Als vor einigen Tagen dieser Jean-Pascal Garot in Chambord getötet wurde, drehte sie völlig durch.«

»Kannte sie ihn?«

»Das weiß ich nicht.«

»Hat sie Ihnen gesagt, warum sie sein Tod so aufregte?«

»Nein, aber sie wollte zur Polizei gehen. Ich glaube, sie hatte Angst um ihr Leben, und wie man jetzt sieht, war sie begründet.«

»Mehr hat sie Ihnen nicht erzählt?«

»Leider nein, sie wollte nicht mit mir darüber sprechen.«

»Wissen Sie, ob Ihre Schwester erpresst wurde?«

Sie sah Martel erstaunt an. »Davon weiß ich nichts, aber ich kann mir das überhaupt nicht vorstellen.«

»Gut, Madame Riviers, merci für Ihre Aussage und die freundliche Bewirtung. Wenn wir noch Fragen haben, melden wir uns. Und wenn Ihnen noch etwas einfällt, dann rufen Sie uns bitte an. Bleiben Sie doch sitzen, wir finden allein hinaus.«

Brigitte Riviers humpelte zum Fenster und beobachtete, wie die Kommissare in ihr Auto einstiegen und wegfuhren. Lange sah sie ihnen nach. Hätte sie doch die ganze Wahrheit erzählen sollen? Aber was hätte das für einen Sinn gehabt? Alicia war tot, und sie empfand es als ihre Aufgabe, den guten Ruf ihrer Schwester zu schützen.

Martel steuerte ihren Dienstwagen konzentriert durch den dichten Verkehr und ließ dabei das Gespräch mit Madame Riviers Revue passieren.

»Alicia Castelot lernt auf einer Kapverdischen Insel den Hotelbesitzer Yussouf kennen, verliebt sich in ihn und wird schwanger. Als er davon erfährt, wird er wütend und sagt, dass er das Kind niemals als seines anerkennen würde.« Sie schüttelte ungläubig den Kopf. »Was ist denn das für eine Geschichte? Übrigens heißt die Insel Brava, nicht Bravo.«

»Wenn die Familie von Yussouf von der Schwangerschaft erfahren hätte, hätte er vielleicht großen Ärger bekommen. Es kann doch sein, dass dieses Resort ihm nicht allein gehört«, überlegte ihr Kollege.

»Okay, also kommt dieser Yussouf nach Frankreich, verkleidet sich als Troubadour und tötet Alicia mit der gleichen Art Pfeil, mit dem Garot erschossen wurde. Warum sollte er so einem Aufwand betreiben, und woher hatte er genau diesen Pfeil?«

»Sie haben natürlich recht, Yvonne, das klingt sehr unwahrscheinlich. Es wäre für Yussouf viel einfacher gewesen, sie auf dem Archipel verschwinden zu lassen, wo er sich gut auskennt.« Nachdenklich rieb er sich das Kinn. »Ich schlage vor, wir behalten den Ansatzpunkt im Hinterkopf. Was mich mehr beschäftigt, ist die Frage, warum Alicia Castelot solche Angst hatte, oder wovor?«

»Wenn wir darauf eine Antwort finden, kommen wir bestimmt ein gutes Stück weiter.«

Plötzlich schoss ein weißer Peugeot rückwärts aus einer Parklücke. Yvonne schaffte es, gleichzeitig auszuweichen, zu hupen und zu fluchen, während im selben Moment Lagardes Handy zu klingeln begann. Es war Odette.

»Salut, Philippe, stell dir vor, Pascal ist da. Er wollte uns überraschen.«

»Das ist ja eine schöne Überraschung.«

»Ja, finde ich auch. Er sagt, er hat etwas für dich

herausgefunden, und so wie es aussieht, scheint es wichtig zu sein. Wann kannst du kommen?«

»Wartest du bitte einen Moment?« Er wandte sich an Yvonne. »Pascal Noiret, der Computerspezialist, ist gerade im Ferienhaus eingetroffen, er hat Informationen für uns. Wollen wir gleich hinfahren?«

Sie nickte. »Unbedingt, da bin ich aber gespannt. Ich fahre Sie noch zu Ihrem Dienstwagen, und wir treffen uns in Muides.«

Lagarde verabschiedete sich von Odette und legte auf.

Sie trafen gleichzeitig in Muides-sur-Loire ein, Lagarde parkte im Hof der Schmiede, Martel neben dem Zaun. Odette und Pascal saßen im Nieselregen unter einem Schirm im Garten und unterhielten sich. Als sein Freund auf ihn aufmerksam wurde, sprang er auf und lief mit einem breiten Lächeln auf ihn zu.

»Altes Haus«, rief er. »Ich freue mich so, dich endlich wiederzusehen.«

Lagarde lachte. »Ich freue mich auch, die Überraschung ist dir gelungen.«

Die Männer umarmten sich herzlich und musterten einander. Vor Lagarde stand Pascal, genau, wie er ihn in Erinnerung hatte, groß, hager, kahlköpfig und mit einem goldenen Ring im Ohr. Lagarde wusste, dass ein G eingraviert war, G für Gina, seine Schwester, die mit vier Jahren einem Verbrechen zum Opfer gefallen war. Seitdem war sein Freund von einer tiefen Trauer umgeben, die Fremde nicht immer gleich spüren konnten.

»Bienvenue, Superhirn.« Das war seit vielen Jahren der Spitzname von Pascal. Er grinste.

»Du hast dich nicht verändert.«

»Du auch nicht. Darf ich dir meine Kollegin vorstellen? Madame le Commissaire, Yvonne Martel, wir ermitteln in den zwei Mordfällen, ein weiterer Kollege unterstützt uns.«

Pascal reichte Martel die Hand. »Sehr erfreut.«

Dann stellte Lagarde die beiden Frauen einander vor. Odette freute sich.

»Ich habe Kaffee gekocht, und Pascal war so lieb und hat Kuchen vom Bäcker geholt. Ich dachte, wir setzen uns in den Garten, es ist ja nicht kalt.«

Nachdem sie sich gestärkt und auf den neuesten Stand gebracht hatten, zog Odette sich zurück. »Ihr habt sicher viel zu besprechen«, meinte sie. »Auf mich wartet Gustave Flaubert.«

Pascal holte seine Notizen aus einer Tasche. »Okay, fangen wir an. Ich glaube, es wird euch interessieren, was ich herausgefunden habe. Alicia Castelots Ehemann, Augustin Castelot, ist Bauunternehmer mit etlichen Subunternehmen und Briefkastenfirmen. Sie gehören alle ihm, die Verbindungen sind jedoch schwer nachzuweisen, besonders für die Steuerbehör-

den. Seine Frau ist als Geschäftsführerin für die Bau-
vorhaben im Schloss Chenonceau verantwortlich und
hat Prokura. Der Eigentümer ist ein Schöngeist und
kümmert sich nicht gern um solche profanen Dinge.
Wichtig ist ihm nur, dass der Umsatz stimmt und eine
Vermehrung des Eigenkapitals stattfindet, das er für
seinen exklusiven Lebensstil braucht. Er und seine Familie leben den größten Teil des Jahres in ihrer Villa an der Côte d'Azur in der Nähe des Caps,
wo auch der französische Staatspräsident seine Som-
merresidenz hat. Es gibt also öffentliche Ausschrei-
bungen für Renovierungen, Umbauarbeiten, Sanie-
rungen, Parkgestaltung und so weiter. Kurz bevor die
Frist abgelaufen ist und der Zuschlag vergeben wird,
gibt Augustin Castelot sein Angebot ab, und siehe da,
es liegt immer unter denen anderer Bewerber, und er
bekommt den Auftrag.« Pascal trank einen Schluck
Kaffee. »Bedauerlicherweise explodieren dann die
Kosten, das heißt, was er letztlich an den Aufträgen
verdient, liegt weit über allen anderen Angeboten.
Dieser Differenzbetrag geht zur Hälfte auf das Konto
seiner Frau, der Rest verschwindet in Briefkastenfirmen auf Antigua und Barbados, auf die ich noch keinen Zugriff habe. Das geht schon seit Jahren so, und
wir reden hier von Millionen. Auf dem Konto von Alicia befinden sich fast zwei Millionen Euro. Vor fünf
Monaten hat sie zwanzigtausend Euro abgehoben,
vor einem Monat fünfzigtausend Euro. Dieser Betrag

ist auf dem Konto von Jean-Pascal Garot nicht aufgetaucht. Ich gehe deshalb davon aus, dass sie bar bezahlt hat. Sie kann kein Interesse daran gehabt haben,
dass der Geldfluss nachvollziehbar wird. Garot muss
irgendwie von diesen krummen Geschäften erfahren
haben und hat sich für seine Verschwiegenheit bezahlen lassen.«

»Also hat er sie doch erpresst«, stellt Yvonne fest.
»Der Hinweis von Lyla Nibali war wertvoll.«

Pascal nickte zustimmend. »Es sieht so aus. Aber es
geht noch weiter.«

Lagarde hatte sich Notizen gemacht und sah ihn
aufmerksam an. »Es geht um die unabhängige Ver-
gabe- und Rechnungsprüfungsstelle.«

Pascal grinste. »Exakt, mein Freund. In Frankreich
werden damit häufig regionale Geldinstitute beauf-
tragt, das ist aufgrund der kurzen Wege am einfachs-
ten durchführbar. So ist es auch hier der Fall. Beauf-
tragt ist die Crédit Agricole in Mer.«

Yvonne erstarrte und wechselte einen kurzen Blick
mit Lagarde. Sie hatten einmal darüber gesprochen,
in welchem Betrieb ihr Mann arbeitete. Pascal bemerkte den Stimmungswechsel nicht und fuhr fort.
»Zuständig ist üblicherweise die Leitung der Bank,
in unserem Fall ein gewisser Julien Martel.« Jetzt
stutze er und sah Yvonne an. »Sind Sie mit ihm ver-
wandt?«

Sie schluckte. »Ja, das ist mein Mann.«

»Aha, also …«, fuhr er ungerührt fort, »die Dokumente wurden von einer gewissen Mireille Auvray, der stellvertretenden Leiterin, geprüft und von Julien Martel abgezeichnet. Probleme gab es nie, die Unterlagen galten immer als korrekt. Der Sachverhalt stellt sich allerdings so dar, dass Madame Auvray ein Konto bei der Crédit Agricole in Mer hat und ein weiteres bei einer anderen Bank in Lyon. Dorthin wurden seit Jahren differierende Beträge überwiesen, und zwar von Alicia Castelot. Im Moment befinden sich darauf zweihunderttausend Euro. Ich habe mir die Mühe gemacht und mir die geprüften Rechnungen der letzten fünf Jahre angesehen. Dabei habe ich festgestellt, dass Madame Auvray von jeder Rechnung fünf Prozent bekommen hat. Das ist ein lukrativer Zuverdienst, da kann man nichts sagen.« Mit hochgezogenen Augenbrauen schüttelte er den kahlen Kopf. »Ich kann es nicht fassen, wie gut solche kriminellen Geschäfte oftmals über lange Zeit funktionieren und dass die verantwortlichen Drahtzieher unbehelligt bleiben. Insgesamt reden wir hier von Straftatbeständen wie Verstößen gegen das Vergaberecht, Steuerhinterziehung bis hin zur mutmaßlichen Korruption.«

Yvonne konnte sich nicht mehr beherrschen. »Ist mein Mann in diese Machenschaften auch verwickelt?«

»Ich konnte keinen Geldfluss feststellen, Alicia hat

ihr Konto ansonsten nicht angerührt. Vielleicht hat sie auf etwas gespart.«

»Auf ein neues Leben«, murmelte Yvonne. Ihr Gesicht hatte jede Farbe verloren.

Pascal schenkte sich Kaffee nach. »Ich kann Sie beruhigen, Madame le Commissaire, es deutet alles darauf hin, dass Ihr Mann nicht geschmiert wurde. Das ist auch gut so, ansonsten würden Sie wegen Befangenheit von den Ermittlungen ausgeschlossen werden, und Philippe stünde allein da.«

»Warum hat er dann unterschrieben?«

»Gute Frage, darüber kann man trefflich spekulieren, aber das müssen Sie selbst herausfinden. Es wäre jedoch nicht verwunderlich, wenn er seiner Kollegin vertraut hätte.«

»Darauf können Sie sich verlassen, dass ich das herausfinde.« Nervös griff sie nach einem Rosinenkeks und fing an, ihn zu zerkrümeln.

Lagarde beschäftigte noch eine andere Frage. »Können wir aus den Informationen von Pascal ableiten, warum Alicia laut Aussage ihrer Schwester solche Angst hatte und zur Polizei gehen wollte?«

Yvonne war zu durcheinander, um einen klaren Gedanken zu fassen. In ihrem Kopf herrschte ein einziges Chaos. Pascal beantwortete die Frage.

»Sie hatte Angst, dass die Polizei von der Erpressung erfahren und sie unter Verdacht geraten würde, Garot deshalb getötet zu haben. Er hat bei der ersten

Erpressung zwanzigtausend Euro gefordert, bei der zweiten bereits fünfzigtausend, womöglich wäre die nächste Forderung noch höher gewesen und der zeitliche Abstand kürzer. Ihr Motiv war stark, es war tatsächlich zu befürchten, dass er stetig mehr Geld verlangen würde, und sie musste auch damit rechnen, dass es nie aufhört. Vielleicht wollte sie die Flucht nach vorn antreten.«

»Und jetzt ist sie selbst Opfer eines Verbrechens geworden«, antwortete Lagarde. »Wie passt das zusammen?«

»Wenn ihr meine Meinung hören wollt, gar nicht, aber die Hintergründe müsst ihr aufklären.« Pascal erhob sich. »Ich gehe jetzt mit Odette einkaufen, wir haben beschlossen, heute Abend zu grillen, und ich werde meinen Spezialsalat zubereiten.« Vor lauter Vorfreude erschien ein jungenhaftes Lächeln auf seinem Gesicht, Pascal liebte Grillen. Er verabschiedete sich und machte sich kurz darauf mit Odette auf den Weg, sie wollten zum Super-U in Mer.

»Was machen wir jetzt?«, fragte Yvonne.

»Ist Ihr Mann auf der Arbeit?«

»Ich denke schon, auf jeden Fall hat er heute Morgen das Haus verlassen, wie immer.«

»Dann fahren wir doch dorthin und reden mit ihm.«

»Einverstanden. Nehmen wir mein Auto, ich bringe Sie nach dem Gespräch wieder zurück, es ist ja nicht weit.«

Der Weg nach Mer führte über die grün lackierte Brücke, zwischen den altmodischen Eisenstreben hindurch hatte man einen Ausblick auf den ultramarinblauen Fluss und den sich aufhellenden Himmel. Martel parkte wieder in der Nähe der Kirche, diesmal auf einem regulären Parkplatz.

Der Markt wies diesmal nur einen Stand auf, der Obst und Gemüse, hauptsächlich riesige Melonen, verkaufte. Der Wirt des Bistros war gerade dabei, die vom Regen nassen Tische und Stühle abzuwischen. Die Tische im Schankraum waren alle besetzt, vor der Theke hatten sich wartende Gäste versammelt. Es war Zeit für den Aperitif.

Die Crédit Agricole befand sich in einer Seitenstraße östlich der Kirche im Erdgeschoss eines zweistöckigen Hauses, flankiert von einem Notariat und einer Buchhandlung. In wenigen Minuten würde das Geldinstitut schließen.

Die Kommissare betraten die Eingangshalle durch eine gläserne Drehtür, gingen an Geldautomaten vorbei und gelangten über eine Treppe zum Servicebereich, in dem sich keine Kunden aufhielten. Yvonne steuerte zielstrebig die Tür zum Büro ihres Mannes an. Eine ältere Mitarbeiterin wurde auf sie aufmerksam.

»Madame Martel, was für eine Überraschung. Warten Sie doch bitte, Ihr Mann hat eine wichtige Besprechung, da können Sie jetzt leider nicht stören.«

Inzwischen war sie aufgestanden, eilig herbeige-
laufen und reichte Martel die Hand zur Begrüßung.
»Nehmen Sie bitte so lange im Foyer Platz, ich bringe
Ihnen einen Kaffee. Für Ihre Begleitung auch?« Neugierig musterte sie Lagarde.

»Hören Sie, Madame Cors, unser Anliegen ist sehr
dringend, wir sind dienstlich hier und wollen mit meinem Mann als Zeuge in einer wichtigen Angelegenheit sprechen.« Yvonne ging weiter auf die Tür zu,
Lagarde folgte ihr. Madame Cors überholte sie mit
entschlossenen Schritten und stellte sich mit ausgebreiteten Armen vor die Tür. »Sie dürfen ihn jetzt
wirklich nicht stören. Ich rufe ihn an, und in spätestens fünf Minuten steht er Ihnen zur Verfügung.«

Lagarde und Martel tauschten einen raschen Blick,
das Verhalten der Bankangestellten erschien beiden
sonderbar. Yvonne verlor die Geduld, schob die Frau
sanft, aber bestimmt zur Seite und öffnete die Tür,
dann blieb sie abrupt stehen und erstarrte zur Salz-
säule. Die Frau, die mit aufgeknöpfter Bluse auf dem
Schreibtisch saß, und der Mann, der vor ihr stand,
fuhren auseinander und blickten sie mit entsetzten
Mienen an. Julien Martel fasste sich als Erster wieder
und trat einen Schritt zurück.

»Yvonne, *ma chérie*, was machst du denn hier? Das
ist ja eine nette Überraschung, du hast mich schon
lange nicht mehr auf der Arbeit besucht.«

Lagarde hatte sich Yvonnes Ehemann ganz anders

vorgestellt, er war kleiner als sie, neigte zu Überge-
wicht, und die schütteren, fahlen Haare auf dem runden Kopf waren seitlich gekämmt, um eine beginnen-
de Glatze zu kaschieren. Die Frau, die einige Jahre
jünger war als Martel, rutschte mit hochrotem Kopf
von der Tischplatte, nahm Haltung an und versuchte unauffällig, den obersten Knopf der Bluse über ihrem üppigen Busen zu schließen. Ihre kurzen blonden Haare standen wie Sonnenstrahlen ab, die blauen
Puppenaugen in dem unscheinbaren Gesicht blinzel-
ten irritiert.

»Bonjour, Madame Martel, schön, dass Sie mal wieder bei uns vorbeischauen.«

Die Worte der beiden wirkten angesichts der Situation, in der sie sich befanden, völlig unpassend.

»Madame Auvray und ich sind vor Feierabend noch
einige wichtige Akten durchgegangen«, behauptete
Martel dreist.

»Das sehe ich.« Yvonnes Stimme war kalt und ton-
los. Dann deutete sie auf Philippe. »Das ist mein
Kollege Commissaire Lagarde, wir ermitteln in den
Mordfällen, die sich in Chambord und Chenonceau
zugetragen haben.« An ihren Mann gewandt, fuhr sie
unbeirrt fort. »Aber das habe ich dir ja erzählt. Wir
sind dienstlich hier und möchten mit dir sprechen,
mit Madame Auvray ebenfalls.«

Julien Martels Erstaunen wirkte echt. »Aber worüber denn?«

»Das wirst du gleich erfahren.«

Er zeigte auf eine Sitzgruppe. »Dann setzen wir uns doch.«

Lagarde deutete Yvonne mit einem Zeichen an, dass er mit der Befragung beginnen würde, seine Kollegin machte auf ihn gerade den Eindruck, als wolle sie ihrem Gatten jeden Moment an die Gurgel springen. Ihre Augen loderten vor Zorn. Er sah die Bankangestellten mit ernster Miene an.

»Sie können beide dableiben, es betrifft Sie ja auch beide.« Sein Hintergedanke war, dass sie sich gegenseitig belasten würden, wenn er sie mit den Vorwürfen konfrontierte. Er wollte ihre Reaktionen beobachten und Schlüsse daraus ziehen. »Die Crédit Agricole von Mer ist zuständig für die Prüfung der Vergabeverfahren und der jeweils anfallenden Rechnungen Château Chenonceau betreffend, ist das korrekt?«

Julien Martel nickte nervös. »Ja, aber ich verstehe nicht, warum das für Sie eine Rolle spielt.«

»Es wird Ihnen gleich klar sein. Wir wissen, dass die Vergabeverfahren nicht ordnungsgemäß durchgeführt wurden und die gestellten Rechnungen in Bezug auf die Leistungen viel zu hoch waren.«

Martel wirkte empört. »Das stimmt nicht.«

»Wir können es beweisen. Sie haben die Prüfberichte unterzeichnet, Monsieur Martel.«

»Ja, das ist meine Aufgabe als Filialleiter.«

»Haben Sie sie auch inhaltlich überprüft?«

Er zögerte. »Nun, in groben Zügen, genau geprüft hat sie Madame Auvray, sie ist eine sehr kompetente Mitarbeiterin, und ich kann mich hundertprozentig auf sie verlassen.«

»Wenn Sie die Dokumente geprüft hätten, hätten Ihnen die Unregelmäßigkeiten auffallen müssen.«

Martel leckte sich beunruhigt über die Lippen. »Also gut, ich habe meiner Kollegin diese verantwortungsvolle Aufgabe übertragen, da sie sich als stellvertretende Filialleiterin eine Herausforderung gewünscht hat. Ich halte es für ausgeschlossen, dass sie einen Fehler gemacht hat.«

Lagarde wandte sich an Madame Auvray. »Ist das richtig?«

»Ja, ich habe um diese Aufgabe gebeten und meine Arbeit gewissenhaft ausgeführt.«

»Hat Ihnen Alicia Castelot deshalb von jeder Rechnung fünf Prozent auf ein Konto in Lyon überwiesen?«

Sie lief feuerrot an. »Diese infame Unterstellung müssen Sie erst beweisen.«

Lagarde sah sie ruhig an. »Das werden wir tun. Auf diesem Konto befinden sich derzeit zweihunderttausend Euro. Ich glaube nicht, dass Sie von Ihrem Verdienst als Bankangestellte so viel Geld auf die Seite legen können.«

Julien Martel starrte seine Stellvertretung an. »Sag, dass das nicht wahr ist, Mireille!«

Schweigend starrte sie vor sich hin.

»Mireille?«

Die junge Frau verlor die Beherrschung. »Du bist doch an allem schuld!«, schrie sie mit schriller Stimme. »Du hast mir versprochen, dich scheiden zu lassen und mich zu heiraten, aber du hast mich immer wieder vertröstet. Inzwischen bin ich fest davon überzeugt, dass du nur an unverbindlichem Sex mit mir Interesse hast, du würdest deine Frau niemals verlassen.« Sie lächelte verschlagen. »Für mich stellt sich der Sachverhalt so dar, dass ich mit dieser komplizierten Aufgabe völlig überfordert war und du mich nicht unterstützt hast. Die Verantwortung dafür trägst ganz allein du, du hast deine Aufsichtspflicht und die genauen Nachprüfungen nicht wahrgenommen, und du hast unterschrieben.«

Bestürzt sah er sie an und brachte kein Wort heraus. Lagarde wandte sich Madame Auvray zu. »Sie werden eine Anzeige wegen Bestechlichkeit im Dienst bekommen.«

»Das Geld habe ich von einer Großtante geerbt.«

»Madame Auvray! Das wird Ihnen kein Mensch glauben, wir haben Beweise.«

Sie erhob sich, griff nach ihrer Tasche und sah ihn kalt an. »Das werden wir ja sehen.« Mit erhobenem Kopf verließ sie den Raum. Lagarde machte keine Anstalten, ihr zu folgen. Julien Martel wirkte fassungslos.

»Ich schwöre Ihnen, Monsieur le Commissaire, ich habe das nicht gewusst, mein Geschäftsverhalten war immer tadellos.«

Jetzt verlor Yvonne die Beherrschung, sprang auf und verpasste ihm eine schallende Ohrfeige. »Das mag sein, aber dein Verhalten mir gegenüber war nicht tadellos. Du hast sie die Prüfung ohne das Vier-Augen-Prinzip machen lassen, damit du Sex mit ihr haben kannst, das war doch der Deal, richtig? Du Schwein.«

Sie stürmte aus dem Büro und knallte die Tür hinter sich zu, dass die Rigipswände wackelten. Die Männer sahen sich an. »Es wird natürlich ein Prüfungsverfahren geben«, sagte Lagarde. »Aber bei unseren Nachforschungen haben sich keine Verdachtsmomente gegen Sie ergeben.«

»Vor einer Untersuchung habe ich keine Angst, ich habe mir nichts zuschulden kommen lassen. Aber ich habe Angst, dass ich Yvonne verliere.«

»Das ist Ihre persönliche Angelegenheit, Monsieur Martel.«

»Können Sie nicht ein gutes Wort für mich einlegen? Ich habe den Eindruck, dass meine Frau Sie sehr schätzt.«

»Nein. Bonsoir, Monsieur Martel.«

Lagarde verließ das Geldinstitut und kam dabei am Serviceschalter von Madame Cors vorbei. Er war verwaist, vermutlich war die Frau, die ihrem Chef gegenüber eine wahre Nibelungentreue bewiesen hatte, in den Feierabend gegangen. Wahrscheinlicher war es jedoch, dass sie alles mitbekommen hatte und geflüchtet war.

Als er auf der Straße stand, atmete er tief durch, dann ging er zum Marktplatz zurück. Dort stellte er verblüfft fest, dass Yvonnes Dienstwagen nicht mehr auf seinem Platz stand. Sie war einfach losgefahren und hatte ihn ohne Auto zurückgelassen. Suchend sah er sich nach einem Taxi um, konnte jedoch nirgends eines entdecken. Kurz entschlossen ging er zum Marktstand und wandte sich an die Bäuerin, die ihre Äpfel polierte.

»Excusez-moi, Madame, gibt es hier einen Taxistand?«

Sie sah ihn freundlich an. »Wir haben hier nur ein Taxi, aber das ist unterwegs, keine Ahnung, wann es zurückkommt.« Lagarde überlegte, ob er Odette oder Pascal anrufen sollte, aber er wollte ihre Vorbereitungen für den Grillabend nicht stören und beschloss stattdessen, zu Fuß zu gehen. Es waren höchstens drei Kilometer nach Muides, ein kleiner Abendspaziergang würde ihm nach diesem Gespräch guttun.

»Merci, Madame«, sagte er zu der Bäuerin und wandte sich ab.

»Wo wollen Sie denn hin?«

»Nach Muides.«

»Warten Sie.« Sie kam hinter dem Stand hervor

und sprach einen jungen Mann an, der neben einem motorisierten Dreirad mit Ladefläche Kisten stapelte. »Sei so gut, Hugo, und fahr den Herrn rasch nach Muides.«

Der Mann richtete sich auf. »Oui, Maman.«

Er wischte sich die Hände an der Hose ab und zeigte auf das Fahrzeug. »Steigen Sie ein, Monsieur.«

In rasanter Fahrt durchquerte er den Ort, nahm die Kurven scharf, preschte über die Landstraße und überquerte die Brücke mit halsbrecherischer Geschwindigkeit. Dabei scheuchte er eine Schar Silbermöwen auf, die auf einer Strebe gesessen hatten und sich aufgeregt kreischend in die Lüfte erhoben. Lagarde hielt sich am Deckengriff fest und wunderte sich, welch hohe Geschwindigkeit dieses Gefährt, das wie eine Nähmaschine ratterte, erreichen konnte. Als sie bei der Schmiede ankamen, stieg Lagarde aus und suchte in seinem Portemonnaie nach einem Zehneuroschein. Er reichte ihn Hugo.

»Merci bien.« Der junge Mann grinste. »Davon gönne ich mir ein, zwei Bierchen in meiner Stammkneipe. Au revoir, Monsieur.« Der Motor heulte auf, und das Dreirad verschwand in einer Staubwolke. Es hatte aufgehört zu nieseln, und der Boden war schnell wieder getrocknet.

Als Lagarde den Hof betrat, waren die Vorbereitungen für die Grillfeier in vollem Gange. Pascal hatte den Grill in einer windgeschützten Ecke aufgebaut und wedelte mit einem Stück Karton, um die Glut anzufachen. Odette deckte den Tisch und winkte ihm zu.

»Salut, Philippe, wir können bald essen.« Sie küssten einander zur Begrüßung, dann trat er neben Pascal und betrachtete die marinierten Fleischstücke, die sein Freund in einer Aluschale angerichtet hatte. »Salut, Pascal, das sieht ja köstlich aus.«

»Das sieht nicht nur so aus. Odette und ich haben tolle Sachen eingekauft, es gibt Rindersteaks, Schweinerippchen, Bratwürste und verschiedene Salate und selbstgemachte Saucen. Trinken wir ein Bier, bis die Glut fertig ist.«

Als sie am Gartentisch Platz nahmen, gesellte sich Odette zu ihnen.

»Wie war es in der Bank?«, wollte Pascal wissen.

»Mon Dieu, was für eine Befragung.« Philippe seufzte. »So wie es aussieht, wusste Julien Martel tatsächlich nichts von der Bestechung. Mireille Auvray behauptet, die zweihunderttausend Euro von einer Großtante geerbt zu haben.«

Pascal grinste. »Damit kommt sie nicht durch.«

Lagarde nickte. »Im Verlauf des Gesprächs hat sich herausgestellt, dass die beiden ein Verhältnis haben.«

»Das muss für Madame Martel ein großer Schock gewesen sein«, sagte Odette.

»Allerdings.«

»Wo ist sie denn jetzt?«

»Ich habe keine Ahnung, sie ist wütend weggefahren.«

»Das kann ich verstehen.«

Als Pascal die ersten duftenden Fleischstücke servierte, schenkte Odette einen roten Burgunder ein, der schon eine Weile geatmet hatte. Sie unterhielten sich lebhaft und lachten viel. Pascal erzählte, dass Claudine und Samy noch immer glücklich zusammen waren und über eine Heirat nachdachten. Etienne verehrte nach wie vor Mariette, die sich zurückhaltend verhielt, da sie in ihrer ersten Ehe so schlechte Erfahrungen gemacht hatte. Doch Etienne gab nicht auf.

Als es bereits dunkel war und Glühwürmchen durch den Garten tanzten, klingelte Lagardes Handy. Er sah auf das Display und nahm den Anruf an.

»Bonsoir, Yvonne.«

»Bonsoir, Philippe. Es tut mir leid, dass ich Sie bei der Bank habe stehen lassen.«

»Schon in Ordnung. Wie geht es Ihnen?«

Darauf ging sie nicht ein. »Ich habe ein Problem, Philippe. Nach der Befragung bin ich nach Hause gefahren und habe rasch eine Tasche gepackt. Ich wollte bei meiner Freundin übernachten, aber sie ist nicht da. Die Hotels in Blois sind wegen einer Messe alle ausgebucht. Joris hat einmal erwähnt, dass Sie in Ihrem Ferienhaus ein freies Zimmer haben. Ich wollte fragen, ob ich heute Nacht da schlafen kann. Wenn das nicht geht, übernachte ich im Auto.« Es schien ihr schwerzufallen, ihren Kollegen, den sie noch nicht lange kannte, um so einen privaten Gefallen zu bitten.

»Selbstverständlich können Sie bei uns übernachten. Soll ich Sie irgendwo abholen?«

»Nein, ich mache mich jetzt auf den Weg. Merci, Philippe!«

Nach zwanzig Minuten traf sie ein, und nachdem Odette ihr das Schlafzimmer gezeigt hatte und Pascal in den Anbau umquartiert worden war, wurde sie herzlich bewirtet. Sie stocherte zwar eher lustlos im Essen herum, ein Glas Wein nahm sie jedoch gern an. Niemand erwähnte das Gespräch in der Bank. Als der Abend fortgeschritten war, hatte Lagarde den Eindruck, dass die Frauen allein miteinander sprechen wollten. Er machte Pascal ein Zeichen, und sie wünschten sich eine gute Nacht. Die Männer streuten Sand auf die Glut.

»Trinken wir in der Küche noch einen Absacker?«, fragte Philippe. »Ich habe einen wunderbaren Calvados.«

»Nein danke, ich lege mich hin, ich bin hundemüde. Paris war schön, aber anstrengend.«

»Bonne Nuit!« Während Lagarde überprüfte, ob die Glut aus war, erschien ihr Nachbar mit seinem Hund auf der Treppe. »Bonsoir«, sagte er. »Darf ich

Sie zu einem Glas Wein einladen? Ich möchte mich gern revanchieren.«

»Gerne.«

Monsieur Neuville führte ihn in seinen Salon. Er wollte sich nicht in den Garten setzen, da ihm die Nachtluft zu frisch war. Das Zimmer war behaglich mit antiken Möbeln eingerichtet, auf den glänzenden Holzdielen lag ein Perserteppich, über dem Tisch hing ein Kronleuchter. Neben dem Kamin stand ein Korb, in dem Nini sich zusammenrollte. Neuville öffnete eine gute Flasche Wein und schenkte ein. Die Männer stießen an und kosteten. »Sehr gut«, stellte Lagarde fest. »Sie haben ein schönes Haus, leben Sie schon immer hier?«

»Nein, ich bin erst vor einigen Jahren hierhergezogen, ich bin gebürtiger Portugiese.«

Lagarde hatte aufgrund eines schwachen Akzents bereits vermutet, dass er kein Franzose war. »Darf ich fragen, was Sie hierher verschlagen hat?«

»Das ist eine lange, traurige Geschichte, ich möchte Sie damit nicht langweilen.«

»Sie langweilen mich nicht, ich interessiere mich für die Geschichten anderer Menschen.«

Der alte Mann lächelte betrübt. »Ich war der Portweinkönig von Portugal, ein Nachfahre eines alten Adelsgeschlechts. Meine Weinberge lagen in der Nähe des Ortes Medas. Ich war verheiratet, meine Frau hieß Romy, eine gebürtige Französin. Ich liebte sie sehr, deshalb habe ich auch bei unserer Hochzeit ihren Nachnamen angenommen. Vor fünf Jahren habe ich alles verloren. Meine Weinbergverwalter hatten nicht bemerkt, oder wollten es nicht bemerken, dass fast alle Rebstöcke mit dem echten Mehltau befallen waren. Dazu kam noch die Reblaus und gab ihnen den Rest. Der Befall hat die gesamte Ernte vernichtet, und ein verheerender Großbrand drei Wochen später hat mein Anwesen zerstört. Die Polizei ging von Brandstiftung aus, die Verantwortlichen wurden nie gefunden. Wahrscheinlich steckten alle unter einer Decke, aber das konnte ich nicht beweisen.« Er machte eine Pause und senkte den Blick. »Doch das Schlimmste ist, dass bei dem Brand Romy ums Leben gekommen ist. Sie litt an Multipler Sklerose im fortgeschrittenen Stadium und war auf den Rollstuhl angewiesen. Am Abend des Brandes war ich nicht zu Hause, sie hielt sich im ersten Stock auf. Eine Haushaltshilfe hatte, bevor sie gegangen ist, im Kamin Holz aufgelegt. Die Feuerwehr ging damals davon aus, dass dabei Glut auf den Teppich fiel. Natürlich wollte Romy vor den Flammen flüchten, doch der Treppenlift funktionierte nicht. Durch die Hitze sind die Sicherungen durchgebrannt. Sie muss qualvoll gestorben sein. Daraufhin habe ich meinen Grundbesitz verkauft und bin mit meiner Tochter Sylvie und meiner Enkelin Annabelle nach Frankreich gezogen. Ich habe den beiden ein Haus in der Nähe gekauft und mich hier mit meinem Hund niedergelassen. Nachts, wenn ich wieder mal nicht schlafen kann, höre ich den Fluss rauschen, das beruhigt mich.«

Als Lagarde die Namen hörte, stutzte er, sagte jedoch nichts. Er ließ den alten Mann weitererzählen. »Der Tod meiner Frau war nicht der erste Schicksalsschlag, der mich getroffen hat. Die Götter meinen es nicht gut mit mir. Vor zwölf Jahren habe ich meine ältere Tochter Lina bei einem Verkehrsunfall verloren, ihre Tochter Annabelle war damals fünf Jahre alt und hat monatelang kein Wort mehr gesprochen und kaum etwas zu sich genommen. Sylvie hat sie liebevoll großgezogen wie eine eigene Tochter.«

Er versuchte, die Tränen zurückzuhalten, und trank einen kräftigen Schluck Wein.

»Vor knapp acht Wochen hat das Schicksal wieder zugeschlagen. Annabelle ist auf einer Vernissage auf Schloss Chaumont in einem Fischbassin ertrunken, ein schrecklicher Unfall. Seitdem ist Sylvie ein nervliches Wrack. Mein einziger Lebenssinn besteht darin, sie zu stützen, damit ich sie nicht auch noch verliere. Sie ist eine bekannte Installationskünstlerin und hat auch auf Chaumont ausgestellt. Nach dem Unglück hatte Sylvie einen Nervenzusammenbruch und kann seitdem nicht mehr arbeiten.« Er zeigte auf eine gerahmte Fotografie, die auf der Kommode stand. Sie zeigte eine junge Frau und ein Mädchen beim Stehpaddeln in einer blauen Bucht, beide lachten ausgelassen in die Kamera. »Das sind die beiden während unseres Urlaubs in Le Lavandou an der Côte d'Azur.«

Die Frau auf dem Bild hatte Lagarde schon einmal gesehen, es war im Café von Chambord gewesen, zusammen mit seiner Vermieterin und einem Mann. »Ich habe die Installation auf Chaumont besichtigt, sie ist sehr eindrucksvoll.«

»Ja, Sylvie hat großes Talent, ich hoffe, dass sie eines Tages wieder Kunstwerke schaffen kann.«

»Das hoffe ich auch.«

»Merci, dass Sie mir zugehört haben.«

»Mir tut es sehr leid, was Ihnen widerfahren ist.«

»Es hat gutgetan, Ihnen davon zu erzählen.« Der alte Mann sah müde aus, und Lagarde hatte den Eindruck, dass er allein sein wollte.

»Ich gehe jetzt schlafen«, verkündete er. »*Merci bien* für den Wein. Bonne nuit.«

Als Lagarde durch den Garten zur Schmiede ging, war alles dunkel und still. Die Frauen waren auch schon zu Bett gegangen.

SIEBTER TAG

CHÂTEAU CHEVERNY

Das Schloss Cheverny war eines der wenigen Loire-Schlösser, die in einem einheitlichen Stil erbaut worden waren. Es war als Herrensitz für eine Familie errichtet worden, die es seither ohne Unterbrechung bewohnte, die Familie des Grafen von Cheverny, Philippe Hurault. Heinrich III. hatte ihn im sechzehnten Jahrhundert zum Staatsrat, zum Siegelbewahrer und schließlich zum Kanzler von Frankreich ernannt. Sein Gut Cheverny wurde daraufhin in den Rang einer Grafschaft erhoben, eine seltene Ehrung für einen Hofadligen.

Das Château war ein symmetrisches Bauwerk mit Schieferdächern. Der große Salon im Erdgeschoss beherbergte eine Auswahl von Meisterwerken der Malerei. Paneele schmückten den Gardesaal und das Königsgemach, die die Geschichten von Odysseus, Don Quijote und Adonis illustrierten. Ein Flügel des Schlosses wurde von den Eigentümern bewohnt, der andere Teil war zur Besichtigung freigegeben. In jedem öffentlich zugänglichen Raum war mit überdimensionalen bunten Legosteinen ein Fabelwesen des Dichters Jean de La Fontaine dargestellt.

Vom Hinterausgang gelangte man durch ein Rosenspalier zur ehemaligen Orangerie, in der ein exklusives Restaurant untergebracht war.

Cheverny war von einem weitläufigen Park umgeben, in dem alte Douglasien, knorrige Libanonzedern und stolze Blautannen aufragten. Verwunschene Wasserläufe zogen sich durch die blühende Gartenlandschaft. Heute gehörte der Prachtbau einem Nachkommen Huraults, der, wie seine Vorfahren, ein leidenschaftlicher Jäger war. Der Zwinger beherbergte ungefähr hundert Jagdhunde, und in den elitären Jagdgefilden wurden regelmäßig Treibjagden abgehalten, die in Weidmannskreisen berühmt waren.

Cyril Badaire wohnte im mittelalterlichen Ort Cheverny in einem schmalen Haus, das, eingezwängt zwischen weiteren Granithäusern, die Hauptstraße säumte. Er war achtunddreißig Jahre alt und hatte einen Bauchansatz, kurze gewellte Haare und wässrig blaue Augen. Missmutig saß er am Frühstückstisch und starrte in den Garten, der sich bis zu einer Mauer ausdehnte, vor der sich karmesinrote Stockrosen erhoben. Nebelschleier lagen über der Bauernwiese und dem Kräuterbeet, das Julie angelegt hatte. Die Schilfhalme um den Goldfischteich zitterten im Morgenwind. Auch diese nierenförmige Pfütze, auf der sich Regentropfen zu größer werdenden Kreisen ausdehnten, war Julies Idee gewesen. Vor drei Monaten hatte sie ihn überraschend verlassen und war nach Paris zurückgekehrt, weil ihr das Leben in der Provinz zu langweilig und unspektakulär geworden sei. Seitdem hatte er nichts mehr von ihr gehört.

Er legte das angebissene Marmeladenbaguette auf den Teller, trank einen Schluck Café au Lait und überlegte, ob er sich krankmelden solle. Er war als Tierarzt in Cheverny angestellt und für die Jagdhunde verantwortlich. Doch diese Arbeit hatte er satt, es war immer das Gleiche. Andererseits war er in letzter Zeit häufig krank gewesen, der Schlossherr hatte ihn schon persönlich darauf angesprochen, und irgendwann würde er noch seinen Job verlieren, wenn es so weiterging. Seufzend erhob er sich, er musste dringend Veränderungen in Angriff nehmen, so ging es nicht mehr weiter. Heute stand neben weiteren Pflichten die Impfung etlicher Hunde an, eine stupide Tätigkeit, die er hasste.

Rasch räumte er den Frühstückstisch ab, schlüpfte in die Regenjacke und seine Gummistiefel und machte sich auf den Weg. Er überquerte den Kirchplatz, kam an der Boulangerie vorbei und ging die kurze Strecke an der Schlossmauer entlang, bis er einen der Nebeneingänge von Cheverny erreichte. Die Tür war wie so oft nicht abgesperrt, da einige der Gärtner noch früher als er mit der Arbeit begannen. Er lief durch ein Nebengebäude, in dem der Eingangsbereich mit den Kassen, der Souvenirladen und die Dauerausstellung untergebracht waren, und gelangte durch eine Pforte in den südöstlichen Teil des Parks, in dem sich die Zwingeranlage befand. Einige der Hunde standen hinter dem Gitter und begrüßten ihn mit freudigem Gebell, die anderen befanden sich im Auslauf hinter der Mauer. Die dreifarbigen Hunde, die aus englischem Foxhound und französischem Poitevin gezüchtet wurden, galten als klug und eigneten sich perfekt für die Hetzjagd. Die dreiteilige Zwingeranlage war erst vor wenigen Jahren komplett restauriert worden. Die Besucher konnten die Hunde den ganzen Tag besichtigen und bei der öffentlichen Fütterung, die einmal am Tag stattfand, zusehen.

Jetzt, früh am Morgen, war das Schloss noch ruhig, außer dem Rauschen der Baumkronen, dem Gezwitscher der Vögel und dem Kläffen der Hunde war nichts zu hören. Der Wind wehte den Duft blühenden Oleanders heran.

Cyril sperrte das Tor auf und betrat den Vorhof der Zwingeranlage. Hunde umringten ihn mit wedelnden Schwänzen, er sprach sie alle an und tätschelte sie. Verärgert stellte er fest, dass die Wassernäpfe leer waren, darum hätte sich ein Tierpfleger längst kümmern müssen. Aufmerksam sah er sich um, konnte aber niemanden entdecken. Cyril beschloss, sich selbst darum zu kümmern. Er wollte sich beschäftigen und ablenken, um sich nicht eingestehen zu müssen, dass er Angst hatte, grauenhafte Angst. Entschlossen versuchte er, dieses beklemmende Gefühl, das sein Herz zum Rasen brachte, abzuschütteln. Falls Gefahr drohte und sich ein Unbekannter dem Gehege näherte, würde er Daphne, eine Hündin, die ihm aufs Wort gehorchte, loslassen und auf den Eindringling hetzen. Er schüttelte die beunruhigenden Gedanken ab und machte sich daran, Wasser für die Näpfe zu holen.

Vorsichtig bahnte sich eine Gestalt den Weg durch die Ziersträucher des Parks und näherte sich der Zwingeranlage. Sie trug die Kleidung der Arbeiter von Cheverny, eine schwarze Leinenhose, Lederstiefel und ein sandfarbenes T-Shirt. Sie wusste, dass in Chambord und in Chenonceau nur die Eingangsbereiche und die Innenräume mit Kameras überwacht wurden, die Außenanlagen waren zu weitläufig. Im Park von Cheverny hingegen gab es einige Überwachungskameras. Das spielte aber keine Rolle, da er durch die Arbeitskleidung quasi unsichtbar war. Pfeil und Bogen hatte er bereits in der Nacht an einem verborgenen Ort bereitgelegt. In der Schlossmauer gab es eine niedrige, bröckelnde Stelle, die die Arbeiter noch nicht ausgebessert hatten. Die Gestalt verließ den Schutz eines Baumstammes und ging mit ruhigen Schritten auf das Flachdach des Zwingers zu. Von dort aus konnte man das freie Gehege gut einsehen.

Cyril nahm aus dem Augenwinkel eine Bewegung wahr und zuckte zusammen. Er sah einen sandfarbenen Rücken zwischen den Eiben verschwinden, und sein Herzschlag beruhigte sich wieder. Es war nur einer der Arbeiter mit dem typischen T-Shirt gewesen. Doch dann stutzte er, irgendetwas stimmte nicht. Was war es nur gewesen? Plötzlich fiel ihm ein, dass das Logo auf dem Rücken des T-Shirts seitenverkehrt gewesen war. Er reagierte blitzschnell, fuhr herum und wollte sich im gemauerten Zwingerbau in Sicherheit bringen. Dabei trat er auf die Pfote einer Hündin, die hinter ihm stand. Das Tier jaulte auf und schnappte reflexartig nach seiner Wade. In diesem Moment traf ihn der Pfeil zwischen die Schulterblätter, und er fiel zwischen die Hunde, die aufgebracht und wild durcheinanderbellend zu ihm liefen.

Der Schlossherr, zu dessen Ritual ein morgendlicher Ausritt gehörte, näherte sich auf seinem schwarzen Hengst und bemerkte entsetzt, was im Hundezwinger vor sich ging. Sofort hielt er das Pferd an. Gleichzeitig traten drei Tierpfleger durch die Pforte des Nebengebäudes und starrten auf das unübersichtliche Durcheinander im Zwinger. Die Hunde wirkten völlig verstört, auf dem Boden war Cyril zu erkennen.

»Holt ihn da raus!«, schrie der Schlossherr den Pflegern zu. »Beeilt euch, und bringt die Hunde in den angrenzenden Zwinger.«

Die Männer rannten in das Gehege und versuchten, die Meute zu beruhigen. Als die Hunde auseinanderstoben und sich von Cyril zurückzogen, war ein abgebrochener Pfeil zu sehen, der aus seinem Rücken ragte.

Der Schlossherr sah es auch und traute doch seinen Augen nicht. Plötzlich bemerkte er eine Bewegung und sah, wie in einiger Ferne jemand mit einem Bogen in der Hand davonrannte. Ohne nachzudenken, trieb er sein Pferd an und jagte dem Flüchtenden hinterher. Diesen verdammten Kerl würde er stellen.

Doch schon bald rannte die Gestalt um eine Kurve, und als der Schlossherr dort ankam, war keine Spur mehr von ihr zu sehen. Er sah sich um, doch keine Menschenseele war zu sehen. Er beschloss, zum Zwinger zurückzureiten.

Inzwischen waren alle Hunde weggebracht worden. Cyril lag reglos am Boden.

»Er ist tot«, sagte einer der Tierpfleger mit belegter Stimme. »Jemand hat ihn mit einem Pfeil getötet, genau wie die Opfer in Chambord und Chenonceau. Wir müssen die Polizei rufen.«

Die Gestalt rannte, so schnell sie konnte, auf einem gewundenen Pfad und sah sich nach einer Fluchtmöglichkeit um, zumindest nach einem Versteck. Die Geschehnisse im Zwinger hatten weitere Arbeiter herbeigelockt, die alle durcheinanderriefen und sich auf dem Gelände verteilten. Stimmen näherten sich. Kurzentschlossen zwängte die Gestalt sich in ein dichtes Gebüsch, ohne darauf zu achten, dass Zweige und Äste an ihrer Kleidung zerrten und ihre Hände zerkratzten. Sie stolperte über ein Hindernis und stürzte beinahe, hastete dann jedoch weiter und gelangte nach einigen Metern zur Schlossmauer. Geduckt tastete sie sich schleichend daran entlang, in der Hoffnung, über ein Loch oder eine Tür das Gelände verlassen zu können. Schließlich gelangte sie tatsächlich an eine verwitterte, geduckte Holztür, die verriegelt war. Das Schloss war verzogen, aber mit aller Kraft gelang es ihr endlich, den Riegel zurückzuschieben. Die Holztür in der Schlossmauer öffnete sich, und als die Gestalt vorsichtig hinausspähte, lag vor ihr ein Graben, dahinter erstreckte sich eine Wiese mit Obstbäumen. Menschen waren keine zu sehen. So schnell sie konnte, rannte sie durch das feuchte Gras und verschwand im Wald.

Als sie blindlings durch ein Dickicht stürmte, stolperte sie plötzlich über eine Frau, die zwischen Sträuchern hockte und Preiselbeeren pflückte. Sie schrie erschrocken auf, für einen kurzen Moment trafen sich ihre Blicke. Dann sprang die Gestalt auf und lief davon. Mühsam erhob sich die Frau, hielt ihren schmerzenden Arm und sah ihr kopfschüttelnd nach.

Pascal fuhr schweißgebadet aus einem Alptraum hoch und sah sich irritiert in dem dämmrigen Raum um. Er hatte von seiner Schwester geträumt, die er nicht genug beschützt hatte. Als damals das Verbrechen geschah, bei dem sie zu Tode kam, war er neun Jahre alt gewesen und hatte seitdem unter dem schlechten Gewissen gelitten, dass er besser auf sie hätte aufpassen müssen. Kurz blitzte das Bild eines kleinen Mädchens in seinem Kopf auf. Es hatte Pausbacken, blonde Locken und zeigte eine entzückende Zahnlücke, wenn es lachte. Das Gesicht verblasste nach und nach, und Pascal rieb sich die Augen.

Als er in der Dunkelheit ein Bügelbrett und ein Fahrrad erkannte, fiel ihm wieder ein, dass er im Anbau von Philippe und Odette übernachtete. Die Leuchtziffern seiner Armbanduhr zeigten sechs Uhr zweiundzwanzig. An Schlaf war nicht mehr zu denken, und er beschloss, Frühstück für alle zu machen.

Nachdem er sich am Becken notdürftig gewaschen und angezogen hatte, griff er nach dem Schlüssel für das Hauptgebäude, der an einem Nagel neben der Tür hing. Im Hof streckte er sich und atmete die würzige Luft ein. Die aufgehende Sonne malte rosafarbenes Licht auf den Himmel. Der Ganter hinter dem Zaun begann zu schreien, wenn er so weitermachte, würde er die ganze Nachbarschaft aufwecken. Auf dem Tisch lagen in einem Korb noch Brotreste von gestern, die Pascal dem Tier zuwarf. Sofort war es wieder still.

In der Küche setzte er Kaffee auf und inspizierte ihre Vorräte. Es war kein Brot mehr da und nicht mehr viel Käse, außerdem brauchte er Orangensaft zum Frühstück. Ohne sein Lieblingsgetränk fing der Tag nicht gut an. Er schenkte sich eine Tasse Kaffee ein und prüfte, ob sein Portemonnaie in der Jeanstasche steckte, dann machte er sich auf den Weg.

Auf der Gasse traf er den Nachbarn mit dem Terrier und grüßte freundlich. Die Bar-Tabac war bereits geöffnet, und an der Theke saßen Arbeiter, die die Zeitung lasen und schnell einen Mokka und ein Croissant zu sich nahmen. Julien Clerc sang beiläufig *Petit Joseph*, die Melodie stimmte Pascal melancholisch.

Von dem Platz mit dem Denkmal aus hatte man einen schönen Blick auf den Fluss, der schilfgrün zwischen Weiden und Zitterpappeln dahinfloss. Der kleine Lebensmittelladen lag an der Hauptstraße neben der Post und machte gerade auf. Pascal trat ein und wünschte einen schönen guten Morgen. Der Schinken in der Auslage sah gut aus, ebenso die Trüffelpastete. Der Duft von Honigmelonen ließ ihm das Wasser im Mund zusammenlaufen, und er legte zwei reife Früchte in den Einkaufskorb. Auf dem Rückweg zur alten Schmiede kaufte er in der Bar-Tabac eine Tageszeitung und warf einen Blick auf die Schlagzeile.

Noch immer waren die Verbrechen im Loire-Tal das zentrale Thema.

Odette deckte gerade den Tisch im Garten, und als sie seine Schritte auf dem Kies hörte, sah sie auf und lächelte ihn an. »Bonjour, Pascal. Hast du gut geschlafen?«

»Bonjour, Odette. Ja, merci.«

»Es tut mir leid, dass deine Unterkunft nicht so komfortabel ist.«

»Sie ist absolut in Ordnung, warm und trocken, da hatte ich schon ganz andere Schlafplätze.«

»Ich dachte, wir frühstücken draußen unter dem Schirm, der Regen hat fast aufgehört, und die Luft ist so schön frisch.«

»Gute Idee. Soll ich Spiegeleier braten?«

»Das wäre großartig.«

Einige Zeit später saßen sie alle um den Tisch und ließen es sich schmecken. Pascal fand, dass Yvonne immer noch sehr blass aussah. Es machte ihr sichtlich schwer zu schaffen, dass ihr Mann eine Geliebte hatte.

»Bleibst du noch, Pascal?«, wollte Lagarde wissen. »Odette und du könntet einen schönen Ausflug machen.«

»Das geht leider nicht, ich muss zurück an den Verdon, weil ich Etienne versprochen habe, ihm bei Ausbesserungsarbeiten am Hausdach zu helfen.«

Die Männer grinsten. Etienne war ein absolut brillanter Jurist und hatte ein beeindruckendes Netzwerk geschaffen, auf das er immer zurückgreifen konnte, aber er hatte zwei linke Hände. »Nach dem Frühstück fahre ich los.«

»Merci für deine Hilfe, die Informationen haben uns sehr weitergeholfen.«

Er grinste. »*De rien*, ich bin mir sicher, dass da bald einige Köpfe rollen werden. Aber eines sage ich euch, diese ganzen Betrügereien und Bereicherungen haben mit eurem Schützen höchstens marginal etwas zu tun, wenn überhaupt.«

Lagarde nickte. Zu diesem Schluss war er inzwischen auch gekommen. Hinter diesen grausamen Verbrechen steckte etwas anderes, er konnte den Hass des Täters förmlich spüren.

Als Pascal wegfuhr, winkten sie ihm nach. Odette und Lagarde hatten ihm versprechen müssen, die Freunde bald am Lac de Sainte-Croix zu besuchen.

Da noch etwas Zeit war, bis sie mit Joris auf dem Kommissariat in Blois zu ihrer Morgenbesprechung verabredet waren, zogen sich die Frauen ins Haus zurück. Offenbar hatten sie noch etwas zu besprechen. Yvonne machte auf Lagarde den Eindruck, dass sie jeden Beistand gut gebrauchen konnte.

Er holte seinen Laptop aus dem Salon, setzte sich unter den Schirm und schenkte sich eine Tasse Kaffee ein. Das Gespräch gestern mit Sergio Neuville ging ihm nicht aus dem Kopf, er wollte wissen, was an diesem Abend bei der Vernissage auf Château Chaumont passiert war. Wie konnte eine siebzehnjährige Frau in einem Fischbassin ertrinken? Konzentriert begann er zu recherchieren. Bald stieß er auf einen Zeitungsartikel, der über die dramatischen Geschehnisse des Abends berichtete.

Es war schon spät gewesen, als sich das Unglück ereignete. Man ging davon aus, dass Annabelle mit anderen Gästen gefeiert und zu viel Champagner getrunken hatte. Sie hatte an dem Tag ihren Geburtstag gefeiert. Als sie in das Becken gefallen war, wurden drei Gäste auf die dramatische Situation aufmerksam und versuchten noch, sie zu retten. Aber die Hilfe kam zu spät, und als man sie aus dem Wasser zog, war sie bereits tot. Sylvie Neuville, die berühmte Installationskünstlerin und Ziehmutter des Mädchens, die sie auf das Fest mitgenommen hatte, erlitt einen Nervenzusammenbruch und wurde in ein Krankenhaus eingeliefert.

Nachdenklich rieb Lagarde sich das Kinn. Auf der Vernissage waren sicherlich viele Gäste gewesen. Warum hatte niemand rechtzeitig bemerkt, dass das Mädchen zu ertrinken drohte? Konnte so etwas unbemerkt geschehen? Das Fischbassin lag ja nicht irgendwo abseits im Park, sondern zwischen Ausstellungsräumen und Restaurant. Andererseits wusste er, dass ein Mensch, vor allem, wenn er Alkohol getrunken hatte, sehr schnell ertrinken konnte.

Er fand einen weiteren Bericht, der auf eine Woche später datiert war. Die Gendarmerie von Chaumont hatte in dem Todesfall ermittelt, war aber zu dem Schluss gekommen, dass es ein Unfall ohne Fremdeinwirken gewesen war. Die Ermittlungen wurden eingestellt. Sylvie Neuville ließ sich nach ihrem Krankenhausaufenthalt in eine psychosomatische Klinik in Tours einweisen. Anscheinend hatte sie diese Klinik bereits wieder verlassen, da er sie vor drei Tagen in Chambord gesehen hatte.

Neugierig besuchte er die Homepage von Chaumont und suchte nach Fotos von der Vernissage. Es gab Dutzende, und er sah sie alle an. Die Installationen waren zu sehen, der Garten, das beleuchtete Schloss und Gruppen von Gästen, die im Park flanierten, die Kunstwerke bestaunten, aßen, sich unterhielten und sich offenbar gut amüsierten. Gezielt suchte er nach Fotos, die am Fischbassin aufgenommen waren. Das erste Bild zeigte eine attraktive Frau und einen Mann mittleren Alters, die auf dem Beckenrand saßen, sie in einem Abendkleid aus salbeigrünem Chiffon, er im weißen Smoking. Die beiden hatten die Arme umeinandergelegt und lächelten vergnügt. Darunter stand: *Emmanuelle Verne, promovierte Historikerin, und Laurent du Clos, Landschaftsarchitekt.* Schließlich stieß er auf ein Bild, das eine fröhliche Gruppe vor der Champagnerbar zeigte. Im Vordergrund schimmerte das Wasser im Bassin wie Perlmutt. Die Namen standen darunter, aber er kannte sie, bis auf einen, ohnehin: Jean-Pascal Garot, Sylvie Neuville, in der Mitte Annabelle, dann Alicia Castelot und Cyril Badaire. Sie steckten die Köpfe zusammen, hoben Champagnergläser und lachten unbeschwert in die Kamera, alle fünf in eleganter Abendrobe. Er starrte mit gerunzelter Stirn auf das Foto. Das konnte doch nicht sein, zwei dieser Personen waren ermordet worden. Er war so in die Fotos vertieft, dass er die Schritte erst hörte, als sie ganz nahe waren. Rasch blickte er auf und sah Yvonne vor sich, noch bleicher als vorhin. Sie hatte ihr Mobiltelefon in der Hand.

»Sehen Sie sich diese Fotografie an«, forderte er sie auf. Sie warf einen Blick auf den Bildschirm.

»Diese Gruppe«, fuhr er fort, »zwei davon wurden bereits ermordet. Wir müssen dringend mit Sylvie Neuville und Cyril Badaire sprechen. Es könnte sein, dass sie sich in Lebensgefahr befinden.«

Sie sah ihn merkwürdig an.

»Was ist denn los?«, drängte er.

»Cyril Badaire ist tot. Er wurde am frühen Morgen in Cheverny mit einem Pfeil getötet. Der Notruf ist gerade eingegangen.«

Lagarde sah sie ungläubig an. »Das gibt es doch nicht.«

»Wir müssen gleich losfahren, unterwegs informieren wir Keravel.« Sie bemühte sich um eine feste Stimme.

Diesmal fuhr Lagarde, Yvonne erreichte Keravel, der versprach, sich sofort auf den Weg zu machen. Danach rief sie Joris an und teilte ihm mit, was passiert war und dass sie die Besprechung verschieben mussten. Außerdem sollte er versuchen, Sylvie Neuville zu erreichen und auf die Wache zu bestellen.

Cheverny lag etwa zwölf Kilometer südwestlich von Chambord. Joris hatte Martel zurückgerufen. Bei einer Internetrecherche war er auf die Homepage von Sylvie Neuville gestoßen, auf der ihr Festnetzanschluss und die Handynummer angegeben waren.

»Sie geht nicht ans Telefon«, berichtete er. »Ich habe ihr eine Nachricht hinterlassen, dass sie sich dringend bei uns melden soll.«

»Steht da auch ihre Adresse?«

»Ja, sie wohnt in Beaugency, in der Nähe des Tour du Diable, am Quai de l'Abbaye 10.«

»Rufe bitte bei der Gendarmerie von Beaugency an und bitte die Kollegen um Amtshilfe. Sie sollen zu ihrer Wohnung fahren und nachsehen, ob sie zu Hause ist.«

Nervös trommelte Martel mit den Fingern auf die Klappe des Handschuhfachs, dann fiel ihr Blick auf die sanfte, grüne Landschaft mit den grasenden Kühen, die an ihnen vorbeirauschte, und sie beruhigte sich ein wenig. Nach wenigen Minuten meldete Joris sich erneut.

»Zwei Kollegen waren zufällig ganz in der Nähe der Wohnung und haben Sturm geklingelt. Es macht niemand auf.«

»Sie sollen sich sofort Zutritt verschaffen und nachsehen, ob sie sich in der Wohnung befindet.«

Ihr Kollege schwieg verblüfft. »Ist das dein Ernst?«

»Nun mach schon.«

Kurz darauf rief Joris wieder zurück. »Sie weigern sich, weil sie keinen richterlichen Beschluss haben.«

»Richte ihnen bitte aus, dass sie meine Anweisungen zu befolgen haben, Gefahr ist in Verzug.«

Einige Minuten verstrichen, dann informierte Joris sie: »Die Kollegen waren in der Wohnung, Madame Neuville ist nicht zu Hause.«

Yvonne wandte sich an Lagarde. »Wir erreichen sie nirgends.«

»Joris soll versuchen, ihren Vater anzurufen, Sergio Neuville in Muides. Vielleicht weiß er, wo sie sich aufhält.«

Yvonne gab die Bitte weiter.

Es dauerte nicht lange, und Joris war wieder in der Leitung. »Er geht nicht an seinen Festnetzanschluss, eine Handynummer kann ich auf die Schnelle nicht herausfinden.«

»Merci, Erneste. Mehr können wir im Moment nicht machen, wir müssen hoffen, dass sie sich bei uns meldet.«

Kurz darauf stellte Lagarde den Wagen auf dem

Besucherparkplatz von Cheverny ab. Dort wartete bereits der Rechtsmediziner auf sie. Gemeinsam gingen sie zu einem der Nebeneingänge hinter dem Souvenirladen, den der Schlossherr als Treffpunkt genannt hatte. Ein Mann in Reitkleidung wartete vor der Tür, er wirkte aufgeregt, sein rundes Gesicht war rot.

»Gut, dass Sie so schnell gekommen sind«, sagte der Mann. Ungeduldig zeigte er auf das verschlossene Haupttor, vor dem Dutzende Menschen auf Einlass warteten. »Wir öffnen in einer knappen halben Stunde. Was soll ich nur machen?«

»Sie können erst öffnen, wenn wir hier fertig sind«, antwortete Yvonne. »Schließlich haben wir hier einen Tatort und müssen mögliche Spuren sichern. Führen Sie uns bitte zum Fundort des Toten.«

Der Schlossherr wischte sich mit einem Leinentaschentuch den Schweiß von der Stirn. »Ja, selbstverständlich, folgen Sie mir bitte.«

Durch ein verwinkeltes Nebengebäude gelangten sie in den Park und schließlich zum Hundezwinger. Der Schlossherr deutete auf den Vorplatz.

»Cyril liegt dort. Die Tierpfleger haben die Hunde weggeschafft, sie waren wie toll. So habe ich sie noch nie erlebt.«

Sie baten den Schlossherrn, vor dem Zwinger zu warten, und näherten sich dem Mann, der in eigenartig verdrehter Haltung auf den Steinfließen lag. Auf seiner Kleidung befand sich Blut, und zwischen den

Schulterblättern ragte ein abgebrochener Pfeilschaft hervor. Das abgesplitterte Ende mit den roten Federn lag neben seinem Kopf auf der Erde. Schweigend betrachteten sie die Leiche.

Aufmerksam studierte Lagarde die Umgebung und deutete auf das flache Dach des Geheges, das von einem Gitterzaun begrenzt wurde. »Wahrscheinlich stand der Täter dort oben, es ist der optimale Platz.«

»Wieder derselbe Ablauf«, murmelte Yvonne. »Ich gehe davon aus, dass der Fundort der Tatort ist.«

»Ich stimme Ihnen zu.« Lagarde zog sich ebenfalls Handschuhe über, bückte sich und hob das Pfeilende auf. Behutsam zog er den Stabilisator zur Seite. Was er entdeckte, überraschte ihn keineswegs: eine vergoldete Gravur, ein schlangenförmiges S mit Krönchen und ein N. Die Erkenntnis durchzuckte ihn schlagartig. Ihm fielen zwei Personen ein, deren Namen genau diese Initialen hatten. War das von Bedeutung?

Stimmen näherten sich und rissen ihn aus seinen Gedanken, es waren die Techniker der Spurensicherung. Martel informierte sie über ihre bisherigen Erkenntnisse und bat sie dann, ihre Arbeit aufzunehmen. Zunächst musste die Zwingeranlage weitläufig abgesperrt werden, und der Polizeifotograf sollte Bilder machen. Vorher durfte die Leiche nicht bewegt werden. Das Team teilte sich auf und machte sich an die Arbeit. Nachdem der Tatort aus allen Perspektiven fotografiert worden war, beschlossen sie, den Leichnam durch einen Nebenausgang zum Fahrzeug des soeben eingetroffenen Bestatters zu transportieren. Keravel wollte ihn im Rechtsmedizinischen Institut untersuchen. Der Zwinger war zwar inzwischen notdürftig abgesperrt, aber es konnte durchaus passieren, dass jemand unbefugt in den Bereich eindrang. Vier Polizisten trugen den Leichensack aus dem Gatter und verschwanden im Nebengebäude. Keravel begleitete sie. Die Kommissare gingen zum Schlossherrn, der sich nervös die Hände rieb.

»Kann ich die Besucher jetzt einlassen?«, fragte er.

Lagarde zögerte einen Moment. »Die Besucher können das Schloss besichtigen und das Restaurant aufsuchen, der Park ist tabu. Können Sie das bewerkstelligen?«

»Ja, wir haben mobile Absperrgitter, bei Konzerten machen wir das genauso. Wir wollen nicht, dass Gäste nachts den Park aufsuchen, das kann gefährlich sein. Einmal wäre ein Besucher beinahe in einem Wasserlauf ertrunken.«

»In Ordnung, so machen wir es.« Lagarde wollte den normalen Ablauf des Schlossalltages so weit wie möglich gewährleisten, um Unruhe unter den Besuchern zu vermeiden.

Der Schlossherr telefonierte und erteilte Anweisungen, dann wandte er sich wieder den Polizisten zu.

»Ich habe jemanden gesehen, der vom Zwinger weggelaufen ist, kurz nachdem Cyril zusammengebrochen war.«

»Wie hat er ausgesehen?«, wollte Martel wissen.

»Er trug Arbeitskleidung, wie sie im Schloss üblich ist, und er hatte einen Bogen in der Hand.«

»Es war ein Arbeiter von Ihnen?«

»Das kann ich nicht sagen, ich habe ihn nicht erkannt. Allerdings kann ich mir einfach nicht vorstellen, dass einer meiner Angestellten einen Kollegen tötet. Das ist doch absurd.«

»War es ein Mann?«

Der Schlossherr überlegte. »Nicht unbedingt. Die Person lief mit leichten Schritten, wie eine Gazelle, es könnte auch eine Frau gewesen sein.«

Sie runzelte die Stirn. »Wohin ist diese Person gelaufen?«

»In Richtung der südlichen Schlossmauer, und auf einmal war sie verschwunden. Ich konnte sie nirgendwo finden.«

»In welcher Funktion hat Cyril Badaire hier gearbeitet?«

»Als Tierarzt.«

»Wie lange schon?«

»Etwa seit vier Jahren.«

»Waren Sie zufrieden mit ihm?«

»Im Großen und Ganzen schon, er war ein fähiger Tierarzt und konnte gut mit den Hunden umgehen. Sie sind sehr sensibel. Er hat sich nur häufig krankgemeldet, darauf habe ich ihn einige Male angesprochen.«

»Hat Cyril Badaire etwas erzählt, das ihm seltsam vorkam, war er beunruhigt, hatte er Probleme?«

»Das weiß ich nicht, ich habe kaum Kontakt zu meinen Angestellten, dafür sind die Vorarbeiter und die beiden Verwalter zuständig. Aber es tut mir aufrichtig leid um den jungen Mann, er hatte sein Leben noch vor sich.«

»Ist Ihnen etwas aufgefallen, das anders war als sonst? Merkwürdige Vorgänge zum Beispiel?«

»Nein, überhaupt nicht.«

»Haben die Tierpfleger, die die Hunde weggebracht haben, etwas bemerkt, das ihnen ungewöhnlich vorkam?«

»Mir gegenüber hat keiner etwas geäußert, ich nehme an, dass Cyril zunächst allein in der Zwingeranlage war, er war häufig der Erste hier.«

»Wenn Ihr Personal Ihnen irgendwelche auffälligen Beobachtungen meldet, sagen Sie uns bitte umgehend Bescheid.«

»Selbstverständlich.«

»Würden Sie uns jetzt bitte zeigen, wo Sie die flüchtende Person zuletzt gesehen haben?«

»Kommen Sie bitte mit.«

Sie gingen über einen Pfad, der durch einen gepflegten Rasen führte, bis zur Schlossmauer. Sie war etwa zwei Meter hoch und nicht ohne weiteres zu überwinden. Hinter einem Mimosenbusch entdeckte Lagarde eine verwitterte, von Nässe verzogene Pforte aus Holz. Der Riegel war verrostet, es sah jedoch so aus, als hätte jemand ihn erst vor kurzem bewegt und die Tür geöffnet. Lagarde sah sich um und zeigte auf einen bekiesten Weg, der in östlicher Richtung zwischen Stachellorbeersträuchern verlief und nach einigen Metern eine Linkskurve machte. Er wandte sich wieder der Tür zu und musterte sie mit gerunzelter Stirn. An einer Stelle meinte er, kaum sichtbare Blutspuren zu erkennen. Hatte sich der Mörder auf der Flucht verletzt? Sie mussten die Spurensicherung anrufen, vielleicht könnten sie so an die DNA des Täters kommen.

»Könnte die Person durch diese Tür vom Gelände geflüchtet sein?«, fragte er den Schlossherrn.

»Das wäre möglich, aber normalerweise sollte die Tür nicht so leicht zu öffnen sein.«

Als Lagarde den Riegel zur Seite schieben und die Holztür öffnen wollte, stellte er fest, dass sie nur angelehnt war. Sein Blick fiel auf eine Obstwiese, die in der Sonne lag. So also war der Schütze entkommen.

Erneste Joris erwartete die Kommissare in Yvonnes Büro. Er hatte für Kaffee und frisches Gebäck gesorgt. Beunruhigt sah er sie an. »Der dritte Mord?«

Yvonne nickte. »Es ist wieder die gleiche Pfeilart mit der Gravur.«

»Es handelt sich also um den gleichen Täter?«

»Mit Sicherheit. Philippe hat in der Schlossmauer eine alte Holztür entdeckt, durch die der Täter vermutlich entkommen ist.«

»Es wäre gut, wenn wir endlich eine konkrete Spur hätten.«

»Gibt es Neuigkeiten, Erneste?«

»Ich habe Lisa Berniers Alibi überprüft. Sie hat die Liste mit den Namen der Personen, mit denen sie sich bei dem Nachmittagskonzert unterhalten hat, vorbeigebracht. Nur der Bürgermeister von Chenonceau meint, sie kurz gesehen zu haben. Ansonsten kann sich niemand an sie erinnern. Sie hätte durchaus unauffällig verschwinden können, um nach Chambord zu fahren und Garot zu töten.«

»Okay.« Lagarde schenkte sich Kaffee ein. »Sie hat für beide Taten kein Alibi. Als Motiv wäre denkbar, dass sie womöglich ihren Bruder gehasst hat. Von Alicia Castelot wurde sie schlimm gemobbt, und sie wollte selbst Chefin werden. Unklar ist, ob ein Zusammenhang zu dem Mord an Cyril Badaire besteht.«

»Ich habe mit Arnaud Caravelles gesprochen«, berichtete Erneste weiter. »Er gab an, Madame Castelot nur vom Sehen gekannt zu haben. Sie sind sich hin und wieder über den Weg gelaufen, wenn sie ihr Pferd besucht hat und ausgeritten ist. Unterhalten haben sie sich nie, Caravelles schilderte sie als sehr arrogant und unnahbar.«

»Ich sehe im Moment kein Motiv«, merkte Lagarde an. »Das Motiv, das den Mord an Jean-Pascal Garot, betrifft, ist schwach. Wie reden hier von ein paar tausend Euro.«

Erneste nickte und fuhr fort: »Ich habe die Künstleragentur aufgesucht und mit einer Bürokraft gesprochen. Die Chefin ist verreist. In der Kartei befinden sich über hundert Künstler: Schauspieler, Sänger, Musiker, Artisten. Wollen wir sie alle überprüfen?«

»Ich denke, das können wir zumindest vorläufig zurückstellen.«

»Was denken Sie?«, wollte Yvonne wissen.

»Es hat etwas mit dem ertrunkenen Mädchen zu tun. Ich denke, dass es einen Zusammenhang zwischen den drei Opfern und Annabelle gibt. Die drei Personen waren am Fischbecken oder zumindest in der Nähe, als das Mädchen ertrank. Wir müssen dringend mit Sylvie Neuville sprechen.«

Martel und Lagarde fuhren zurück nach Muides-sur-Loire. Er wollte kurz nach Odette schauen, aber sie war nicht da, und ihr Fahrrad stand nicht im Anbau. Lächelnd erinnerte er sich, dass sie beim Frühstück erzählt hatte, dass sie eine Fahrradtour nach Beaugency unternehmen und das Schloss in dem mittelalterlichen Städtchen besichtigen wolle.

Sie klingelten an der Haustür von Sergio Neuville. Er öffnete nicht. Deshalb versuchten sie es im Gar-

ten und fanden ihn auf einem Hocker an einem Zaun
sitzend, den er lackierte. Bienen summten, es duftete
nach Blumen, und in einiger Ferne krähte ein Hahn.
Sein Terrier Nini lag an einer schattigen Stelle im
Gras, wedelte mit dem Schwanz und kläffte kurz zur
Begrüßung. Der alte Mann sah auf, und als er Lagarde
erkannte, lächelte er erfreut.

»Bonjour, das ist ja ein netter Besuch.«

Er stand auf und deutete auf den Zaun. »Die Holz-
latten haben einen neuen Anstrich dringend nötig.
Ich habe mich für die Farbe Flaschengrün entschieden, das sieht doch hübsch aus.«

»Es sieht wirklich sehr hübsch aus«, versicherte Lagarde. »Monsieur Neuville, darf ich Ihnen meine Kollegin Commissaire Martel vorstellen?«

Verwundert sah er von einem zum anderen. »Sie
sind Commissaire?«, fragte er Lagarde.

»Ja, wir ermitteln in den Mordfällen, die sich in
Chambord und Chenonceau zugetragen haben. Leider gab es heute Morgen ein drittes Opfer, in Cheverny.«

Der alte Mann schüttelte den Kopf. »Ich wäre nie
auf die Idee gekommen, dass Sie bei der Polizei sind.
Ich habe Sie eher für einen Geschäftsmann gehalten
oder für einen Rechtsanwalt. Wie man sich täuschen
kann.« Er stellte seinen Pinsel in ein Glas mit Terpen-
tin. »Von den beiden Morden habe ich natürlich gehört, und ich bin erschüttert, dass ein weiteres Verbre-

chen geschehen ist. Alle Leute reden nur noch über den Bogenschützen. Hoffentlich finden Sie ihn bald.«

Lagarde nickte. »Das hoffen wir auch. Monsieur Neuville, unser Besuch hat einen konkreten Grund. Wir möchten gern mit Ihrer Tochter Sylvie sprechen, sie könnte eine wichtige Zeugin sein. Aber wir können sie nirgends erreichen. Haben Sie eine Ahnung, wo sie sich aufhalten könnte?«

»Eine Zeugin? Nun, es wäre schön, wenn sie Ihnen helfen könnte. Ich nehme an, sie ist zu Hause. Seit dem Unglück zieht sie sich immer mehr zurück, darüber bin ich sehr beunruhigt. Sie grübelt zu viel, das tut ihr nicht gut.«

»Zu Hause ist sie nicht.«

»Jetzt fällt es mir wieder ein, sie hat nach dem stationären Aufenthalt in der psychosomatischen Klinik in Tours noch immer ambulante Gesprächstermine, zwei-, dreimal in der Woche, glaube ich, und sie nimmt an Gruppentherapien teil. Vielleicht haben Sie Glück, und sie ist dort.«

»Merci, Monsieur Neuville. Sie haben uns sehr geholfen.«

Sie fuhren auf die Autobahn und erreichten Tours in einer guten halben Stunde. Die lebendige Universitätsstadt stand auf der Beliebtheitsskala der Franzosen weit oben. Der Schriftsteller Honoré de Balzac war 1799 hier geboren worden und hatte Liebe,

Leichtigkeit und künstlerische Inspiration gefunden. Die Altstadt mit den schönen Fachwerkhäusern war bei den Studenten der nahen Universität als Treffpunkt sehr beliebt.

Das psychosomatische Krankenhaus befand sich etwas außerhalb auf einem Hügel. Über eine Serpentinenstraße fuhren sie durch ein Wohngebiet und fanden auf einem der Parkplätze einen Stellplatz. Die Klinik bestand aus drei sechsstöckigen Betonklötzen, die schräg versetzt aufragten und durch Glasgänge verbunden waren. An der Fassade klebten winzige, schmucklose Balkone. In einem Flachbau waren ein Friseur, ein Café und ein kleiner Lebensmittelladen untergebracht. Auf den Freiflächen erhoben sich vereinzelt Bäume, zwischen denen auf einer Sitzgruppe zwei Frauen in Trainingsanzügen saßen, rauchten und vor sich hin starrten. Sie beachteten die Besucher gar nicht. Vor dem Haupteingang blieb Yvonne stehen und musterte die triste Umgebung. »Hier soll man gesund werden?«

Sie betraten die Eingangshalle und gingen zum Empfangstresen, der bogenförmig durch den halben Raum verlief.

Die Dame am Empfang begrüßte sie mit säuerlicher Miene. »Was kann ich für Sie tun? Wenn Sie neue Patienten sind, kommen Sie zu spät, Aufnahme ist morgens zwischen acht und elf Uhr.«

Lagarde zeigte seinen Dienstausweis. »Wir möchten Sylvie Neuville sprechen, sie ist hier ambulant in Therapie.«

Die Dame suchte eine Weile in ihren Computerdateien. »Sie ist Patientin von Monsieur de Romanet.«

Lagarde überlegte, wo er den Namen schon einmal gehört hatte.

Die Mitarbeiterin fuhr fort: »Ich kann Ihnen nicht sagen, ob sie im Haus ist, unsere Psychologen vereinbaren die ambulanten Termine direkt mit ihren Patienten.«

»Können Sie ihn bitte anrufen und fragen?«

»Das geht nicht, wenn er im Patientengespräch ist, darf er nicht gestört werden.«

Lagarde verlor langsam die Geduld. »Dann fragen wir ihn selbst, wo befindet sich sein Büro?«

»Ich habe doch gesagt, dass er beschäftigt ist.«

»Wir ermitteln in einem Kapitalverbrechen, und Sie behindern unsere Ermittlungen«, sagte er mit scharfer, etwas lauterer Stimme.

Erschrocken machte sie einen Rückzieher. »Fünfter Stock, Zimmer zwölf.«

Sie fuhren mit dem Aufzug in den fünften Stock und suchten auf einem langen Gang das Büro des Psychologen. Dabei kamen sie an einem Therapieraum vorbei, zehn Stühle standen in einem Kreis, es gab keine Pflanzen, keine Bilder, keinen einzigen Farbtupfer. Yvonne schüttelte niedergeschlagen den

Kopf. Die Atmosphäre deprimierte sie. Neben der Nummer zwölf befand sich ein Schild: *Dominique de Romanet, Psychologe.*

Lagarde klopfte, und kurz darauf öffnete ein Mann die Tür. Er war Mitte vierzig, klein, schmächtig, sein Gesicht wirkte unscheinbar. Auffällig waren jedoch seine Augen, das linke war blau, das rechte hellbraun. Jetzt fiel Lagarde ein, wo er ihn schon einmal gesehen hatte. Er hatte im Café von Chambord mit seiner Vermieterin Nora Tobolino und Sylvie Neuville am Tisch gesessen. Mit hochgezogenen Augenbrauen sah er sie an. »Oui?«

Lagarde stellte sie vor, und sie zeigten ihre Ausweise. »Polizei?« Überrascht sah er sie an.

Lagarde brachte erneut ihr Anliegen vor.

»Madame Neuville hat heute keinen Termin, da kann ich Ihnen nicht weiterhelfen.«

Lagarde versuchte es einfach, er wollte mehr über Sylvie Neuville erfahren. »Dürfen wir Ihnen einige Fragen stellen? Vielleicht können Sie uns weiterhelfen.«

Die Aussicht, die Polizei bei ihren Ermittlungen zu unterstützen, schien ihm zu gefallen. Lagarde hatte den Eindruck, dass er gern wichtig war. »Kommen Sie herein, auf ein paar Minuten, ich bin sehr beschäftigt. Ich muss Sie aber darauf aufmerksam machen, dass ich selbstverständlich an die Schweigepflicht gebunden bin.«

»Wir haben nur ein paar allgemeine Fragen.«

»Das ist in Ordnung.«

Sie setzten sich um den Besprechungstisch. Lagarde begann. »Wir ermitteln in den Tötungsdelikten, die sich in den Schlössern ereignet haben, davon haben Sie sicher gehört. Sylvie Neuville könnte eine wichtige Zeugin für uns sein. Schade, dass sie nicht hier ist, aber wir werden sie sicher bald sprechen können. Von ihrem Vater wissen wir, dass sie hier eine stationäre Therapie gemacht hat. Er hat uns auch den Grund erzählt. Ihre Ziehtochter Annabelle ist ertrunken.«

De Romanet ging darauf ein. »Ja, es war ein schreckliches Unglück, das Madame Neuville völlig aus der Bahn geworfen hat. Sie hat sich bei uns einweisen lassen, um ihr seelisches Gleichgewicht wiederzufinden. Das war eine gute Entscheidung, unsere Klinik ist darauf spezialisiert, Menschen in Extremsituationen therapeutische Hilfe anzubieten und ihre psychische Befindlichkeit zu stabilisieren.«

»Ich nehme an, dass der Aufenthalt hier und die Therapie ihr gutgetan haben?«

»Oh ja, sehr sogar. Madame Neuville war eine Vorzeigepatientin. Sie hat zuverlässig ihre Medikamente eingenommen, so dass eine Kontrolle nicht erforderlich war. Sie hat ihren Therapieplan strikt eingehalten, obwohl er wirklich straff war. Regelmäßig hat sie an den Gruppentherapien teilgenommen und sich den anderen Patienten gegenüber in hohem Maße sozial kompetent und empathisch eingebracht. Auch die verbindlichen Angebote der Beschäftigungstherapie besuchte sie ohne eine einzige Fehlstunde. Sie hat wirklich hart an sich gearbeitet.«

Lagarde beugte sich interessiert vor. »Darf ich fragen, um welche Angebote es sich dabei handelte?«

Martel musste ein Grinsen unterdrücken und fragte sich, worauf ihr Kollege eigentlich hinauswollte.

»Selbstverständlich dürfen Sie das.« Der Psychologe hatte sich offenbar in Fahrt geredet. »Das ist schließlich kein Geheimnis. Die Bausteine der Beschäftigungstherapie sind perfekt aufeinander abgestimmt, das ist wichtig, schließlich geht es darum, aus der selbstgewählten Isolation mit anderen Menschen wieder in Kontakt zu treten. Um nur einige Angebote zu nennen: Walking, Boxen, Holzarbeiten, Malen mit Musik, kreatives Gestalten und Kommunikationsübungen.«

»Und mit diesem Konzept erzielen Sie Erfolge?«

»Sehr große sogar.«

»Ihre Ausführungen waren interessant, *merci beaucoup*, dass Sie sich Zeit für uns genommen haben.«

»Keine Ursache.«

Nachdem sie sich verabschiedet hatten, gingen sie durch den Gang zurück zum Aufzug. Aus dem letzten Raum vor dem Lift kam gerade eine stämmige Krankenschwester, die einen resoluten Eindruck machte und sie neugierig musterte. Lagarde grüßte sie freundlich und zückte seinen Ausweis.

»Bonjour, Madame, wir haben gerade mit Doktor de Romanet über die Patientin Sylvie Neuville gesprochen.«

Sie schnaubte verächtlich. »Er hat keinen Doktortitel.«

»Ach so, dürfen wir Ihnen auch ein paar Fragen bezüglich der Patientin stellen?«

»Ich kann mir schon vorstellen, was er Ihnen erzählt hat. Sie war eine Musterpatientin, nicht wahr? Ich kann Sie aufklären, wenn Sie wollen.« Jetzt flüsterte sie. »Aber nicht hier, in zehn Minuten habe ich Dienstschluss, treffen wir uns doch im Café.«

»In dem Flachbau neben dem Krankenhaus?«

»*Mon Dieu*, natürlich nicht, da sieht uns doch jeder. Am Ende der Serpentinenstraße ist ein kleines Café, dort treffen wir uns in fünfzehn Minuten.« Sie verschwand im Schwesternzimmer.

Die Kommissare fanden das Café auf Anhieb und setzten sich auf die schmale Terrasse.

»Was ist Ihre Strategie?«, wollte Yvonne wissen.

»Ich möchte mir ein Bild von Sylvie Neuville machen. So wie es aussieht, werden wir gleich mehr über sie erfahren, als wir uns erhofft haben.«

»Sie halten sie für eine Schlüsselfigur in den Mordfällen?«

»Ja.«

Sie nickte nachdenklich. »Den Gedanken hatte ich auch schon.«

Die Krankenschwester traf fast pünktlich auf die Minute ein und stellte sich als Albertine Dupont vor. Mittlerweile trug sie Jeans und ein kariertes Hemd und hatte sich dezent geschminkt. Sie bat darum, sich in den Gastraum des Cafés zurückzuziehen. Sie setzten sich um einen Bistrotisch, der in der hintersten Ecke stand. Lagarde bestellte Kaffee für sie alle. Als die Kellnerin sie bedient hatte, wandte er sich an Madame Dupont. »Was können Sie uns über Madame Neuville erzählen?«

Die Krankenschwester rollte die Augen. »Sie war alles andere als eine Musterpatientin. Sie hat ihre Medikamente nicht genommen. Nachdem sie die Klinik verlassen hatte, hat unser Hausmeister den Schrank in ihrem Zimmer nach vorn gerückt, um die Wand zu streichen. Dort hat er sie gefunden, die Tabletten waren mit Tesafilm an die Wand geklebt und bildeten die Gestalt eines Clowns. Auffällig war auch, dass sie ständig Tiere aus Ton geformt hat, hauptsächlich kleine Elefanten, das war kein normales Verhalten in der Therapie, das war Besessenheit.«

Martel starrte sie an. »Tonelefanten?«

»Ja.« Sie nahm einen Schluck Kaffee. »An den Therapien und Gesprächsrunden hat sie nur sporadisch teilgenommen, wenn sie Lust hatte. Ansonsten ist sie lieber in die Innenstadt von Tours zum Shoppen gefahren, das hat sie mir einmal erzählt. Die einzige Beschäftigungstherapie, an der sie regelmäßig teilgenommen hat, war das Bogenschießen.«

»Wissen Sie, ob sie eine gute Schützin ist?«, wollte Lagarde wissen und ließ sich nicht anmerken, welche Bedeutung Madame Duponts Worte für ihre Ermittlungen hatte.

»Vom Schwesternzimmer aus kann ich auf den Übungsplatz schauen, sie scheint eine hervorragende Schützin zu sein. Ich kann das beurteilen, mein Sohn ist Mitglied in einem Bogenschützenverein und nimmt häufig an Wettkämpfen teil.«

Lagarde und Martel wechselten einen Blick.

»Mir ist noch etwas aufgefallen«, sagte Madame Dupont. »De Romanet hing wie eine Klette an ihr, ständig steckten sie zusammen. Er war wegen ihr sogar beim Bogenschießen dabei, nur damit er in ihrer Nähe sein konnte. Das ist absolut unüblich, dass einer der Psychologen bei den Beschäftigungstherapien anwesend ist, das ist Aufgabe der Ergotherapeuten. Ich vermute ja, die beiden haben eine Affäre. Wenn das stimmt und die Klinikleitung davon erfährt, fliegt er raus.« Sie zuckte gleichgültig mit den Schultern. »Aber das ist sein Problem, ich halte mich da raus. Gönnen würde ich es ihm, er behandelt das Pflegepersonal wie Schuhabstreifer, dieser arrogante Schnösel.«

Diese Informationen waren wirklich interessant, und in Lagardes Kopf überschlugen sich die Gedanken. Dann wandte er sich wieder der Krankenschwester zu. »War das alles, Madame Dupont?«

»Ja.«

»Vielen Dank für das Gespräch, Sie sind natürlich eingeladen.«

Die Kommissare verabschiedeten sich, und Lagarde zahlte an der Theke. Dann gingen sie zu ihrem Auto.

Auf der Rückfahrt nach Muides sprachen sie über die Informationen, die sie von Madame Dupont bekommen hatten.

»Was hat es mit diesen Tonelefanten auf sich?«, fragte Yvonne. »Ich habe in der Nähe des ersten Tatorts einen gefunden.«

Lagarde schüttelte den Kopf. »Dafür habe ich im Moment keine Erklärung. Der Rittmeister ist einen Tag nach dem Mord an Jean-Pascal Garot auf dem Hügel niedergeschlagen worden, wo Sie den Elefanten gefunden haben. Was wollte der Angreifer dort so spät am Abend?«

»Sie meinen, er hat etwas gesucht, das er verloren hat?«

»Das wäre doch möglich.«

»Aber warum war dieser Elefant so wichtig? Es war riskant, zum Tatort zurückzukehren.«

»Ich weiß es nicht.«

Yvonne überlegte weiter. »Sylvie Neuville ist eine gute Bogenschützin, nach Aussage der Krankenschwester sogar eine hervorragende. Alles deutet darauf hin, dass sie die Schützin ist, die wir suchen.«

»Aber warum, Yvonne? Was hat sie für ein Motiv?«

»Sie haben ja schon vermutet, dass es mit dem Mädchen zu tun haben könnte, das im Fischbassin auf Schloss Chaumont ertrunken ist.«

»Nach den Zeitungsberichten, die ich gelesen habe, war es ein Unfall.«

»Manchmal habe ich das Gefühl, wir drehen uns im Kreis.«

»Nein, wir sind schon deutlich weitergekommen, es sind keine einfachen Fälle. Warten wir den Bericht der Spurensicherung ab.«

»Etwas anderes, Philippe.«

»Ja?«

Sie zögerte, es schien ihr unangenehm zu sein, was sie ihm sagen wollte.

»Kann ich noch einmal bei Ihnen übernachten? Ich habe meine Freundin immer noch nicht erreicht.«

»Selbstverständlich, Sie können bleiben, solange Sie wollen.« Er lachte. »Ich meine, solange wir das Ferienhaus gemietet haben.«

Nachdenklich sah sie ihn von der Seite an. »Merci, ich weiß das sehr zu schätzen.«

Als sie in die Gasse einbogen, in der die Schmiede lag, sah Lagarde das Auto ihrer Vermieterin. Sie stieg gerade aus und winkte ihm zu. Nachdem er im Hof geparkt hatte, stellte er die Frauen einander vor.

»Bonjour.« Nora Tobolino strahlte sie an. »Ich war in der Nähe und wollte nur schauen, ob alles in Ordnung ist?«

»Es ist alles bestens«, versicherte Lagarde. »Danke, dass Sie sich so um uns bemühen. Aber eine Frage habe ich. Wir haben uns doch kürzlich in Chambord getroffen, erinnern Sie sich?«

»Aber ja.«

»Die Frau, die bei Ihnen am Tisch saß, das war doch die bekannte Installationskünstlerin Sylvie Neuville, nicht wahr? Ich habe ihre großartige Ausstellung auf Chaumont gesehen.«

»Ja, das war sie. Als sie vor fünf Jahren mit ihrem Vater und Annabelle hierhergezogen ist, haben wir uns angefreundet. Vor einigen Wochen ist ein schreckliches Unglück geschehen, Annabelle ist ertrunken. Ich versuche, Sylvie beizustehen und sie zu trösten, so gut ich kann.«

»Haben Sie sie zufällig in den vergangenen Tagen gesehen?«

»Nein, wir hatten zu Hause einen Wasserrohrbruch, das war vielleicht eine Aktion.« Sie pustete sich den Pony aus der Stirn. »Der Schaden ist zum Glück mittlerweile behoben.«

»Entschuldigen Sie meine Neugierde, aber war der Mann am Tisch in Chambord auch ein Künstler?«

Sie musste lachen. »Oh, nein, er ist Sylvies Psychologe, ein etwas aufdringlicher Mann, wenn Sie mich fragen. Ich weiß gar nicht, was Sylvie an ihm findet.« Sie warf einen Blick auf ihre Uhr. »Ich muss weiter, einen schönen Abend noch.«

Sie fanden Odette in der Küche, wo sie gerade ein Kaninchen zerlegte. »Bonjour, ihr beiden. Stellt euch vor, bei meiner Fahrradtour nach Beaugency habe ich auf der Rückfahrt in einem winzigen Dorf gehalten, weil ich kein Wasser mehr hatte. Dort war Markt, und es gab frisch geschlachtete Kaninchen und Pfifferlinge aus dem hiesigen Waldgebiet. Ich mache einen Schmortopf mit Rotwein, Crème fraîche und frischen Kräutern. Essen gibt es in zwei Stunden. Wenn das Kaninchen im Ofen ist, trinken wir einen Aperitif zusammen, was haltet ihr davon?«

Es war schon spät am Abend, und der Garten wurde von flackernden Kerzen erhellt, die ihn in oranges Licht tauchten. Nachtfalter flatterten um die Lichtquellen. Sie hatten Odettes Essen sehr genossen und sich gut unterhalten. Lagarde servierte gerade den Mokka, als Sergio Neuville mit seinem Hund das Haus verließ. Die Männer nickten sich freundlich zu. Lagarde stellte das Tablett ab und sah dem alten Mann nach. Wo ging sein Nachbar eigentlich jeden Abend hin? Er blieb lange weg, viel zu lange für einen Rundgang mit dem Hund. Wusste er, wo seine Tochter sich aufhielt? Hatte er ihn angelogen? Lagarde berührte Yvonne, die in ein Gespräch mit Odette vertieft war, an der Schulter und unterbrach sie.

»Wir müssen hinterher«, sagte er. »Irgendetwas an seinem Verhalten ist merkwürdig.«

Die Frauen sahen ihn verständnislos an. »Wovon redest du?«, wollte Odette wissen.

»Sergio Neuville, wo geht er jeden Abend so spät hin? Yvonne, wir müssen ihm folgen. Vielleicht führt er uns zu seiner Tochter. Von ihr fehlt noch immer jede Spur.«

Seine Kollegin erhob sich verblüfft. »Gut, wenn Sie meinen.«

»Ich hole Taschenlampen, dann geht es los.« Er gab Odette einen Kuss. »Mach dir keine Sorgen, Chérie, wir sind bald wieder da.«

Sie sah den beiden hinterher, als sie den Hof verließen, und schüttelte ungläubig den Kopf. Dann beschloss sie, frischen Kaffee aufzubrühen und auf die beiden zu warten. Bevor sie zurück waren, konnte sie sowieso nicht schlafen.

Als sie auf die Gasse traten, sahen sie Sergio Neuville im Schein einer Straßenlaterne. Der Mann ging langsam, sein Terrier lief neben ihm her, den Schwanz erhoben, als freue er sich über den nächtlichen Rundgang. Sie folgten ihm in einigem Abstand und wichen den Lichtkegeln aus, falls er sich umdrehen sollte.

Er überquerte die Hauptstraße und dann den Platz mit dem Denkmal. Danach folgte er einer engen, gewundenen Straße, die von Häusern gesäumt war. Eine schwarze Katze huschte um eine Ecke und verschwand in der Dunkelheit. Am Ortsende wandte er sich nach Norden und ging auf den Fluss zu. Die Loire schimmerte im Mondlicht und rauschte leise. Sergio Neuville folgte einem Pfad am Ufer entlang in westlicher Richtung. Am Wegrand standen große Weidenbäume und Sträucher, die ihnen Deckung boten. Man spürte die Nähe des Wassers, die Luft war feucht, und es roch nach Schlamm.

Sie folgten dem Mann etwa zehn Minuten und ließen seine dunkle Silhouette nicht aus den Augen. Plötzlich bog er ab und verschwand aus ihrem Blickfeld. Als sie die Stelle erreichten, bemerkten sie einen Trampelpfad zwischen Buschwerk und Laubbäumen. Bemüht, kein Geräusch zu verursachen, folgten sie ihm.

Das Mondlicht sickerte durch die Baumkronen, und sie vermieden es, auf Zweige oder Äste zu treten. Nach einigen Hundert Metern kamen sie zu einem großen Gelände, auf dem sich offenbar ein ehemaliges Industriegebäude erhob, das einen verlassenen, heruntergekommenen Eindruck machte. Bogenfenster saßen im ersten Stock wie schwarze Augen. Weit und breit war kein einziger Lichtschein zu sehen, und es war gespenstisch still. Nur ein leichter Wind brachte die Baumkronen zum Rascheln. Als ein Nachtvogel schrie, fuhr Yvonne zusammen.

»Was ist das?«, flüsterte Lagarde.

»Der alte Schlachthof von Muides, eine Industrieruine, die schon viele Jahre leer steht und langsam verfällt. Ich glaube, nach der Schließung gab es hier eine Zeitlang eine Autoverwertung.«

»Gehen wir rein, Sergio Neuville ist bestimmt da drin.«

»Aber was macht er denn hier?«

»Keine Ahnung, finden wir es heraus.«

Durch einen gewaltigen Torbogen traten sie in das Gebäude. Nach wenigen Metern war es stockfinster um sie herum, sie konnten kaum noch die Hand vor ihren Augen sehen.

»Ich schalte meine Taschenlampe ein, uns bleibt nichts anderes übrig«, flüsterte Lagarde seiner Kollegin zu. Der Lichtstrahl richtete sich auf ein Regal, das bis zur gewölbten Decke reichte und mit alten, zum Teil verrosteten Autoteilen gefüllt war.

»Ein Autofriedhof«, wisperte Yvonne. Vorsichtig gingen sie in den nächsten Raum. Dort befand sich an der Steinmauer ein Hochdruckkessel, zu dessen Öffnung eine Stahlleiter führte. An der Decke verliefen Versorgungsleitungen und Rohre, darunter hing eine Fabrikuhr, die irgendwann um vier vor fünf stehengeblieben war. An einer roten Ziegelwand waren Schalttafeln, Sicherungskästen und Verkabelungen angebracht. In der nächsten Halle hingen verrostete Flaschenzüge von der Decke, denen sie ausweichen mussten.

Als ein plötzlicher Windstoß durch ein zerbrochenes Oberlicht fegte, rasselten die Ketten. Neben Überdruckventilen standen in die Jahre gekommene Maschinen, deren ursprünglicher Zweck nicht mehr erkennbar war. Rechts davon lag ein Haufen Decken, der sich plötzlich bewegte. Alarmiert richtete Lagarde den Lichtstrahl seiner Taschenlampe darauf.

Leere Rotweinflaschen lagen auf dem Boden, und ein *Clochard*, ein Obdachloser, blinzelte ihn irritiert an, ehe er die Augen gegen das Licht abschirmte. Der Mann neben ihm rührte sich nicht und schnarchte leise.

»Was willst du von uns?«, erkundigte sich der Clochard schlaftrunken mit schleppender Stimme.

»Was machen Sie hier?«, fragte Lagarde.

»Wir schlafen unseren Rausch aus, das siehst du doch.«

»Wir suchen einen Mann mit einem Hund, haben Sie ihn gesehen?«

»Ich habe niemanden gesehen. Hast du Wein dabei?«

»Nein, leider nicht.«

»Dann lass mich in Ruhe weiterschlafen.«

»Entschuldigen Sie die Störung, Monsieur, bonne Nuit.«

Der Mann grunzte, drehte sich auf die Seite und schlief sofort wieder ein.

»Gehen wir weiter«, flüsterte Lagarde.

Ein schmaler, langer Gang endete an einer Schiebetür, die sich leicht öffnen ließ. Dahinter verbarg sich ein hell ausgeleuchteter Raum, wohl die ehemalige Kühlhalle, deren Decke durch Stahlstreben gestützt wurde. Die hintere Wand war mit Graffiti besprüht und wurde von mehreren Strahlern beleuchtet. Davor stand eine Zielscheibe. Sergio Neuville saß auf einer Kiste, neben ihm lag sein Hund und wedelte mit dem Schwanz, als er die Besucher bemerkte. Sylvie Neuville, im weißen Trainingsanzug, spannte gerade den Bogen und schoss. Der Pfeil traf mitten ins Ziel, dicht daneben steckten weitere Pfeile. Als sie ihre Schritte hörte und sich umdrehte, erstarrte sie, ihre Augen funkelten. Lagarde zückte seinen Ausweis und stellte sich und Martel vor.

»Was machen Sie hier, Madame Neuville?«, fragte Lagarde.

»Das sehen Sie doch, ich mache Schießübungen.«

»Mitten in der Nacht?«

»Ist das verboten?«

»Nein, es ist vielleicht ein bisschen ungewöhnlich.«

Monsieur Neuville stand auf und kam seiner Tochter zu Hilfe. »Sie wissen doch, was passiert ist, Monsieur le Commissaire. Meine Tochter ist aufgrund des

Unglücks schwer traumatisiert, und ich versuche, ihr beizustehen, so gut ich kann. Die Schießübungen beruhigen sie, sie hat schon als Kind gerne geschossen, und sie braucht dafür eine ruhige Umgebung. Deshalb kam ich auf die Idee, dass das hier der perfekte Ort dafür wäre. Die Halle steht leer, wir stören niemanden und machen nichts kaputt.«

»Was ist mit Hausfriedensbruch?«, fragte Martel.

»Ach, kommen Sie.«

Sylvie richtete ihren Blick auf Lagarde. »Was wollen Sie von mir?«

»Wir wollen mit Ihnen reden. Drei Personen, die mit Ihnen und Annabelle auf der Vernissage waren, sind tot.«

»Ich weiß.«

»Jede dieser Personen wurde mit einem Pfeil getötet. Können Sie sich einen Zusammenhang vorstellen? Wissen Sie etwas darüber?«

Sie presste die Lippen aufeinander.

»Madame Neuville, was ist auf Chaumont passiert?«

Als sie noch immer schwieg, trat Lagarde ein paar Schritte näher und zog einen Pfeil aus dem Köcher. Er schob die rote Feder zur Seite und sah die vergoldete Gravur: ein S mit einem Krönchen und ein N.

»Mit solchen Pfeilen wurden die Opfer getötet, sie sind sehr ungewöhnlich.« Eindringlich sah er sie an. »Reden Sie mit uns.«

Sergio Neuville meldete sich rasch zu Wort. »Das sind meine Pfeile, ich habe sie selbst entworfen und in Portugal herstellen lassen. Bei unserem Umzug nach Frankreich ist eine Kiste verlorengegangen, einige habe ich verschenkt. Diese Pfeile könnte praktisch jeder in seinem Besitz haben.«

Lagarde schüttelte den Kopf. »Bitte, wir müssen wissen, was an jenem Abend passiert ist.«

Neuville wollte etwas sagen, doch Sylvie ließ ihn nicht zu Wort kommen. »Ich möchte es erzählen, Papa, es brennt mir auf der Seele.«

Der alte Mann lächelte sie liebevoll an. »Wie du willst, mein Kind.«

Sie setzten sich auf Kisten, und Sylvie erzählte, was geschehen war.

»Auf Chaumont fand eine Vernissage statt, auch von mir wurde eine Installation ausgestellt. Es sollte ein großes Fest werden. Annabelle wurde an diesem Tag siebzehn und wollte mich unbedingt begleiten. Sie wollte ihren großen Tag mit mir und meinen Freunden feiern, nicht mit ihren Freundinnen. Ich war einverstanden. Wir machten uns chic und gingen voller Vorfreude auf das Fest. Im Lauf des Abends trank Annabelle etwas zu viel Champagner, sie war keinen Alkohol gewöhnt und deshalb schnell beschwipst. Spät am Abend standen wir an der Champagnerbar am Fischbassin und hatten viel Spaß. Ich wollte für Annabelle ein Mineralwasser und einen starken

Mokka besorgen und bin kurz in den Erfrischungsraum gegangen. Er befindet sich im Gebäude hinter dem Fischteich im ersten Stock. Als ich dort nach einigen Minuten einen kurzen Blick aus dem Fenster warf, um nach Annabelle zu schauen, sah ich, dass sie bewegungslos im Wasser des Bassins lag. Jean-Pascal, Alicia und Cyril standen am Rand und starrten einfach nur auf ihren leblosen Körper. Anstatt sie aus dem Wasser zu ziehen, standen sie einfach nur da und starrten auf Annabelle.« Tränen strömten inzwischen über ihr Gesicht. »Ich rannte nach unten, um ihr zu helfen. Als ich das Becken fast erreicht hatte, riss sich Cyril aus seiner Starre, sprang ins Wasser und zog sie heraus. Aber es war zu spät, mein Liebling war tot. Sie hatte eine Verletzung am Kopf, wahrscheinlich ist sie ausgerutscht, hat sich den Kopf am Beckenrand gestoßen und ist bewusstlos geworden. Anders kann ich mir das nicht erklären, sie war eine gute Schwimmerin, und das Becken war doch nicht tief. Ich habe einen Nervenzusammenbruch erlitten und wurde ins Krankenhaus eingeliefert. Als es mir besser ging, habe ich mich an die Gendarmerie gewandt. Sie haben mir nicht geglaubt, haben behauptet, ich sei unter Schock gewesen, hätte es mir eingebildet, und das Ganze wurde als Unfall betrachtet.« Sie verstummte und wischte sich die feuchten Augen. »Die drei waren meine Freunde, ich habe ihnen vertraut. Wir haben uns manchmal nachts in den Schlossparks getroffen und ein Picknick veranstaltet, weil wir die Schlösser so lieben. Emmanuelle und Laurent waren auch oft dabei. Sie konnten Annabelle an dem Abend nicht helfen, sie waren zu dem Zeitpunkt nicht am Fischbassin. Sie hätten mein Mädchen nicht im Stich gelassen.«

»Das tut mir sehr leid, Madame Neuville«, sagte Martel.

Lagarde fuhr fort. »Das muss furchtbar gewesen sein. Sie haben ein starkes Motiv für die Morde.«

»Ich weiß, dass Sie das denken müssen, aber ich war es nicht.« Sie wischte sich die Tränen von den Wangen und starrte Lagarde und Martel eindringlich an.

»Wir brauchen Ihr Alibi für die Tatzeiten der drei Morde.«

Sergio Neuville stand auf und sah ihn mit festem Blick an. »Sie war bei mir. Darauf schwöre ich jeden Eid.«

Lagarde nickte nachdenklich und fragte sich, ob er an der Stelle von Neuville nicht auch so gehandelt hätte.

»Okay, wir reden morgen noch einmal miteinander. Halten Sie sich bitte zur Verfügung. Bonne Nuit.«

»Bonne Nuit, Madame et Monsieur le Commissaire«, antwortete Sergio Neuville mit einem traurigen Lächeln.

ACHTER TAG

BÉBÉ

Nach dem Frühstück fuhren Lagarde und Martel nach Blois, da sie um neun Uhr eine Besprechung angesetzt hatten. Sie trafen sich im Büro von Yvonne und berichteten Joris von ihrem Einsatz im alten Schlachthof und was sie dabei erfahren hatten. Auch ihr Kollege war erschüttert darüber, wie es zu dem tragischen Unglück mit Annabelles Tod gekommen war. Lagarde ermahnte seinen Kollegen: »Wir haben kein Geständnis von Sylvie Neuville, Erneste, sie bestreitet, die Taten begangen zu haben, und ihr Vater gibt ihr ein Alibi.«

»Meinen Sie, er wird so weit gehen, vor Gericht einen Meineid zu leisten?«

»Davon bin ich fest überzeugt, er will Sylvie nicht auch noch verlieren. Außerdem gehen Sie von der Prämisse aus, dass Madame Neuville tatsächlich die Täterin ist und lassen andere Möglichkeiten außer Betracht.«

Joris sah ihn mit hochgezogenen Augenbrauen an. »Sie glauben, sie war es nicht?«

»Das habe ich nicht gesagt, aber es wäre möglich. Haben wir den Bericht der Spurensicherung?«

»Ja, die Techniker haben die Umgebung des Tatortes weiträumig abgesucht und keine Spuren gefunden. Bei den Flecken an der Holztür in der Schlossmauer handelt es sich tatsächlich um Blut, und zwar um relativ frisches, das Ergebnis der DNA-Analyse bekommen wir so schnell wie möglich.«

»Sehr gut. Wenn es das Blut von Sylvie Neuville ist, hilft ihr das Alibi ihres Vaters nicht mehr.«

Martel seufzte und griff nach ihrer Kaffeetasse, als es an der Tür klopfte. Eine Polizistin steckte den Kopf durch den Spalt. »Bonjour, Kollegen. Eine Frau möchte euch sprechen, es geht um das Verbrechen von Cheverny.«

»Sie soll doch bitte hereinkommen«, antwortete Martel. Daraufhin betrat eine ältere Dame das Zimmer. Lagarde schätzte sie auf etwa achtzig Jahre. Ihr zartes Gesicht wirkte freundlich, die grauen Haare hatte sie zu einem Knoten gesteckt. Sie stellte sich als Henriette Bernard vor. Martel machte ihr ein Zeichen, sich zu ihnen an den Besprechungstisch zu setzen, und bot ihr Kaffee an. »Madame Bernard, merci, dass Sie zu uns gekommen sind und uns etwas erzählen möchten.«

Die alte Dame lächelte schüchtern. »Heute Morgen habe ich beim Bäcker erfahren, dass Cyril Badaire mit einem Pfeil getötet wurde, der arme Junge. Was für ein unfassbar grausames Verbrechen.«

»Kannten Sie ihn?«

»Ja, er war mein Nachbar, ein netter, hilfsbereiter Mann. Wenn mein Rheuma in den Knien zu schlimm wurde und ich kaum noch laufen konnte, hat er für mich eingekauft. Im Sommer hat er einmal im Monat meinen Rasen gemäht. Welcher Nachbar macht das schon für eine alte Frau?«

Martel nickte. »Das war wirklich sehr nett von ihm. Haben Sie etwas beobachtet, das uns weiterhelfen kann?«

»Ich habe seinen Mörder gesehen«, erklärte Madame Bernard.

»Was?« Lagarde richtete sich auf und wechselte einen Blick mit Martel, die ebenso alarmiert wirkte wie er.

»Ich bin mir sicher. Gestern Morgen war ich im Wald in der Nähe des Schlosses Cheverny, um Preiselbeeren zu sammeln. Dort gibt es ganz viele, und sie schmecken wunderbar. Plötzlich hörte ich ein Keuchen, und als ich mich aufrichtete, ist ein Mann über mich gestolpert und hat mich umgeworfen. Er hat mich einfach liegen lassen, sich nicht entschuldigt und mir auch nicht aufgeholfen. Das war sehr unhöflich.«

»Es war ein Mann, sagen Sie?«

»Ja.«

»Wie kommen Sie darauf, dass er der Täter ist?«

»Er hatte einen Bogen umgehängt.«

»Können Sie ihn beschreiben?«

»Selbstverständlich. Er trug die Arbeitskleidung von Cheverny, war aber kein Arbeiter.«

Martels Miene wirkte misstrauisch. »Wie kommen Sie darauf?«

»Wenn mich mein Rheuma nicht zu sehr plagt, bin ich mindestens dreimal in der Woche im Schlosspark, um bei der Hundefütterung zuzuschauen.« Sie lächelte. »Manchmal denke ich, die meisten Hunde kennen mich schon. Und ich kenne das Personal. Außerdem habe ich den Rücken des Mannes gesehen, als er davonlief. Es sah der Arbeitskleidung ähnlich, aber irgendetwas war anders, ich komme nur nicht drauf.«

Martel wirkte beeindruckt davon, wie aufmerksam die alte Dame war. »Und haben Sie sein Gesicht gesehen?«

»Nur kurz, es war völlig unscheinbar, aber etwas Besonderes ist mir aufgefallen. Seine Augen hatten unterschiedliche Farben, eines war blau, eines braun.«

Martel und Lagarde tauschten einen kurzen Blick, dann stand Lagarde auf, ging mit schnellen Schritten zum Schreibtisch und begann, im Computer etwas zu recherchieren. »Ich suche ein Foto von dem Mann«, erklärte er. »Offenbar hat er auch eine Privatpraxis in dem Haus, in dem er wohnt.« Er drehte den Bildschirm so, dass die Zeugin das Foto betrachten konnte. »Könnte das der Mann gewesen sein?«

Sie studierte die Fotografie genau. »Er war es hundertprozentig.«

»Merci, Madame Bernard.« Nachdenklich rieb Lagarde sich das Kinn. »Der Mann hat Sie auch gesehen, das bereitet mir Kopfzerbrechen.«

»Aber nur für eine Sekunde, und ich habe keine besonderen Auffälligkeiten.«

»Er kennt Ihre Adresse nicht«, überlegte Martel.

»Das stimmt. Gut, Madame Bernard, dennoch, als reine Vorsichtsmaßname, schließen Sie bitte Ihre Türen und Fenster, sobald Sie zu Hause sind. Wenn Ihnen etwas seltsam vorkommt, rufen Sie mich oder die Kollegin an. In Ordnung?« Er reichte ihr die Visitenkarten.

»Oui, Monsieur le Commissaire. Normalerweise schließe ich nur nachts ab, aber wenn es Sie beruhigt … Ich habe keine Angst, er weiß ja gar nicht, in welchem Ort ich wohne, wie Madame le Commissaire schon gesagt hat.«

»Ja, da haben Sie recht. Ich begleite Sie noch zu einem Kollegen, der ein Protokoll aufnimmt. Er kann Sie auch nach Hause fahren, wenn Sie möchten.«

»Das ist sehr nett von Ihnen, aber ich nehme lieber den Bus.«

»Wie Sie meinen.«

Nachdem er zurück war, hatte Martel schon das Telefon in der Hand. »Dominique de Romanet«, sagte sie nur und begann eine Nummer einzutippen.

»Wir müssen dringend mit ihm reden«, sagte Lagarde. Ein Anruf in der psychosomatischen Klinik von Tours ergab, dass er nicht im Haus war, er hatte sich einen freien Tag genommen.

»Fahren wir zu ihm nach Hause«, schlug Martel vor, nachdem sie aufgelegt hatte. Auf der Homepage seiner Privatpraxis fand sie die Adresse. »Er wohnt in Contres, das ist eine kleine Ortschaft nicht weit von Cheverny.«

»Soll ich auch mitkommen?«, fragte Joris eifrig.

»Unbedingt.«

Dominique de Romanet wohnte in einem hübschen, blutroten Fachwerkhaus am Ortsrand von Contres. Durch einen schmiedeeisernen, mit Rosen umrankten Torbogen gelangten sie in einen gepflegten Vorgarten. Auf dem Klingelschild stand nur sein Name, offenbar wohnte er allein. An der Fassade neben der Tür war ein Messingschild angebracht, darauf stand:

Dominique de Romanet
Psychologe
Termine nach Vereinbarung

Auf ihr Klingeln hin öffnete niemand. Lagarde ging zum Auto zurück und holte aus seiner Tasche eine kleine Werkzeugtasche, die er meist bei sich hatte, wenn er in einem Fall ermittelte. Zurück an der Haustür sah er sich kurz um, holte einen Dietrich aus der Tasche und knackte das Schloss in wenigen Sekunden.

»Gehen wir hinein«, forderte er seine Kollegen auf. »Schnell.«

Sie betraten das Haus und schlossen die Tür hinter sich.

»Wir haben keinen Beschluss«, flüsterte Joris. »Wenn uns jemand entdeckt, bekommen wir riesigen Ärger.«

»Niemand wird uns entdecken, wir sind gleich wieder weg. Es ist Gefahr im Verzug, nach der Aussage von Madame Bernard müssen wir davon ausgehen, dass Romanet ein dreifacher Mörder ist. Sie und Yvonne durchsuchen das Erdgeschoss und den Keller, halten Sie Ihre Waffen schussbereit. Wenn er Sie angreift, schießen Sie. Der Mann ist äußerst gefährlich. Ich nehme mir den ersten Stock und den Dachboden vor. In ein paar Minuten treffen wir uns wieder hier. Na los!«

Lautlos stieg Lagarde die Treppe hinauf. Die Tür zum Badezimmer stand offen, doch da war niemand. Auch das Arbeitszimmer war leer. Im Schlafzimmer bemerkte er eine golden gerahmte Fotografie, die auf dem Nachttisch stand. Sie zeigte Romanet und Sylvie Neuville, die einen Bogen in der Hand hielt. Beide lachten in die Kamera, doch das Lachen der Frau wirkte künstlich und erreichte ihre Augen nicht. Sie strahlten eine Trauer aus, die beinahe greifbar war.

Lagarde riss sich davon los und nahm die Stiege zum Dachboden, der bis auf einige Kisten leer war. Rasch machte er sich auf den Weg zurück ins Erdgeschoss, wo seine Kollegen bereits auf ihn warteten.

»Er ist nicht da«, rief Martel.

»Nein«, entgegnete Lagarde. »Das Haus ist leer. Im Schlafzimmer steht eine Fotografie von ihm und Sylvie Neuville. Offenbar hatte die Krankenschwester recht mit ihrer Vermutung, dass die beiden eine Affäre haben.«

»Ist das relevant für unseren Fall?«, wollte Joris wissen.

»Vielleicht ist das die Erklärung.«

»Wie meinen Sie das?«

»Später, Erneste. Ich frage mich, wo er sein könnte … Wenn wir ihn nicht bald finden, schreiben wir ihn zur Fahndung aus. Und jetzt lassen Sie uns von hier verschwinden.«

Während er die Haustür wieder ins Schloss zog, beschlich ihn ein beunruhigender Gedanke.

Dominique de Romanet saß vor einem Café auf dem Marktplatz des Dorfes Cheverny. Er hatte sich unauffällig mit Jeans und Pullover gekleidet und eine Sonnenbrille aufgesetzt. Er hatte eine Zeitung vor sich auf dem Tisch aufgeschlagen und tat so, als lese er sie aufmerksam. Vor ihm stand der dritte Café au Lait. Er saß schon seit zwei Stunden hier und studierte aufmerksam die Menschen, die über den Platz liefen. Jede Frau betrachtete er genau.

Seit er am Morgen zuvor die Frau im Wald umgestoßen hatte, verfolgte ihn der Gedanke, dass sie sich seine Gesichtszüge und vor allem seine Augen eingeprägt haben und ihn bei der Polizei beschreiben könnte. Das war zwar nicht besonders wahrscheinlich, sie hatte ihn nur kurz gesehen, aber es war auch nicht auszuschließen. Er ging davon aus, dass sie in Cheverny wohnte. Warum sollte eine ältere Dame in irgendeinem Wald Beeren pflücken, wenn so ein Gebiet vor ihrer Haustür lag?

Beunruhigt fragte er sich, ob er sie wiedererkennen würde, wenn er sie sähe. Er konnte sich nicht genau an ihr Aussehen erinnern, es war alles so schnell gegangen. Aber er wusste, dass es ein älteres, zartes Gesicht gewesen war und dass sie graue Haare hatte. Ihre Kleidung war schwarz gewesen, vielleicht war sie Witwe. Auf jeden Fall musste er sie finden, sonst hatte er keine Ruhe mehr.

Interessiert beobachtete er, wie ein Bus an der Haltestelle vor dem Brunnen anhielt. Zwei junge Mädchen stiegen aus, dann ein Mann mit einem Hund, zuletzt eine schwarz gekleidete alte Dame.

Ein diabolisches Lächeln huschte über sein Gesicht. Das war sie, er war sich sicher. Auf sein gutes Personengedächtnis konnte er sich verlassen. Rasch legte er einen Zwanzigeuroschein auf den Tisch, faltete die Zeitung zusammen, nahm seine Aktentasche und folgte der Frau unauffällig. Unterwegs warf er die Zeitung in einen Papierkorb. Von der gegenüberliegenden Straßenseite aus sah er, wie sie einen winzigen Vorgarten betrat und die Haustür aufsperrte. Kurz darauf war sie im Haus verschwunden.

Er wartete ein paar Minuten, dann überquerte er die Straße und ging langsam an der Gartenpforte vorbei. Auf dem Namensschild stand Henriette Bernard. Er jubelte innerlich, denn sie wohnte offenbar allein. Er umrundete die Häuserzeile und gelangte auf die Rückseite der Wohnhäuser. Dort verlief hinter den Gärten ein Fußweg, dem er folgte. Als er die altmodische Terrassentür sah, grinste er. Sie würde kein Problem darstellen. Auf der anderen Seite des Weges gab es einen verwilderten Garten, in dem ein offener Schuppen stand. Dort ging er hinein und holte ein Klappmesser und ein Brecheisen aus seiner Tasche. Sorgfältig versteckte er die Aktentasche hinter einem Holzstapel, er würde sie später wieder hervorholen. Das Messer steckte er in die Hosentasche, das Eisen verbarg er unter seinem Pullover. Er wollte sofort in das Haus eindringen und auf keinen Fall warten, bis es dunkel wurde, da konnte es längst zu spät sein. Das alte Mütterchen hätte ihm nichts entgegenzusetzen.

Er sah sich nach allen Seiten um, schlüpfte durch eine Holztür in den Garten und ging entschlossen auf die Terrassentür zu. Konzentriert setzte er das Werkzeug an der unteren Leiste an und hebelte die Tür mit wenigen Handgriffen aus, ein Kinderspiel. Er trat in die Küche.

Henriette hatte, sofort nachdem sie nach Hause gekommen war, die Eingangs- und die Terrassentür verriegelt, da sie es dem netten Commissaire versprochen hatte. Angst verspürte sie keineswegs. Sie lebte seit ihrer Heirat in diesem Haus und hatte sich hier immer sicher gefühlt. Jetzt stand sie in ihrem Salon und wollte das altmodische Telefon von der Kommode zu dem Tischchen neben dem Ohrensessel tragen, doch das Kabel war zu kurz. Sie erinnerte sich daran, dass ihre Enkelin ihr zu Weihnachten ein Seniorenhandy mit extragroßen Tasten geschenkt hatte, und suchte in den Kommodenschubladen danach. Als sie es gefunden hatte, legte sie es neben die Visitenkarte des Kommissars auf den Tisch und machte es sich im Sessel bequem. Sie hatte sich in der Küche einen Tee zubereitet, der nach Karamell duftete, und beim Bäcker eine Rosinenschnecke gekauft. Diese Köstlichkeiten würde sie jetzt in Ruhe genießen, die Fahrt nach Blois hatte sie angestrengt.

Ihr Kater Bébé rollte sich in der Sofaecke zusammen und schnurrte wohlig. Henriette setzte ihre Lesebrille auf und griff nach der Zeitschrift mit dem Kreuzworträtsel und einem Bleistift. Sie liebte dieses Gehirntraining. Gerade, als sie darüber nachgrübelte, wie der höchste Berg Tansanias hieß, hörte sie ein Knacken. Erschrocken fuhr sie hoch. Wo war dieses Geräusch hergekommen? Aus der Küche? Der Kater öffnete die Augen und spitzte die Ohren. Sie lauschte, doch nun war alles wieder still. Als sie über ihre eigene Schreckhaftigkeit den Kopf schüttelte und den Blick wieder auf die Zeitung richtete, knarrte im Korridor eine Diele. Sie erstarrte. Jemand war im Haus, sie spürte es.

Bébé stieß einen kehligen Laut aus. Henriette legte die Zeitung zur Seite, stand leise auf und schloss die Salontür ab, bemüht, kein Geräusch zu verursachen. Mit zitternden Fingern tippte sie die Telefonnummer von der Visitenkarte ein. Als sie auf die Taste mit dem grünen Hörer drückte, geschah nichts. Sie hatte vergessen, den Akku aufzuladen, obwohl ihre Enkelin es ihr eingeschärft hatte. Panisch ging sie hinüber zur Kommode und benutzte ihr altes Telefon.

Es klingelte dreimal, was ihr wie eine Ewigkeit vorkam. Ihr Herz schlug bis zum Hals, und sie glaubte, es würde gleich zerspringen. Als sie den Commissaire endlich erreichte und flüsternd ihre Situation schilderte, drückte jemand die Türklinke herunter. Henriette gab ein leises Wimmern von sich. Lagarde versicherte ihr, dass sie ohnehin unterwegs zu ihr waren und in wenigen Minuten bei ihr eintreffen würden. Dann kam der erste wuchtige Stoß gegen das Türblatt. Henriette ließ vor Schreck den Hörer fallen. Weitere Tritte folgten, dann sprang die Tür auf und knallte gegen die Wand. Henriette war starr vor Angst und konnte sich nicht bewegen. In der Tür stand ein Mann mit Sonnenbrille und hielt ein Messer in der Hand. Als er sich auf sie stürzen wollte, sprang Bébé mit einem wütenden Fauchen an ihm hoch und fuhr ihm mit seinen Krallen über das Gesicht. Der Mann schrie auf und taumelte zurück. Sein Gesicht war zerkratzt und blutete. Der Mann schien erst jetzt zu begreifen, was geschehen war, packte den Kater am Genick und schleuderte ihn von sich weg. Bébé schlug gegen die Wand, landete auf den Pfoten und schüttelte sich benommen. Da ertönte eine Polizeisirene. Romanet erstarrte und entschied sich endlich, zu fliehen, die Situation war außer Kontrolle geraten.

Eine Hand presste er auf sein brennendes Gesicht, mit der anderen umklammerte er noch immer das Klappmesser. Er sprang durch die Terrassentür in den Garten und wäre beinahe mit Lagarde zusammengestoßen, der mit gezogener Waffe auf das Haus zustürmte. Der Kommissar schlug ihm blitzschnell das Messer aus der Hand und trat mit dem Absatz gegen sein Knie. Romanet stieß einen lauten Schmerzensschrei aus und sank zu Boden. Lagarde stemmte ein Knie in seinen Rücken und legte ihm Handschellen an.

»Ich verhafte Sie wegen Mordes an Jean-Pascal Garot, Alicia Castelot und Cyril Badaire und wegen des Mordversuchs an Henriette Bernard und des bewaffneten Angriffs auf einen Polizisten.«

Romanet wand sich auf der Erde wie ein Wurm und brüllte: »Sie hat mich reingelegt!«

Als Gendarmen von Cheverny den um sich tretenden Mann weggebracht hatten, fanden Martel und Lagarde Madame Bernard im Salon. Sie saß auf dem Sofa, den Kater auf ihrem Schoß.

»Hat er Sie verletzt?«, erkundigte Martel sich besorgt.

»Nein, Bébé hat mich beschützt. Merci, dass Sie so schnell gekommen sind.«

Sie wusste nicht, dass Lagarde, nachdem sie das Haus von Romanet verlassen hatten, sofort das Blaulicht auf das Autodach gesetzt und mit Höchstgeschwindigkeit nach Cheverny gefahren war. Der Anruf von Madame Bernard hatte ihn im Auto erreicht, sonst wären sie vielleicht zu spät gekommen.

»Sollen wir Sie zu einer Freundin bringen?«

Die alte Dame lächelte sanft. »Ich bleibe lieber hier, Sie haben den Kerl ja erwischt.«

NEUNTER TAG

DER TALISMAN

Das Untersuchungsgefängnis von Blois war in einem sandfarbenen Jugendstilgebäude untergebracht, das auf einem Hügel über der Loire thronte. Umgeben war es von einem kleinen Park mit einem Goldfischteich, einem Pavillon und Pappeln als Windschutz.

Die Sonne stand als buttergelber Ball über dem Horizont und ließ das Wasser des Flusses schimmern. Ein Katamaran mit geblähten Segeln kreuzte auf dem unruhigen Wasser, begleitet von einer großen Schar Möwen.

Punkt neun Uhr wurde Dominique de Romanet von zwei Polizisten in einen der Vernehmungsräume geführt. Der Raum war zweckmäßig eingerichtet und strahlte eine kalte Atmosphäre aus, eine Wand war verspiegelt. Dort warteten die Kommissare bereits auf ihn, Joris war auch dabei, das Verhör wollte er sich nicht entgehen lassen.

Der Psychologe wurde aufgefordert, sich an den Tisch zu setzen, gegenüber, in einer Reihe, saß das Ermittlerteam. Die Kommissare begrüßten ihn, Romanet nickte nur kurz. Sein Gesicht war mit Pflastern beklebt, wo der Kater ihn erwischt hatte. Seine Hände waren mit Handschellen gefesselt.

Lagarde schaltete das Aufnahmegerät ein und hielt fest, dass Romanet auf einen Rechtsbeistand verzichtet hatte. Dann begann er mit dem Verhör.

»Monsieur de Romanet, wir haben eine Zeugin, die Sie nach dem Mord an Cyril Badaire mit einem Bogen über der Schulter im Wald von Cheverny gesehen hat. Ein DNA-Abgleich hat ergeben, dass es sich um Ihr Blut handelt, das am der Pforte in der Schlossmauer von Schloss Cheverny sichergestellt wurde. Die Beweislage ist erdrückend. Hinzu kommt, dass Sie bei dem Mordversuch an Henriette Bernard von uns auf frischer Tat ertappt worden sind und mich mit einem Messer angegriffen haben.«

Der Psychologe schwieg und funkelte ihn böse an. Martel machte weiter.

»Es wurden drei Personen getötet, die Annabelle Neuville am Abend der Vernissage auf Chaumont nicht geholfen haben, so dass sie schließlich ertrunken ist.« Sie fixierte ihn mit ernster Miene. »Ich verstehe Ihr Motiv nicht, Monsieur de Romanet.«

Der Psychologe geriet außer sich. »Mit einem einfach strukturierten Polizistengehirn kann man es vielleicht nicht verstehen, aber es ist doch offensichtlich: Sylvie hat mich für ihre Zwecke benutzt, ich war ihr Werkzeug. Sie hat mich manipuliert und zu den Taten angestiftet. Dafür hat sie mir ihre Liebe versprochen, sie hat mich verführt und hörig gemacht. Sie wollte wissen, ob ich wirklich alles für sie tun würde.« Für einen Moment verstummte er, dann spie er es aus. »Sie hat mich gelinkt, das hinterhältige Weibsstück, von wegen Liebe! Ich hatte doch überhaupt keinen persönlichen Grund, die drei zu töten, ich kannte sie ja nicht einmal. Verstehen Sie? Ich schwöre Ihnen, ich wollte das doch nicht.«

»Sie geben zu, die drei vorhin genannten Personen mit einem Pfeil getötet zu haben?«

»Ich habe es gerade erklärt, Sylvie war die Anstifterin, ich nur ihr Werkzeug.«

»Auf welche Weise haben Sie die drei Opfer kennengelernt?«

»Sylvie hat gesagt, dass sie mir diese Verbrecher zeigen wolle, daraufhin sind wir zu deren jeweiligen Arbeitsplätzen gefahren und haben sie beobachtet. Sie zeigte mir auch, wo sie wohnten.«

»Hat Madame Neuville Sie aufgefordert, sie zu töten?«

»Nein, aber mir war klar, dass sie es wollte. Daraufhin habe ich sie ausspioniert. Ich kannte ihre Gewohnheiten, ihre Arbeitszeiten, ihren Tagesablauf. Dann kam mir der Gedanke, mich zu verkleiden, und zwar so, dass ich überhaupt nicht auffallen würde.« Der Mundschlitz verzog sich zu einem schiefen Lächeln, es wirkte grotesk. Martel musste sich zusammenreißen, um nicht die Beherrschung zu verlieren.

»Haben Sie ihr erzählt, wenn Sie einen Mord begangen hatten?«

»Nein, aber sie hat es trotzdem gewusst. Nach jedem Mord hat sie mich belohnt. Dafür habe ich es gemacht, für ihre Aufmerksamkeit, ihre Leidenschaft und ihre Liebe.«

»Wo haben Sie Sylvie Neuville kennengelernt?«

»In der Klinik. Ich war ihr Psychologe. Wir haben uns von Anfang an sehr gut verstanden.«

»Woher hatten Sie die Pfeile?«

»Sylvie hat sie mir geschenkt, als sie die Klinik verlassen hat. Sechs Pfeile.«

»Hat sie gesagt, was Sie damit machen sollen?«

»Nein, sie hat sich für meine hervorragende therapeutische Arbeit bedankt.«

Martel konnte es nicht fassen.

»Haben Sie den Rittmeister René Dablanc nachts auf dem Hügel niedergeschlagen?«

»Nein, das war Sylvie.«

»Was hat sie da gemacht?«

Er stöhnte gequält. »Sie hat mir bei der ersten Tat ihren Tonelefanten mitgegeben, als Talisman. Es war das Original, das Annabelle als Kind für sie gemacht hatte. Sie wollte ihn unbedingt wiederhaben, er bedeutet ihr sehr viel. Aber sie hat ihn nicht gefunden.«

»Woher können Sie so gut mit Pfeil und Bogen umgehen?«

»Ich war einige Male französischer Juniorenmeister, die vergangenen Jahre habe ich manchmal auf dem Klinikgelände oder in meinem Garten trainiert.«

»Noch einmal die Frage für das Protokoll: Haben Sie Jean-Pascal Garot, Alicia Castelot und Cyril Badaire getötet?«

»Jetzt sage ich kein Wort mehr, ich will mit meinem Anwalt sprechen. Er heißt Mathieu Dugardin und hat seine Kanzlei in Tours.«

»Das ist Ihr gutes Recht, Sie können ihn gleich anrufen. Was das weitere Vorgehen betrifft, wird der Staatsanwalt Anklage erheben, und Sie bleiben in Untersuchungshaft und warten auf Ihren Prozess.«

»Ich gehe davon aus, dass der Richter ein mildes Urteil fällen wird, schließlich war ich nur Helfershelfer. Soweit ich weiß, wird im französischen Strafrecht Anstiftung zum Mord einem Mord gleichgestellt, dann muss Sylvie wohl für viele Jahre hinter Gitter.« Höhnisch lachte er auf. »Sie hat es nicht besser verdient, sie hat meine Gefühle mit Füßen getreten.«

»Das muss das Gericht beurteilen.« Martel machte den Polizisten ein Zeichen. »Sie können ihn abführen.«

Als sie mit dem Untersuchungsgefangenen den Raum verlassen hatten, meinte Lagarde: »Er tötet drei Menschen und denkt, dass er mit einem blauen Auge davonkommt. Es ist unglaublich.«

Odette und Philippe hatten die Kollegen aus Blois zu einem Abschiedsessen in die Schmiede eingeladen. Der Fall war gelöst und das *Mirabelle* wieder an die Stromversorgung angeschlossen. Odette hatte es auf einmal eilig, in ihr Restaurant zurückzukehren, obwohl ihr das Loire-Tal so gut gefiel. Sie hatten beschlossen, als Hauptgericht drei Kapaune am Spieß zu grillen, dazu wollten sie Rosmarinkartoffeln und Salate servieren. Als Vorspeise gab es eine Waldpilzterrine, und Philippe hatte für den Nachtisch ein Mousse au Chocolat zubereitet. Während der Vorbereitungen machte Yvonne einen Spaziergang am Fluss. Nun, da der Fall abgeschlossen war und sie sich nicht in Arbeit stürzen konnte, hatte sie der Kummer über ihren untreuen Mann wieder überfallen.

Als die Abenddämmerung hereinbrach, zündeten sie die Kerzen in den Lampions an, die sie in die Bäume gehängt hatten. Die bunten Lichtbälle schaukelten im lauen Wind. Plötzlich erschien Régis, der Tierpfleger des Gnadenhofs, am Zaun, und Odette lud ihn zu einem Glas Champagner ein. Der junge Mann schien sich aufrichtig darüber zu freuen.

Yvonne kam von ihrem Spaziergang zurück und traf gleichzeitig mit Erneste und seiner Frau ein. Sie bedankte sich überschwänglich für die Einladung. Gemeinsam stießen sie mit Champagner an.

»Auf unseren schönen Abend«, sagte Madame Joris. »Bleiben Sie noch ein paar Tage?«

»Leider nein«, erwiderte Philippe. »Morgen früh reisen wir ab.« Grinsend sah er Yvonne an. »Ab morgen gibt es eine neue Mieterin.«

Yvonne erklärte, was er meinte. »Ich habe das Haus für zwei Monate gemietet. Die Vermieterin meinte, dass im Herbst nicht so viel los sei, ich hatte also Glück.«

»Das ist eine gute Idee«, versicherte Joris, der einen gewaltigen Groll auf Julien Martel hegte. »So leicht sollte er nicht davonkommen.«

Während die Gäste mit Odette plauderten und lachten, kümmerte sich Philippe um die Kapaune am Spieß.

Plötzlich wurde die Tür des Nachbarhauses geöffnet, und Sergio Neuville erschien mit seinem Hund. Der Commissaire winkte ihm zu.

»Auf ein Glas?«

Als der Nachbar neben ihm am Grill stand, stießen sie an und tranken einen Schluck. Nachdenklich starrte Neuville auf die Glut im Grill.

»Sylvie war es nicht«, beteuerte er. »Ich habe Sie nicht angelogen.« Lagarde lächelte ihn an. »Ich glaube schon, dass Sie mich angelogen haben. Aber sie war es tatsächlich nicht. Heute Morgen hat der Täter gestanden.«

Als die Gäste gegangen waren und Yvonne sich zurückgezogen hatte, tranken Odette und Philippe noch ein letztes Glas Champagner zusammen. Zärtlich ergriff er ihre Hand und sah ihr fest in die Augen.

»Es war so schön hier mit dir. Willst du mich heiraten?«

Sie lächelte ihn schelmisch an. »Es war wirklich wunderschön. Ich werde darüber nachdenken.«

EINIGE WOCHEN SPÄTER

Yvonne Martel fühlte sich wohl in der alten Schmiede, endlich konnte sie in Ruhe ihren Gedanken
nachgehen. Doch irgendwann hatte sie das Bedürf-
nis, mit jemandem über ihre Situation zu reden. Erneste kam nicht in Frage, wenn er nur den Namen Julien hörte, war eine sachliche Diskussion nicht mehr
möglich, und er bekam einen Wutanfall. Schließlich
fiel ihr Pascal Noiret ein, dieser sympathische Mann
mit den traurigen Augen schien ihr ein passender
Gesprächspartner zu sein, und er hatte sie beim Abschied eingeladen. Kurzerhand rief sie ihn an, und sie
vereinbarten, dass sie eine Woche bei ihm am Lac de
Sainte-Croix verbringen würde. Ihr Chef riet ihr sogar zu einem Urlaub, denn er hielt nicht erst seit dem
gelösten Fall große Stücke auf sie. Er hatte sie bereits
als seine Nachfolgerin im Auge.

Pascal und Yvonne verbrachten eine schöne Zeit
zusammen. Sie wanderten am See entlang, kletter-
ten in der Schlucht von Verdon, paddelten auf dem
Fluss, und vor allem redeten sie bei dem einen oder
anderen Glas Rotwein darüber, worauf es im Leben
ankam. Als sie schließlich in die Schmiede zurück-

kehrte, entschloss sie sich, die Scheidung einzurei-
chen. Sie nahm all ihren Mut zusammen und ließ sich
von Robert Gourcouff, dem Leiter des Tourismusverbandes, zum Essen einladen.

Der Staatsanwalt erhob Anklage gegen Dominique
de Romanet wegen dreifachen Mordes, des Mordversuchs an Henriette Bernard und des Angriffs auf
einen Polizeibeamten. Es war davon auszugehen,
dass er zu einer lebenslangen Haftstrafe verurteilt
werden würde. Ein Gutachter bescheinigte ihm volle
Zurechnungsfähigkeit.

Die Anklageerhebung gegen Sylvie Neuville we-
gen Anstiftung zum Mord wurde von der zuständigen
Richterin abgewiesen. Sie ging von einem Abhän-
gigkeitsverhältnis zwischen der Patientin und ihrem
Psychologen aus. Madame Neuville verließ als freie
Frau den Gerichtssaal.

Ein Päckchen aus Cheverny für Commissaire Lagarde
erreichte die Gendarmerie in Barfleur und wurde an
ihn weitergeleitet. Es enthielt ein Glas Preiselbeer-
Gelee und einen Brief.

Sehr geehrter Monsieur le Commissaire,
ich möchte mich ganz herzlich bei Ihnen dafür bedanken,
dass Sie mir das Leben gerettet haben. Als kleines Danke-
schön schicke ich Ihnen ein Glas meines selbst gemachten

Gelees. Dank Ihnen kann man im Wald von Cheverny wieder gefahrlos Beeren pflücken. Sollten Sie einmal wieder das schöne Loire-Tal besuchen, würde ich mich freuen, wenn Sie auf einen Kaffee vorbeikämen.

Ich hoffe, dass es Ihnen gutgeht. Bébé und ich sind wieder wohlauf.

Herzliche Grüße von

Henriette Bernard